HEYNE

ULRIKE SOSNITZA

Novemberschokolade

ROMAN

WILHELM HEYNE VERLAG
MÜNCHEN

Der Verlag weist ausdrücklich darauf hin, dass im Text enthaltene externe Links vom Verlag nur bis zum Zeitpunkt der Buchveröffentlichung eingesehen werden konnten.

Auf spätere Veränderungen hat der Verlag keinerlei Einfluss. Eine Haftung des Verlags ist daher ausgeschlossen.

FSC
www.fsc.org
MIX
Papier aus verantwortungsvollen Quellen
FSC® C014496

Verlagsgruppe Random House FSC® N001967

4. Auflage
Originalausgabe 11/2016

Printed in Germany
Satz: KompetenzCenter, Mönchengladbach
Druck und Bindung: GGP Media GmbH, Pößneck
ISBN 978-3-453-35906-2

www.heyne.de

1

Nie werde ich vergessen, wie ich das erste Mal einen Finger in die geschmolzene Schokolade steckte. Ich dachte, sie wäre sehr heiß, weil mein Vater den Topf so lange auf dem Herd stehen ließ. Was ein Wasserbad ist und bei welcher Temperatur Schokolade am besten geschmolzen wird, das wusste ich alles noch nicht.

Die Schokolade war dickflüssig und fühlte sich unerwartet kühl an, kaum wärmer als mein Finger. Als ich ihn in den Mund steckte, eröffnete sich mir eine wunderbare Welt. Es war, als ob ich den Duft, in dem ich lebte, essen mir einverleiben, als ob er ein Teil von mir werden würde. Sein Geschmack war voller Glück, Liebe und Verheißung. Mein Vater flüsterte mir ins Ohr, dass in der Schokolade Geheimnisse versteckt seien und ich nie aufgeben solle, sie zu entschlüsseln.

Nie hätte er ahnen können, was sich wirklich für ein Geheimnis in diesem Duft verbarg.

Wie damals rührte ich in einem Topf flüssiger Schokolade. Vorsichtig goss ich Sahne dazu und wartete auf den Moment, in dem sich die lakritzartigen Geschmackstöne des Kakaos mit dem milchigen Duft der Sahne vermischen. Der Moment, der mir signalisierte, dass alles in Ordnung ist.

Doch dieser Moment trat nicht ein.

Dafür kribbelte es in meiner Nase. Seit Tagen plagte mich eine Erkältung. Ich konnte mich gerade noch abwenden und einen Nieser unterdrücken. Nun musste ich zum Äußersten greifen: der Waage. Und die war nicht dort, wo sie hingehörte.

»Stella?«

Hoffentlich hatte sie sich nicht wieder die Ohren mit ihren Kopfhörern zugestopft, ich konnte jetzt nicht weg und die Waage selber suchen. Wenn ich die Trüffelfüllung stehen ließ, würde sie vorzeitig abkühlen.

»Stella!«, rief ich erneut. »Wo ist die Waage?«

Die Tür knarrte, und meine Freundin streckte die Digitalwaage triumphierend in die Luft.

»Na Lea, endlich arbeitest auch du mal nach Rezept und nicht immer nur nach Gefühl!« Sie grinste. »So oft, wie du joggen gehst, müsstest du doch ein Superimmunsystem haben.«

»Na, hör mal«, gab ich zurück, »schließlich ist es dein Sohn, der eine Erkältung nach der anderen aus dem Kindergarten anschleppt und die Viren großzügig an uns alle verteilt!«

Bevor ich sie daran hindern konnte, hatte sie einen Löffel in die Schokoladenmasse getunkt und leckte ihn ab.

»Also, nein!« Sie zog die Stirn in Falten. »So geht das nicht, Lea, das schmeckt widerlich. Ich bin dafür, dass du dich um die Buchhaltung …«

Na, die konnte was erleben. Ich schnappte mir die Sahneflasche, um Stella mit den letzten Tropfen zu bespritzen. Doch sie wehrte sich mit dem Löffel, und die Sahne landete auf meiner Nase.

»Geniales Make-up für heute Abend. Du kommst doch mit ins *Odeon*, oder?«

»Halloween feiern mit der Erkältung?« Ich wog frisch geriebene Muskatnuss ab. Die Menge musste exakt stimmen, sonst wurden die Muskattrüffel leicht bitter. Es war ungewohnt, mich nicht am Duft zu orientieren.

»Aber Lea, das machen wir doch jedes Jahr! Außerdem habe ich frei, Mattis ist bei seinem Vater.« Sie stemmte die Hände in die Hüften. »Du machst mir alle Chancen zunichte, jemals meinen Traumtyp zu finden. Ich lebe schon lange genug alleine.«

»Tut mir leid. Nächstes Jahr. Und deinen Traumtyp musst du sowieso selber backen. Den gibt es gar nicht.«

Erneut stippte Stella einen Löffel in den Topf, spritzte mich mit Schokolade voll und rannte in die Werkstatt zurück, bevor ich mich revanchieren konnte.

Als die Füllung für die Muskattrüffel fertig war, brachte ich sie zu Stella in die kühle Werkstatt. Sie zog die Stöpsel aus den Ohren und sah mich an.

»Ich könnte wenigstens vorher auf ein Glas Wein bei dir vorbeischauen. Damit du nicht vor lauter Einsamkeit depressiv wirst«, meinte sie und verpackte Lavendeltrüffel in Kartons mit lila Punkten.

»Ich bin nicht einsam und depressiv erst recht nicht. Ich bin glücklich. Manche Menschen sind gerne alleine.«

Vorsichtig holte ich eine Platte voller Schokoladenhohlkugeln aus dem Regal und stellte sie auf die Arbeitsfläche.

»Das nehme ich dir nicht ab. In letzter Zeit lachst du so selten.« Das stimmte. Aber den Grund konnte ich ihr nicht verraten. Stella wäre entsetzt, wenn sie von den finanziellen Schwierigkeiten wüsste, in denen ich steckte. Nein, ich musste es schaffen, ohne dass Stella oder meine Verkäuferin Herlind davon erfuhren.

»Blödsinn«, sagte ich daher und füllte die Ganache in einen Beutel. Vorsichtig spritzte ich sie in die Kugeln. Ein enger Kreis, nach oben ziehen, absetzen, dabei aufpassen, dass kein Tropfen danebengeht, die nächste Kugel. Unzählige Trüffel hatte ich in meinem Leben bereits gefüllt und liebte es wie am ersten Tag.

Danach stellte ich sie zum Festwerden ins Regal. Im nächsten Arbeitsschritt musste ich sie mit einem Schokoladenguss verschließen. In der Zwischenzeit siebte ich Kakaopulver auf weiße Cappuccinopralinen.

Natürlich entging es Stella nicht, dass ich beinahe auf die frisch bestäubten Pralinen geniest hätte. Sie machte noch ein paar Witze über meinen Schnupfen und stopfte sich wieder ihre Kopfhörer in die Ohren. Aber ich schaffte es, alle fehlerfrei zu verzieren.

Trotzdem war ich heute in der Produktion fehl am Platz. Ich zog mir die Gummihandschuhe, den Mundschutz und das Haarnetz aus. Endlich. Draußen im Flur fuhr ich mir mit den Fingern durch die verklebten Haare und war froh, das Plastikzeug los zu sein.

Ich brachte die Cappuccinopralinen in den Laden.

Es roch anders hier als sonst. Zitronig, grün und – leicht holzig.

»Willst du dich nicht um den Kunden kümmern?«,

flüsterte ich Herlind zu, die in einer Illustrierten blätternd an der Theke stand.

»Aber Lea, es ist doch niemand da.«

Ich schaute hoch. Tatsächlich, der Verkaufsraum war leer, aber der Geruch war so intensiv, als stünde jemand direkt vor mir. Ein Duft nach Zitrone. Oder war es Orange? Etwas Basilikum. Und ein Hauch von Koriander. Und Zedernholz.

Und es lag noch etwas anderes in der Luft, und zwar … es fiel mir nicht ein. Seit wann roch ich überhaupt wieder etwas? Herlinds typischen Duft nach Kölnischwasser jedenfalls immer noch nicht. Aber dieses Aroma nach Zitrusfrüchten und grünen Blättern kroch mir in die Nase und setzte sich dort fest. Es hatte etwas an sich, das ich nicht benennen konnte. Etwas, das mein Herz mit Sehnsucht füllte.

Langsam folgte ich dem Geruch. Vorbei an den bunten Cupcake-Pralinen, den Tafelschokoladen und Marzipanvariationen bis zur Tür. Draußen verlor er sich in den Abgasen eines vorbeifahrenden Autos. Oder doch nicht?! Unter den Platanen konnte ich noch ein wenig von dem Duft erahnen und ging über den kleinen Platz bis zum italienischen Restaurant gegenüber.

Töpfe klapperten, der Geruch nach Basilikum wurde stärker. Dazu gesellten sich die süßen Düfte von Hefeteig und Tomaten. Aber der Duft, dem ich gefolgt war, löste sich zwischen den Gerüchen des *Fiurelli* auf, und ich machte kehrt.

Wieder zurück wollte ich gerade in den Laden hineingehen, als die Seitentür quietschend geöffnet wurde und eine grauhaarige Frau im Lodenmantel aus dem Gang trat, der die *Chocolaterie Winter* vom Nachbarhaus trennte.

»Frau Winter?« Frau Obermüller winkte mit einem Umschlag. »Der Briefträger hat schon wieder Ihre Post in meinen Kasten gesteckt. So geht das nicht. Landet meine denn bei Ihnen?«

»Nein.« Ich seufzte. »Vielen Dank für den Brief.« Ich streckte die Hand aus. Sie betrachtete zuerst die Briefmarke, bevor sie mir den Umschlag gab.

»Aus Spanien«, sagte sie abschätzig.

»Meine Großmutter wohnt auf Mallorca«, antwortete ich und fragte mich, wieso ich ihr das eigentlich erklärte.

»Wenn Sie Ihre Miete pünktlich bezahlen würden, könnte ich mir auch so einen kostspieligen Lebensabend leisten.«

Meine Oma hatte sich die Sonne das ganze Jahr über mehr als verdient. Als ich klein war, hatte sie ihren Sohn – meinen Vater – verloren. Nie werde ich ihre verweinten Augen vergessen, damals, als sie mir das Foto aus der Zeitung zeigte, den zerknautschten Fiat, den Krankenwagen, die Überschrift »Tödlicher Unfall auf der A3 bei Weibersbrunn«, die ich mit sechs noch nicht lesen konnte.

Meine Mutter hatte uns im Sommer vor dem Unfall verlassen. Zum Schluss blieb Oma Greta nichts anderes übrig, als sich um mich, ihr aus dem Nest gefallenes Küken, zu kümmern.

Aber das ging meine Vermieterin nun wirklich nichts an.

»Morgen ist bereits Allerheiligen!«, meckerte sie weiter. Allerheiligen, das hieß nicht nur, dass morgen Feiertag war, sondern auch, dass die Novembermiete fällig wurde. Als ob ich das nicht wüsste.

»Kennen Sie unsere Kürbistrüffel schon?«, versuchte ich sie abzulenken, und bat sie in die Chocolaterie. Kundschaft war noch immer keine da, und von Herlind sah man nur die grauen Haare über der Theke.

Der holzig-grüne Duft war so gut wie verflogen.

»Frau Obermüller möchte gerne unsere neue Ware testen!«

Mit einer Zange legte ich vorsichtig einige Trüffel auf einen Teller. Herlind bot Frau Obermüller ihren Stuhl hinter der Pralinentheke an, und sie ließ sich ächzend darauf nieder. Dann griff sie zu.

»Himbeersahnetrüffel!«, erklärte Herlind. »Stellas Spezialität!«

Stella und ich machten alle Pralinen gemeinsam, bis auf die Himbeertrüffel. Mir wurde beim Geruch von Himbeeren immer schlecht.

»Das Fahrrad ihrer Stella steht schon wieder im Weg«, nuschelte Frau Obermüller, schluckte hörbar und nahm sich eine helle Trüffel mit orangefarbenen Streifen.

»Schmecken Sie das Kürbispüree?«, fragte ich.

Sie schmatzte leise und reagierte nicht.

Was für ein Fehler, mit der Vermieterin unter einem Dach zu wohnen. Von Anfang an hatte sie sich eingemischt. Aber ich war so froh gewesen, als ich bei meiner Suche die verrammelten Türen der *Bäckerei Neff* in direkter Nähe zum Würzburger Dom entdeckte. Ich kannte sie noch aus meiner Ausbildungszeit im *Café Michel* und wusste, dass die Räume einfach perfekt waren. Und eine Wohnung im ersten Stock war auch noch frei gewesen.

Begeistert stürzte ich mich in Schulden für die Klimaanlage, die sündhaft teure Schmelzmaschine und die Tortenstücktische. Hängte das alte Emailleschild der Chocolaterie meines Vaters mit den zwei Schwänen in den Laden. Meine Oma hatte es mir zur Eröffnung vor vier Jahren geschenkt, und es gab immer wieder Kunden, die sich an die alte *Chocolaterie Winter* in der Schustergasse erinnerten.

Auch ich dachte viel an meinen Vater und seine Geheimnisse im Duft der Schokolade, und es war selbstverständlich für mich gewesen, meine eigene Chocolaterie ebenfalls schlicht *Chocolaterie Winter* zu nennen.

Ein Nougatstück verschwand in Frau Obermüllers Mund.

»Maronen …!« Wozu erklärte ich noch irgendetwas. Ihr lag offensichtlich nichts daran, in kleinen Bissen zu probieren. Ob sie sich ihr Gewicht auch auf so hektische und genussfreie Art zugelegt hatte?

Das Nougat entlockte ihr ein leises Seufzen. Sie öffnete sogar die Knöpfe ihres Lodenmantels.

»Haben Sie schon gehört?« Sie blieb auf Herlinds Stuhl sitzen, obwohl der Teller leer war. »Das Haus in der Wolfhartsgasse wird jetzt doch nicht aufgestockt. Der Denkmalschutz war dagegen. Was für ein Glück.«

Ich brummte bejahend. Der Blick von ihrem Wohnzimmer hinauf zur Festung Marienberg schien ihr Lebensinhalt zu sein. Neben meinen pünktlichen Mietzahlungen. Ich legte eine dunkle Trüffel mit roten Streifen auf den Teller. Herlind zog die Stirn in Falten, und ich grinste sie möglichst unauffällig an, bevor sie nach hinten ging und der Wasserhahn rauschte.

Die Türglocke erklang. Ein Mann mit einem Vollbart steuerte die Tafelschokoladen an. Frau Obermüller nickte ihm zu und ergriff die rot gestreifte Trüffel. Schwupp, war auch dieses Stück Schokolade in ihrem Mund verschwunden. Aber kaum hatte sie zugebissen, riss sie ihn wieder auf.

»Was?«, japste sie und fächelte sich mit der Hand vor dem Mund Luft zu, »Was?«

»Das ist eine aztekische Spezialität. Enthält kaum Zucker, sehr zahn- und figurfreundlich!« Der »Feuerspeier« verbarg eine explosive Mischung aus Chili, Ingwer und Pfeffer in hochprozentiger Bitterschokolade. In Frau Obermüllers Augenwinkeln glitzerten Tränen. Herlind reichte ihr ein Glas Wasser, das sie gierig austrank.

»Kein Wunder, dass Ihr Laden immer leer ist!« Hustend eilte sie zur Ladentür hinaus. »Frechheit!«, war das Letzte, was wir hörten, bevor wir laut loslachten.

Nachdem Herlind Feierabend gemacht hatte, verkaufte ich noch etwas Marshmallow-Schokolade und Geisternougat und schleppte mich wenig später kraftlos nach oben. Mir war kalt, und ich hatte Kopfschmerzen. Aber mein schlechtes Gewissen ließ mich vor dem Sofa innehalten. Monatsende, das bedeutete, die Abrechnung war fällig.

Von draußen drang Gelächter herein. Zu gerne hätte

ich nachgesehen, ob ich von den Gespenstern oder Vampiren jemanden kannte, aber mir fehlte die Energie. Hoffentlich rief die Obermüller nicht wieder die Polizei, so wie letztes Halloween. Die nächtliche Ruhe war ihr genauso wichtig wie der Festungsblick.

Daher würde auch aus meinem Traum, zusätzlich zur Chocolaterie ein Straßencafé zu eröffnen, nichts werden. Die Obermüller beschwerte sich schon, wenn die Gäste des *Fiurelli* mal etwas lauter wurden.

Ob Stella ohne mich in die *Odeon-Lounge* gehen würde? Bei dem Gedanken an ihren Traumtypen (reich, humorvoll, sportlich und intelligent, in dieser Reihenfolge) musste ich innerlich schmunzeln. Äußerlich klapperten mir die Zähne. Ich raffte mich auf und kochte einen Kamillentee. Dazu eine Kopfschmerztablette.

Der Tee schmeckte widerlich. Wieso hatte ich ihn gekocht, obwohl ich ihn gar nicht mochte? Aber meine Oma schwor auf Kamillentee als Helfer bei jeder Krankheit. Und auf viel Schlaf. Wie stand es mit ordentlicher Buchführung? Auf die schwor sie garantiert auch.

Und deshalb ging ich noch nicht ins Bett, sondern legte mir ein Kissen auf den Schoß und stellte den Laptop obendrauf. Ich rief das Buchhaltungsprogramm auf, versuchte, die Zahlen zu verstehen, zwirbelte eine Locke um den Zeigefinger; es nutzte nichts. Alles verschwamm vor meinen Augen. Hier, das war die Spalte mit den heutigen Einnahmen. Aber ich hatte vergessen, die Kasse abzurechnen, hatte sie nur abgeschlossen. Wieder runtergehen, Geld zählen?

Sinnlos. Was für ein Glück, dass morgen Feiertag war.

Ich verkroch mich mit dem Tee ins Bett und wartete, dass das Zittern aufhörte.

Nicht einmal den Geruch der frisch gewaschenen Bettwäsche nahm ich wahr. Trotzdem hatte ich diesen Duft riechen können, dieses frische grüne Aroma mit der holzigen Note, das mich an irgendetwas erinnerte. Seufzend streckte ich den Arm unter der wärmenden Decke hervor und nahm das gerahmte Bild meiner Eltern vom Nachttisch.

Für meinen Vater stellte nicht die Nase, sondern die Zunge das wichtigste Arbeitsinstrument dar. Sein unübersehbarer Bauch zeugte von seiner gewissenhaften Arbeit. Meine Mutter war noch so jung. Eine blonde Elfe, feingliedrig, zart wie ein Lufthauch. Ich hingegen habe die braunen Locken meines Vaters geerbt, das runde Gesicht und Füße, mit denen man fest auf dem Boden stehen kann.

Ich erinnerte mich kaum an meine Mutter. Nur dass sie Schwäne geliebt hatte, wusste ich noch. Wenige Tage nach der Aufnahme des Bildes war meine Mutter aus unserem Leben verschwunden.

2

Zehn Uhr. Ich konnte mich nicht erinnern, wann ich das letzte Mal so lange geschlafen hatte. Normalerweise stand ich auch an freien Tagen früh auf und lief eine ausgedehnte Runde, wenn meine Lieblingsstrecke am Main noch leer war. Aber dazu fühlte ich mich immer noch nicht fit genug. Wenigstens hatte ich keine Kopfschmerzen mehr. Auch das Nasenspray wirkte länger als eine Sekunde.

Ein Blick aus dem Fenster machte deutlich, dass es vor der Chocolaterie schlimm aussah. Bierflaschen, zermatschte Kracherreste, zerbrochene Eier. Vor dem *Fiurelli* war bereits alles sauber. Schnell zog ich mich an. Wem fiel schon beim stillen Allerheiligenspaziergang ein Schaufenster auf, vor dem sich der Müll des Partyvolkes türmte?

Ich fegte alles zusammen und schüttete ein paar Eimer Wasser auf die stinkenden Pfützen in der Hausecke.

Im Schaufenster tauschte ich die lachenden Papierkürbisse und Gespenster gegen weiße Kerzen aus. Die Ware konnte bleiben, Maronennougat passte hervorragend zum November. Noch ein kleiner Kontrollblick von außen – perfekt.

Es war ungewohnt still. Kein einziges Auto drehte seine Runden, kein Fußgänger war zu sehen. Die Glocken des Doms begannen zu läuten, und ich überlegte, ob ich nach langer Zeit mal wieder in den Gottesdienst gehen sollte.

Eine Tür quietschte. Da! War das nicht …? Ja! Da war er wieder, der mysteriöse Duft. Ein Mann trat aus der Seitentür des *Fiurelli.* War er die Quelle des Duftes?

Ich dachte, ich würde alle Mitarbeiter von Paolo Fiurelli kennen. Allen voran seine Frau und seinen Sohn, Tommaso, der genauso klein und rund war wie er. Teresa, die Frau von Tommaso, arbeitete seit der Geburt ihrer Tochter nicht mehr im Restaurant. Es gab noch eine Aushilfe, der Name fiel mir gerade nicht ein, mit einem Dreitagebart, aber der bekam keinen Schlüssel für das Restaurant. Außerdem Fredo, den Koch, der sich sein ganzes Leben über Kochtöpfe gebeugt hatte und nicht mehr gerade stehen konnte.

Der Mann jedoch hatte keinen Bart. Und er hielt sich sehr aufrecht. Schlank war er und mindestens zwei Köpfe größer als Paolo.

Er kam auf mich zu. Mir wurde auf einmal ganz heiß, und ich drehte mich um, als ob ich die Pralinen anschauen wollte. In Wahrheit schloss ich die Augen und konzentrierte mich auf seinen Duft. Wieder breitete sich eine ungeahnte Sehnsucht in mir aus.

Seine Schritte erklangen leise auf dem Kopfsteinpflaster. Ich öffnete die Augen und betrachtete ihn im Spiegel des frisch geputzten Fensters. Er trug eine braune Lederjacke und Jeans. Als er an mir vorbeiging, schaute ich ihm nach, um noch einen Hauch seines Geruchs zu erhaschen.

Da wandte er sich um und strich sich die dunklen Haare aus dem Gesicht.

Ein Blick – und ich war verzaubert. Nicht nur von seinem Duft, sondern von seinen dunklen Augen. Von der Melancholie, die sie ausstrahlten.

Wieder im Haus, kochte ich Tee und zog eine Strickjacke an. Trank den Tee jedoch nicht und zog die Jacke wieder aus. Schob die Buchhaltung vor mir her. Eine innere Unruhe befiel mich. Da war etwas an diesem Mann, das mich irritierte. Nicht nur sein Duft. Sondern die Tatsache, dass er aus dem *Fiurelli* gekommen war.

Es war schon zu meiner Kindheit eines der besten italienischen Restaurants der Stadt gewesen. Die Familie wohnte in Lengfeld, einem Vorort von Würzburg. Ihren Sohn Tommaso kannte ich durch die Tanzschule, meine Freundin Laura ging mit ihm zum Abschlussball. Als ich die Chocolaterie mietete, freute ich mich über die Nachbarschaft. Einige Male hatte ich mit Stella einen Espresso im *Fiurelli* getrunken oder ein Glas Wein. An Weihnachten waren wir mit Herlind zum Essen dort gewesen. Einfach köstlich.

Von den Fiurellis hingegen hatte noch nie jemand einen Fuß in meinen Laden gesetzt. Paolo grüßte mich noch nicht einmal. Nur seine Frau Maria. Und natürlich Tommaso.

Aber es war nicht wichtig, wer der Mann war. Wichtig war sein Duft. Und die Komponente, die mir bekannt vorkam, deren Name mir aber nicht einfallen wollte.

Wenn ich sie schon einmal gerochen hatte, dann hatte ich sie vielleicht auch aufgeschrieben. Neue Rezepte, Gerüche und Inspirationen notierte ich mir immer. Aber egal, wie oft ich mein Notizbuch durchblätterte, es half mir nicht weiter.

Das Einzige, was mir beim Durchlesen klar wurde, war: Ich musste diesen Duft in Schokolade konservieren.

Als die Abrechnung endlich geschafft war, rannte ich die Treppe hinunter in die Chocolaterie. Die Schmelzmaschine stand geputzt in der Ecke, aber ich schaltete sie besser nicht ein. Schließlich wollte ich nur etwas Kleines ausprobieren.

Schon bald erfüllte das starke Holzaroma der Bitterschokolade aus São Tomé den Raum. In die Ganache streute ich frisch geriebene Orangenschale, dazu einen Löffel Koriander. Gänsehaut kroch meine Arme hinauf. Noch einen Schuss Wodka und ein bisschen fein gehacktes Basilikum aus meiner eigenen Küche, die Gänsehaut verstärkte sich. Aber das geheimnisvolle Detail fehlte noch immer. Ich schnupperte mich durch alle Zutaten, die ich besaß, von Ahornsirup bis Zitronengras. Mit geschlossenen Augen rief ich mir den Duft ins Gedächtnis, aber es fiel mir einfach nicht ein.

Wieder ging ich früh schlafen, und am nächsten Morgen fühlte ich mich tatsächlich besser. Die Duft-Ganache hatte ich gestern in dunkle Halbkugelformen gespritzt und gab Stella nun eine zum Probieren.

»Köstlich!«, sagte sie schmatzend. »Muss ein toller Typ sein, wenn du ihm zuliebe eine Praline erfindest!«

»Sein Duft ist etwas ganz Besonderes, das stimmt. Über den Rest kann ich leider nichts sagen.«

Sie grinste.

»Natürlich. Wonach hat Tobias immer gerochen?« Sie lachte und band sich die Schürze um.

Tobias, mein Exfreund. Sein Duft hatte mich immer an einen von der Sonne beschienenen Sandstrand erinnert. Ich hatte ihn beim Laufen kennengelernt. Ein Fitnesstrainer. Eigentlich hätte ich gewarnt sein müssen, denn er aß keine Schokolade, sondern plante immer den nächsten Marathon oder Triathlon oder sonst was. Irgendwann musste er sich zwischen seinen Ernährungsplänen und mir entscheiden.

Wie lange ich nicht mehr an ihn gedacht hatte.

Herlind schloss gerade den Laden auf, als ich die Obermüller bei den Briefkästen traf. An einen Zufall glaubte ich schon lange nicht mehr.

Wieder trug sie einen Brief in der Hand. Sie sah mich ernst an. »Es tut mir leid«, sagte sie.

Meine Hand zitterte, als ich den unfrankierten Umschlag entgegennahm. Ich ahnte, was er enthielt; schwer lag er in meiner Hand.

»Aber jetzt kommt das Weihnachtsgeschäft!«, sagte ich leise.

»Wenn ich bis Weihnachten warte, sind Sie mit fünf Monatsmieten im Rückstand. Für den Laden, die Werkstatt, die Wohnung. Und ich kann mich nicht nur von Ihren Pralinen ernähren. Es tut mir wirklich leid, Frau Winter.«

Dann nickte sie mir noch einmal zu und ging.

Wie in Trance öffnete ich den Briefkasten. Eine Zeitschrift, Werbung, mehr nicht. Ungelenk nahm ich die Sendungen heraus, beinahe wären sie zu Boden gefallen. Dann schleppte ich mich ins Büro, schloss die Tür hinter mir.

Ich saß da, aber ich konnte mich nicht erinnern, mich gesetzt zu haben. Da war nur Leere, nichts als Leere. Gekündigt. Sollte alles vorbei sein? Mein Traum von der eigenen Chocolaterie? Kaum begonnen, schon Vergangenheit?

Würde dann ebenfalls ein Handy-Geschäft hier einziehen, so wie in die Chocolaterie meines Vaters? Ob er auch finanzielle Probleme gehabt hatte? Einen Vermieter, eine Bank, das Finanzamt, irgendjemanden, der ihm das Leben zur Hölle gemacht hatte?

Ich wusste es nicht. In meiner Erinnerung war er ein Held, der alles schaffte. Ein großer Mann, auf dessen Schultern ich wie ein Riese durch die Welt lief und der mit seiner Schokolade ein Lächeln auf jedes Gesicht zauberte.

Bis er viel zu früh starb. Die Chocolaterie wurde geschlossen. Werkstatt und Küche waren für immer verloren. Nur der Duft der Schokolade war geblieben.

Da lag der Umschlag. Weiß und unschuldig. Ich machte ihn auf, zog den Brief heraus und las, was ich längst wusste.

Fristlose Kündigung wegen Zahlungsverzug …

Ich fühlte nichts, zitterte, ohne zu frieren, konnte mich nicht mehr bewegen. Wozu auch. Ich starrte einfach so vor mich, starrte und sah nichts.

Erst allmählich erkannte ich, wohin ich die ganze Zeit gestarrt hatte. Auf etwas, das nicht sein konnte. Etwas, das ich kannte.

Auf dem Schreibtisch lag die neue *Schokolade heute*, die Mitgliederzeitschrift des Deutschen Verbandes der Chocolatiers.

»Sébastien Malineau, der belgische Meister aus München«, stand über dem Coverbild eines sonnengebräunten Mannes im silbernen Blazer. Der Kerl war ständig im Fernsehen und nervte. Und hinter ihm, halb verdeckt von seiner Schulter, glaubte ich, eine Frau zu erkennen. Blond und zart wie meine Mutter.

Aber ich irrte mich bestimmt, wie so oft. Sie konnte es nicht sein, und es brachte auch nichts, sich falschen Hoffnungen hinzugeben.

Voller Enttäuschung warf ich die Zeitschrift in den Papierkorb. Ein Flyer rutschte heraus und landete daneben, ich hob ihn auf. Irgendetwas mit einem Schwan. Ab ins Altpapier damit.

3

Die Kündigung versteckte ich sorgfältig im Schreibtisch und half dann Herlind im Laden. Heute war Freitag, nach dem Feiertag hatten viele frei, und es war bereits morgens viel los. Das Klingeln der Tür, leises Murmeln und Tütenrascheln wollten gar nicht enden. So sollte jeder Tag sein, so voller neugieriger Kunden, die ausgefallene Kompositionen probierten und begeistert kauften.

In jeder noch so kleinen Verschnaufpause erzählte Herlind von der Kreuzfahrt, die sie ihrem Mann zur Silberhochzeit schenken wollte. Offensichtlich hatte sie den Feiertag zum Lesen von Kreuzfahrtkatalogen genutzt. Sie konnte sich nur noch nicht entscheiden, welches Schiff sie buchen sollte. Es ging um Oberdecks, Abendkleider und Candle-Light-Dinners in Venedig, und ich fühlte mich grässlich. Auch wenn sie die ganze Zeit damit angab, einen Großteil des Geldes bereits gespart zu haben. Ich würde es sein, die diesen Traum zerstörte. Es musste doch einen Weg geben, die Katastrophe abzuwenden, zu verhindern, dass das Traumschiff sinken würde.

Paula, die im *Café Kiess* arbeitete und früher mit mir auf der Berufsschule gewesen war, kam kurz vorbei und fragte, ob ich wie jeden Freitagabend mit in die Sauna käme. Aber ich sagte ab, da Stella am Abend noch auf ein Glas Rotwein vorbeischauen wollte.

Mattis war immer noch bei seinem Vater. Der Kleine war jetzt fünf – und unglaublich süß. Stella und ich hatten letztens bei ihr zu Hause Trüffel gemacht. Wie er gestrahlt hatte, als er probieren durfte. Über und über voller Schokolade war er gewesen, nachdem er beim Füllen und Abdeckeln geholfen hatte. Wahrscheinlich verstand er noch gar nicht, was es bedeutete, wenn Stella ihren Job verlor. Aber die Probleme, die es bereitete, würde er zu spüren bekommen.

Ich musste es ihnen erzählen, ich musste sie enttäuschen, noch vor Weihnachten ihre Träume und Hoffnungen kaputt machen, und ich hatte Angst davor.

Der Hibiskus am Wohnzimmerfenster ließ die Blätter hängen. Vorsichtig goss ich ihn und entfernte die vertrockneten Blüten. Hibiskus liebte ich, seitdem ich gelesen hatte, dass er mit dem Kakaobaum verwandt ist.

Als ich aus dem Fenster schaute, fiel mein Blick auf einen Mann vor dem *Fiurelli*. Ohne seinen Duft erkannte ich ihn erst auf den zweiten Blick. In der langen grünen Schürze? Hatte Paolo eine neue Aushilfe eingestellt? Seine Frau Maria lag im Krankenhaus. Ein Bandscheibenvorfall, hatte Herlind erzählt.

Er wischte die Tische ab, hielt inne. Plötzlich sah er direkt zu mir hoch, und ich wich einen Schritt zurück. Konnte er mich auf die Entfernung erkennen? Drei Reihen parkende Autos und zwei Fußwege trennten uns.

Es war egal, wie viele Meter es waren. Denn er wandte den Blick nicht ab. Die Tür des Restaurants öffnete sich, Gäste kamen heraus, aber er beachtete sie nicht weiter.

Da drängte sich die Obermüller an ihm vorbei und

raffte ihren Lodenmantel vor ihrem dicken Bauch zusammen. Paolo Fiurelli folgte ihr heftig gestikulierend. Beide überquerten den kleinen Platz und blieben vor meinem Laden stehen. Ich beugte mich vor und konnte erkennen, dass Paolo einen Zollstock auseinanderklappte.

Was sollte das denn? Wollte er das Haus abmessen?

Auf einmal klingelte es. Neugierig rannte ich nach unten. Sie grüßten mich übertrieben höflich, aber nur Paolo lächelte mich an.

»Herr Fiurelli wird die Chocolaterie mieten«, sagte Frau Obermüller.

»Nein«, flüsterte ich verzweifelt. Mit allem hatte ich gerechnet, aber nicht damit.

»Ich erweitere«, sagte er und wippte auf den Absätzen, »und eröffne hier einen Pizzalieferdienst mit Straßenverkauf!«

»Dürfen wir eintreten?«, fragte die Obermüller.

»Nein!«

Sie drängelte sich an mir vorbei in den kleinen Flur. Paolo folgte ihr. Frau Obermüller deutete auf die Hintertür zur Chocolaterie, und ich schloss laut seufzend auf.

»Hier das Büro, laut Plan acht Quadratmeter«, erläuterte Frau Obermüller mit verkniffenem Gesicht.

»Das ist ja nicht größer als eine Abstellkammer.«

Genau das war mein Büro früher auch gewesen.

Ein Geräusch ließ mich erstarren. Stella? Ich hörte Schritte, die die Treppe hochkamen, dann war es still. Hoffentlich nur Frau Strobel, die Mieterin, die zwischen Frau Obermüller und mir wohnte.

»Daneben die Küche, sechzehn Quadratmeter, angrenzend ein Raum mit ebenfalls sechzehn und ein weiterer mit vierundzwanzig Quadratmetern.«

Sie riss die Tür zur Küche auf, Paolo blickte sich prüfend um.

»Die Küche ist zu klein«, sagte er. An allem hatte er etwas auszusetzen. Die Wand zwischen Küche und Werkstatt wollte er rausbrechen, das Lager neu fliesen und die Klimaanlage auf keinen Fall ablösen.

»So etwas Überflüssiges!« Er schnaubte.

»Schokolade reagiert sensibel auf starke Temperaturschwankungen. Im Gegensatz zum Käse auf der Pizza«, erwiderte ich.

»Und wann wird alles frei?«, fragte er und maß die Schaufenster aus.

»Gar nicht«, rief ich.

»So schnell wie möglich«, entgegnete Frau Obermüller.

Nachdem er noch einige Fotos gemacht hatte, gingen sie endlich. Wütend rannte ich nach oben. Nie hätte ich gedacht, dass die Obermüller es so eilig haben würde. Irgendetwas musste mir einfallen, um diese Katastrophe noch abwenden zu können. Ich öffnete eine Flasche Wein, trank einen Schluck. Aber er beruhigte mich nicht. Und zum Nachdenken kam ich auch nicht mehr, denn jetzt klingelte Stella.

Sie zog die Augenbrauen hoch, als sie mein halb volles Weinglas sah, sagte aber nichts.

»Die Obermüller steht unten mit dem Fiurelli. Wusste gar nicht, dass die sich so gut verstehen!«

Ich grunzte und trank noch einen Schluck. Jetzt müsste ich es ihr sagen, jetzt.

Sie legte die Füße aufs Sofa, hob ihr Glas und strahlte mich an.

»Was ich dir schon die ganze Zeit erzählen wollte – ich habe im Kindergarten einen tollen Mann kennengelernt. Alleinerziehend und mit einem süßen Lächeln!«

»Super!«, antwortete ich erleichtert. Wenn Stella frisch verliebt war, traf sie die baldige Kündigung vielleicht nicht mehr ganz so hart.

»Sein Sohn lebt bei ihm, die Mutter arbeitet in China, wenn ich es richtig verstanden habe. Er hat einen guten Job bei … ach, dieser großen Online-Druckerei.«

Sogar frisch verliebt in einen Mann mit Geld.

»Und, wie sieht er aus?«

»Total attraktiv. Leicht gewellte blonde Haare, strahlend blaue Augen … Und sportlich ist er, fährt immer mit dem Rad zum Kindergarten. Und er hat wahnsinnig viel Geduld mit seinem Sohn. Ach!« Sie seufzte.

Klang wie das Gegenteil von ihrem Ex.

»Das letzte Mal hat er sein Rad geschoben und ist mit mir in die Sanderau gelaufen.« Sie seufzte schon wieder. »Irgendetwas an dem Rad war kaputt.«

Und ich dachte schon, er hätte wegen ihr geschoben.

»Apropos kaputt«, sagte sie, »hast du gemerkt, die Schmelzmaschine rattert so komisch. Ist da noch Garantie drauf?«

O nein, das nicht auch noch.

»Ich habe gar nichts gehört. Das bildest du dir bestimmt ein.«

»Nein. Du solltest einen Techniker kommen lassen.«

Noch mehr Kosten! Ob ich überhaupt jemanden fand, der sie reparieren konnte? Die Maschine stammte von einem Spezialisten aus Italien.

»Ach, das wird schon. Komm, erzähl mir noch mehr von deinem Traumtyp. Wie heißt er denn?«

»Lea! Nicht dass die Maschine mitten in der Weihnachtsproduktion ihren Geist aufgibt.«

Ich seufzte. »Ich schaue sie mir morgen an, okay? Und am Montag läuft sie wie am Schnürchen, versprochen. Weihnachten kann kommen!«

Ich hob mein Glas und trank es aus.

»Kriegen wir dieses Jahr eigentlich wieder Weihnachtsgeld?«

Letztes Jahr hatte ich den beiden dreihundert Euro extra gegeben.

»Weiß ich noch nicht«, blieb ich möglichst vage. »Das hängt vom Verkauf ab.«

Wie feige ich doch war. Egal was passieren würde, eines war sicher: Weihnachtsgeld würde es keines geben.

»Mattis wünscht sich ein Piratenschiff von Playmobil. Die sind ganz schön teuer.«

Ich stand auf, ging im Zimmer umher, blieb vorm Fenster stehen. Mattis das Piratenschiff zu verweigern tat weh. Es musste etwas geschehen. Aber was?

Mittlerweile war Stella bei einer Geschichte übers Laternenbasteln angekommen. Sie redete, ich nickte und war mit meinen Gedanken ganz woanders.

»... er will jetzt in dem Karton leben. Da habe ich extra mein Schlafzimmer geopfert, damit er ein großes

Kinderzimmer hat, und er will im Karton leben! Angeblich braucht er keine Wohnung.«

Auf einmal hörte ich auf, darüber zu grübeln, wo ich mir Geld leihen konnte.

»Karton?«

»Den von unserem Nachbarn! Hörst du mir überhaupt zu? Wo dessen gigantischer Fernseher drin war. Der Karton ist so groß, dass Mattis drin stehen und auch liegen kann. Jetzt hat er sein Bettzeug reingeräumt und aus dem Karton vom neuen DVD-Spieler einen Schrank gebaut. Eigentlich braucht er gar kein Playmobil zu Weihnachten. Eine Fuhre Kartons vom Elektronikmarkt reicht völlig aus.« Sie kicherte.

Aber das war es nicht, was mich aufhorchen ließ. Sondern der Gedanke, wie wenig Platz man zum Leben eigentlich braucht.

Sie zog ihr Telefon aus der Hosentasche und zeigte mir ein Foto, das sie von Mattis in seinem Karton gemacht hatte. Als Beleuchtung hatte er sich eine Weihnachtslichterkette reingehängt.

»Und das hat er alles selber gemacht?«, fragte ich.

»Klar. Der wird mal Architekt!«

Als sie weg war, kroch ein Schluchzen meine Kehle hoch, und ich versuchte, es hinunterzuschlucken, doch es war stärker. Tränen schossen mir in die Augen, und ich warf mich aufs Sofa und heulte, bis das Kissen nass war.

Danach fühlte ich mich besser.

Ich klappte meinen Laptop auf und googelte, was ich bei einer außerordentlichen Kündigung unternehmen konnte. Schnell wurde mir klar, dass ich noch Zeit hatte. Frau Obermüller müsste erst eine Räumungsklage erwirken, und das dauerte offensichtlich. Einen weiteren Aufschub würde ich wohl auch bekommen, wenn ich einen Teil der Miete nachzahlte.

Irgendwie musste ich es schaffen, dass sie genauso wie ich auf das Weihnachtsgeschäft vertraute. Allein die heutigen Verkaufszahlen – sagenhaft.

Ich grübelte so lange, bis ich den Finger kaum noch aus der gezwirbelten Locke bekam, und auf einmal sah ich die Lösung klar vor mir: das Foto von Mattis im Karton.

4

Samstagabend, der Kühlschrank war leer und mein Magen auch. Samstags arbeitete ich alleine – kaum eine Chance, zwischendurch mal Pause zu machen. Zu viel gegrübelt hatte ich auch, denn es war ja nicht leicht, sich richtig zu entscheiden, wenn die Existenz auf dem Spiel stand.

Jetzt musste ich aber erst einmal was essen.

Am Morgen hatte ich, warum auch immer, auf dem Markt ein Bündel Karotten gekauft. Vielleicht wegen der durchdringenden Farbe im grauen Morgennebel. Ich fand noch einige Kartoffeln, schälte sie, putzte die Möhren und schnitt alles in Würfel. Dann erhitzte ich Knoblauch in Olivenöl. Der Geruch belebte meine Geister, da steckte der Sommer drin und die grünen Blätter, die würzige Erde und die frische Säure der Früchte. Kochen ist wie das Backen und die Schokolade eine große Leidenschaft von mir. Ob Hirschgulasch mit Zimt oder Schokoladentrüffel mit Olivenöl und Meersalz. Alles war eins, alles war verführerischer Duft und befriedigender Geschmack.

Die Möhren und Kartoffeln in die Pfanne, dazu ein Stück Ingwer, dann löschte ich es mit Weißwein ab, gab Salzwasser dazu und ließ das Gemüse etwas köcheln.

Auf dem Markt hatte es nach Orangen gerochen, nach

Basilikum und Koriander, und als ich mich umgedreht hatte, hatte er dagestanden. Die neue Bedienung von Paolo. Er kaufte gerade einen kleinen Strauß zartrosafarbener Rosen, und für einen kurzen Moment war ich enttäuscht. Für eine Sekunde, bis die Verkäuferin ihm Grüße an seine Mutter hinterherrief. Wieso irritierte er mich nur so, ohne dass wir je ein Wort miteinander gewechselt hatten? Nur weil sein Duft mich an etwas erinnerte, schlug mein Herz schon stärker. Und sein Aussehen, das die Verkäuferin dazu brachte, ihm so lange hinterherzublicken, dass die nächste Kundin sich erbost räuspern musste, musste mich das gleich beeindrucken?

Zweimal war ich schon von gut aussehenden Männern verlassen worden. Meine erste große Liebe, Sascha, verschwand von einem Tag auf den anderen, um Chefpatissier auf einem Kreuzfahrtschiff zu werden. Meine zweite Liebe war Tobias, der Fitnesstrainer. Er lief mir beim Joggen vor die Füße, und dann rannte er vor mir und der Freiheit, essen zu können, was und wann ich wollte, zugunsten eines Triathlons davon.

Natürlich hatte Stella recht. Ich war einsam. Aber meine finanziellen Probleme reichten mir. Ich hatte keine Kraft, mich auch noch um meine Gefühle zu kümmern.

Seufzend holte ich eine zweite Pfanne aus dem Schrank. Ich gab wieder ein paar Tropfen Olivenöl hinein und röstete Pinienkerne und Koriandersamen. Der Geruch der ätherischen Öle des Samens beruhigte mich ein wenig, genauso, wie das Gemüse zu pürieren, das ich nun mit Sahne, Paprika und Kreuzkümmel abschmeckte.

Es war noch nicht perfekt. Ich drehte mich zu meinem

Gewürzregal um und überlegte, was noch fehlte. Dann betrachtete ich die Schränke, den kleinen Tisch. Wie oft ich wohl noch hier kochen würde? Ich seufzte und wandte mich ab. Aus dem Küchenfenster sah man in den Innenhof und in die gegenüberliegenden Wohnungen. Auf einem Balkon blinkte bereits ein beleuchteter Weihnachtsmann, vier Wochen zu früh.

Ich musste an Mattis und die Weihnachtslichterkette in seinem Karton denken. Und daran, wie wenig Platz ein Mensch doch brauchte. Ob es die richtige Entscheidung war? Einen Teil aufzugeben, um alles zu retten? Ausgaben senken war immer ein wichtiger Schritt, um einen Betrieb aufrechtzuhalten. Ausgaben senken, Einnahmen steigern. Wenn jetzt die Weihnachtsproduktion startete …

Mein Blick fiel auf eine alt gewordene Orange. Ich schnitt in die harte Schale, sofort verbreitete die überreife Frucht ihren wunderbaren Duft. Ein paar Spritzer in die Suppe, dazu die gerösteten Kerne und fürs Auge einige Blätter Basilikum von meinem Kräuterbeet im Küchenfenster. Fertig.

Auf einmal schlug mein Herz schneller, und ich sah das Gesicht des Unbekannten vor mir. So einfach gelang es mir wohl doch nicht, ihn aus meinen Gedanken zu verbannen.

Nach meiner morgendlichen Laufrunde, dieses Mal im Schneeregen, duschte ich heiß, zog meine Lieblingsjeans und einen schwarzen Pulli an. Dann schritt ich fast beschwingt die Treppe hoch.

Von Stockwerk zu Stockwerk wurde ich langsamer.

Bis jetzt war ich noch nie hier oben gewesen. Wozu auch. Vor Frau Obermüllers Tür roch es nach gekochten Kartoffeln, und auf dem Fußabtreter stand »Grüß Gott«, mit Herzchen über dem Ü.

Ich klingelte und entschuldigte mich für die Störung am Sonntagmorgen. Kommentarlos bat sie mich ins Wohnzimmer. Eiche rustikal und Gummibäume. Wie im Museum. Die Sitzecke war auf das große Panoramafenster und auf die im Regen verschwundene Festung ausgerichtet. Frau Obermüller bot mir einen Platz auf ihrem abgenutzten braunen Ledersofa an. Aber ich konnte nicht stillsitzen und lief vor dem Fenster auf und ab.

»Ich möchte Ihnen eine Lösung vorschlagen, die uns beiden entgegenkommt. Ich ziehe aus der Wohnung aus. So spare ich Kosten, und Sie können sie neu vermieten. Und im Gegenzug nehmen Sie die Kündigung für den Laden und die Werkstatt zurück.« Ich ließ mich auf das Sofa fallen.

»Sofort?«, fragte sie und nahm gegenüber Platz.

Ich nickte. Ihre Neugierde war unübersehbar.

»Eine Großtante von mir wohnt in Würzburg, bei der werde ich wohnen.«

»Meinen Sie die Kunkel? Aus der Zellerau?«

Was für ein Mist. Woher kannte die Obermüller meine Großtante? Lotte lebte seit einigen Wochen im Heim, die merkte nichts mehr. Leider. Wenn ich sie besuchte, gab sie in kindlichem Tonfall damit an, dass ein GI ihr Schokolade geschenkt habe und nicht mir. Sie hielt mich für Oma.

»Zu der ziehen Sie?«, fragte sie erstaunt.

»Sobald ich einen Kleinlaster aufgetrieben habe.« Was hoffentlich lange dauern würde.

Lottes Wohnung war aufgelöst worden, nur die Garage in der Zellerau, in der Omas Sachen lagerten, gab es noch. Meine Möbel passten da bestimmt auch noch rein. Ich würde hierbleiben, in der Chocolaterie, und aus dem Koffer leben.

Egal, zum Kochen gab es die Schokoladenküche, waschen konnte ich mich im WC, und das Sofa kam ins Büro.

»Da schick ich Ihnen meinen Enkel, der schuldet mir sowieso noch einen Gefallen.«

Ich bekam einen Kloß im Hals.

»Ob Herr Fiurelli mit seinem Straßenverkauf wohl mehr Glück hat als ich?«, sagte ich lächelnd.

»Wieso Straßenverkauf? Ich dachte, er will nur sein Restaurant erweitern.«

»Nein, er hat gestern eindeutig von einem Straßenverkauf gesprochen. Wenn er ihn abends so lange wie den Lieferdienst öffnet, kann er bestimmt genügend Kunden anlocken. Seine Pizza ist schließlich berühmt, die Leute werden Schlange stehen.«

»Schlange stehen? Nachts?«

»Und die Auslieferer mit ihren Vespas, das gibt richtig italienisches Flair.«

»Meinen Sie Motorroller? Nachts? Das wird doch total laut!« Empört hob sie die Hand.

»Manche Lieferdienste fahren bis weit nach Mitternacht aus. Da bekommt er schnell genügend Geld für die Miete zusammen.«

Sie sah mich verunsichert an. Hatte ich es mir doch gedacht. Paolo Fiurelli hatte ihr seine wahren Pläne verheimlicht.

Es kostete mich Überwindung, aber dann lächelte ich sie an. »Die Chocolaterie kann ich retten, versprochen, aber Sie müssten mir noch einen Aufschub für die Mietschulden gewähren.«

Mürrisch lehnte Frau Obermüller sich zurück und verschränkte die Arme vor der Brust. »Und woher weiß ich, dass Sie mir dann das Geld bezahlen?«

»Wissen können Sie es nicht. Sie können mir nur vertrauen – und der Qualität meiner Produkte. Sie wissen doch, wie gut meine Pralinen sind!«

Sie schluckte hörbar. Aber dann atmete sie tief ein und aus und antwortete: »Vertrauen! Ich habe Ihnen die letzten Monate vertraut. Nein, die Kündigung ziehe ich nicht zurück.«

»Warten Sie doch das Weihnachtsgeschäft noch ab, Frau Obermüller!«

Aber sie schüttelte erbarmungslos den Kopf.

Enttäuscht rannte ich die Treppe hinunter. Jetzt musste ich darauf hoffen, dass die Mühlen der Justiz langsam mahlten und es bis zur Räumungsklage lange genug dauerte, sodass ich zumindest einen Teil der Schulden bezahlen konnte.

Es auf einen Rechtsstreit ankommen zu lassen war eigentlich nicht meine Art. Aber eine andere Möglichkeit hatte ich nicht. Für einen Lottogewinn fehlte mir die Glückssträhne, und eine Erbschaft war ebenfalls nicht zu erwarten. Omas Geld steckte bereits in der Chocolaterie.

Soweit sie es entbehren konnte. Billig war ein Lebensabend auf Mallorca nicht, auch wenn ihr Freund Rüdiger die meisten Kosten trug.

Auf einmal erschien mir meine Wohnung wie ein Paradies, das ich nie verlassen konnte. Auf dem alten Sofa hatte ich schon als kleines Mädchen gekuschelt. Ich kannte jeden Fleck in seinem verblichenen Bezug. Die Glasränder im Eichenfurnier des Couchtisches stammten von Opas Schoppen. Das Billyregal mit der roten Kante – beim Zusammenbau hatte ich ein Brett falsch eingeschraubt und die vordere Kante mit roter Farbe angemalt, damit man den Pressspan nicht sah. Am liebsten mochte ich die Stehlampe. Als der Stoff beim Umzug einen Riss bekam, hatte ich aus alten CDs eine neue Verkleidung gebastelt. Diese Dinge waren mein Leben, auch wenn es wenige waren. Und das sollte jetzt alles zu Ende sein?

Um mich abzulenken, verzog ich mich mit meiner Kuscheldecke, einer heißen Schokolade und dem Telefon aufs Sofa. Stella konnte ich nicht anrufen, sowohl sie als auch Herlind sollten möglichst noch nichts von der Kündigung erfahren. Das hatte mir Frau Obermüller versprechen müssen.

Paula ging nicht ran. Blieb nur Oma übrig.

»Winter«, meldete sich eine zittrige Stimme. Sie klang schwächer als sonst.

»Hallo, Oma, hier ist Lea«, antwortete ich.

»Küken, was ist denn, ist was passiert?«

Immer glaubte sie, dass ich nur anrufen würde, wenn es schlechte Nachrichten gab. Aber dieses Mal stimmte es sogar.

Um ihre Sorgen zu zerstreuen, bedankte ich mich erst einmal für den Brief und erzählte von den neuen Kürbistrüffeln. Währenddessen überlegte ich, wie ich ihr von meinen finanziellen Problemen erzählen konnte, ohne dass sie sich sofort Sorgen machte.

»... das Püree langsam einkochen lassen ...«

»Rüdiger hat mich verlassen«, unterbrach sie mich mit dünner Stimme, schluchzte auf und weinte.

Ich kannte den Mann kaum. Rüdiger spielte gerne Golf und trug Goldkettchen. Oma war offensichtlich schon vor Opas Tod mit ihm befreundet gewesen. Wovon weder Opa noch ich etwas geahnt hatten.

»Das wird schon wieder, Oma. Bestimmt kommt er morgen zurück. Wer lässt denn eine so tolle Frau wie dich alleine!«

»Wir haben uns gestritten. Er findet, ich würde ihn zu viel kontrollieren. Dabei habe ich doch nur Angst, dass ... er ... ach, ist egal.«

»Soll ich mit ihm sprechen?«

»Nein, mein Kind. Wie sieht das denn aus. Meine Enkelin beschwert sich bei meinem Freund!« Sie putzte sich die Nase. »Ach, und wenn es ganz einsam wird, dann komme ich zu dir, Lea.«

Wie konnte ich ihr da von der Chocolaterie erzählen? Dass es bald kein »bei mir« mehr geben würde? Nichts konnte ich sagen, nichts. Nur hoffen.

5

Eisiger Wind trieb die letzten Blätter der Platanen vor sich her. Die blaue Altpapiertonne stand abholbereit vor dem Haus, ich hob den Deckel und schüttete den Inhalt meines Papierkorbes aus meinem Büro hinein. Montagmorgen. Neue Woche, neues Glück? Wer wusste das schon. Aber eine Entscheidung gefällt zu haben war eine Erleichterung. Ich war der Obermüller entgegengekommen, das war gut, auch wenn ich sie bis jetzt nicht umstimmen konnte. Aber vielleicht überlegte sie es sich mit der Räumungsklage noch.

Als der Wind ein Blatt aus dem Papierkorb über den Platz wehte, rannte ich hinterher. Aber immer, wenn ich danach greifen wollte, wirbelte eine Bö es in die Luft und es wehte wieder davon.

Ein brauner Schuh stellte sich auf den Zettel, und auf einmal trug der Wind den Geruch von Orange, Basilikum und Koriander zu mir. Er war es, der Mann mit dem geheimnisvollen Duft. Er lächelte mich an, bückte sich und hob das Papier auf.

»*Die Schwanenpraline*«, murmelte er. »Willst du da mitmachen?«

Es störte mich nicht, dass er mich duzte. Es wirkte vertraut, genauso wie sein Duft. Vertraut und aufregend.

Er reichte mir den Flyer. Meine Hand zitterte, und ich

atmete tief ein, bevor ich ihm den nassen und dreckigen Zettel abnahm.

Die Schwanenpraline –
ein Wettbewerb der Schwanenhotels.
Kreieren Sie eine unvergessliche Erinnerung
für unsere Gäste.

Auf den Fotos lächelten Brautpaare, Sektgläser funkelten, und auf einem Bild sah man Schwäne auf einem See, an dem Blumen blühten.

»Nein«, stotterte ich, »ich wollte nur nicht, dass der Platz zugemüllt wird.«

Ein Auto hupte. Wir gingen zur Seite, und er hielt den Arm in die Luft, als ob er mich beschützen wollte. Der Autofahrer gab Gas und fuhr in die Parklücke, in der wir gestanden hatten. Beinahe berührten wir uns, und ich atmete noch einmal tief seinen Geruch ein. Wieder war da diese Nuance, die ich nicht benennen konnte. Der Ledergeruch seiner Jacke war es nicht. Zögernd blickte ich ihn an. Er sah immer noch zu dem parkenden Auto hinüber, und als ich mich ein wenig zu ihm vorbeugte, erahnte ich einen sanften Hauch von Seife.

So nahe war ich schon lange keinem Mann mehr gekommen.

Plötzlich wurde lautstark die Tür des *Fiurelli* aufgerissen, und Paolo stürmte heraus.

»Alessandro, die Gäste warten«, zischte er. Mich grüßte er wie immer nicht.

Alessandro. Ein schöner Name.

»Gleich«, rief Alessandro.

Er grinste mich mit schiefem Lächeln an. Noch einer, den Paolo nicht leiden konnte. Ich grinste zurück. Sein Lächeln wurde breiter, zwei Grübchen erschienen in seinen Wangen.

»Klingt doch interessant. Fünftausend Euro Preisgeld«, wandte er sich unvermittelt an mich. Das Gemeckere seines Chefs schien ihn kaltzulassen.

Oh, das war mir gar nicht aufgefallen. Ich drehte den Flyer um. Tatsächlich, da stand es.

»Könnte ich gut gebrauchen«, antwortete ich, »danke! Ohne dich wäre mir das glatt entgangen.«

»Gern geschehen.«

»Ich bin übrigens Lea.« Ich streckte ihm die Hand entgegen. »Lea Winter, mir gehört die Chocolaterie.« Ich deutete überflüssigerweise hinter mich.

»Hallo Lea«, sagte er mit seinem melodiösen Bass. Seine Hand war warm, und ich spürte, wie es auf einmal überall in mir zu kribbeln begann.

»Sie ist wunderschön«, sagte er und sah mich mit seinen unergründlichen dunklen Augen eindringlich an. Obwohl er bis eben noch gelächelt hatte, sah er traurig aus. Tief in seinem Inneren.

Sein Blick war wie ein Versprechen. Doch dann senkte er die Augen und wandte sich um.

»Ich … Willst du nicht mal … Kaffee trinken?«, stotterte ich und zwirbelte nervös eine Locke um den Finger.

Da drehte er sich wieder zu mir um und lächelte so breit, dass die Grübchen wieder zu sehen waren, und ich fühlte mich wie ein Teenager. Ich sollte jetzt ein Lokal vorschlagen, oder einen Zeitpunkt. Aber in meinem Kopf herrschte Chaos.

»Alessandro!«, schrie Paolo schon wieder über den ganzen Platz. Was war denn mit dem los? Seine früheren Bedienungen hatte er nie so angeschrien. Der alte Griesgram sollte sich lieber selber um die Gäste kümmern, montagmorgens konnten es ja so viele nicht sein.

»Entschuldige«, sagte Alessandro zu mir, »seit meine Mutter im Krankenhaus ist, dreht mein Vater völlig durch.«

»Dein Vater?« Ich starrte ihn an. »Du bist ein Fiurelli?« Unwillkürlich trat ich einen Schritt zurück.

»Bei dir klingt es, als wäre es eine ansteckende Krankheit.« Alessandro schmunzelte.

»Ihr wollt meine Chocolaterie kaputt machen«, sagte ich mit Abscheu in der Stimme. »Aber das werdet ihr nicht schaffen, auf gar keinen Fall!«

»Hey, schon gut, beruhige dich. Ich wollte dir ja nur helfen«, erwiderte er.

»Ich brauche keine Hilfe. Ich schaff das auch alleine!« Voller Wut zerknüllte ich den Flyer und hob den Deckel der Papiertonne, als er meine Hand festhielt.

»Du willst dir die fünftausend Euro durch die Lappen gehen lassen, nur, weil du sauer auf meinen Vater bist?«

»Ja!«, rief ich, stieß ihn weg und knallte den Deckel zu.

Er zuckte mit den Schultern. »Na, dann«, sagte er und sah mich traurig an. »Schade.«

Mein Herz schlug wild, und meine Hände ballten sich

zu Fäusten. Kaum dass er die Tür zum Restaurant hinter sich geschlossen hatte, riss ich den Deckel wieder auf und fischte den zerknüllten Flyer wieder aus dem Müll. Schön blöd müsste ich sein, mir diese Chance entgehen zu lassen. Aber er musste ja nicht alles wissen.

6

Die Schwanenhotels, Marktführer bei den Romantik- und Wellnesshotels, suchen nach der Schwanenpraline. Sie soll unsere Philosophie von Gelassenheit und Sinnlichkeit verkörpern, unsere Gäste mit besonderen Sinneseindrücken verwöhnen und Teil des Schwanen-Merchandising werden.

Dreimal las ich es durch und konnte mich doch nicht darauf konzentrieren. Er ging mir einfach nicht aus dem Kopf.

Alessandro.

Wie kam es, dass der Unbekannte, der so eine Sehnsucht in mir auslöste, der Sohn von Paolo war? Unterschiedlicher konnte man doch gar nicht sein! Und wieso kannte ich ihn nicht? Selbst wenn er nicht in Würzburg wohnte, so musste er doch ab und an seine Eltern besuchen. War er älter oder jünger als Tommaso? Irgendwie wirkte er älter. Tommaso war gleichzeitig mit mir in der Tanzschule gewesen. Auf dem Abschlussball wäre Alessandro auf jeden Fall aufgefallen. So viele gut aussehende Zwei-Meter-Männer gibt es doch auch nicht.

Wie es klang, wenn er meinen Namen sagte. Wie es sich anfühlte, wenn er mich ansah.

Und auf der anderen Seite Paolo, der mit einem selbstgefälligen Grinsen den Zollstock geschwungen hatte und es kaum erwarten konnte, dass ich auf der Straße stand.

Ich las den Flyer ein weiteres Mal durch. Es klang interessant und abschreckend zugleich. Zwanzig Hotels mit über zweitausend Betten. Die Belegungsquote wurde nicht genannt, aber selbst wenn nur die Hälfte der Betten belegt war, bedeuteten das tausend handgearbeitete Pralinen pro Tag als Geschenk für die Gäste. Die der Gewinner produzieren durfte. Einsendeschluss war am 1. Dezember. In vier Wochen! Sascha, mein Patissier, hatte auch an Wettbewerben teilgenommen. Wochenlang hatte er an der Umsetzung des Themas gefeilt. Und was er damals kreiert hatte, das konnte ich doch auch, oder?

Schnell forderte ich per Mail die Teilnehmerunterlagen an. Dann ging es in die Werkstatt. Stella war gerade mit dem Ausgießen der Hohlformen für die Weihnachtsmänner beschäftigt. Im Regal stand noch immer die Schale mit den Versuchen, Alessandros Duft in Schokolade zu konservieren.

»Die schmeiße ich weg«, zischte ich.

»Warum das denn? Riecht er nicht mehr so gut?«, fragte Stella und stibitzte sich eine halb fertige Praline.

»Er ist ein Fiurelli.«

»Merkst du es jetzt erst?« Sie grinste.

»Wie? Du kennst ihn? Und warum sagst du nichts?«

»Mensch, er hat doch hier mal Basketball gespielt. Als es die X-Rays noch gab!«

»Wen?« Verdattert blickte ich sie an.

»Na, die Mannschaft, mit der Dirk Nowitzki groß

wurde. Oder sie mit ihm, je nachdem, wie du es sehen willst.«

»Das ist doch ewig her. So alt ist Alessandro doch gar nicht.«

»Alessandro hat erst später dort mitgespielt«, sagte Stella. »Ach egal, ich fand es jedenfalls lustig, dass du ihn nicht erkannt hast.«

»Vielen Dank auch«, gab ich zurück. »Hättest mich ruhig warnen können.«

Dann hätte sie mir diese Peinlichkeit erspart. Aber wenn er Profibasketballer war, wieso half er dann im Restaurant aus? Ein Mann voller Rätsel. Die gefüllten Halbkugeln dufteten noch immer sehr verführerisch. Zum Wegwerfen eigentlich viel zu schade. Ich erhitzte ein wenig Milch und löste eine Praline darin auf, während ich sie gleichzeitig vorsichtig mit dem Milchaufschäumer auflockerte. Dann ließ ich Stella probieren. Ich war nicht objektiv genug.

»Köstlich«, meinte sie. »Richtig weihnachtlich. Kakaopralinen oder – Schokolade am Stiel zum Auflösen, das wäre doch nicht schlecht.«

Am Nachmittag fand ich Zeit dafür, Stellas Idee von der »Schokolade am Stiel« auszuprobieren und nahm sie sofort ins Angebot auf. Es schmeckte wirklich vorzüglich. Vielleicht ein wenig mehr Koriander. Und noch ein Hauch Nelkenpulver? Dann prüfte ich die Schmelzmaschine, konnte aber keine Unregelmäßigkeiten entdecken. Alessandro versuchte ich in der Zwischenzeit zu vergessen.

Es war lange nach acht, als ich mich endlich aufs Sofa setzen und die Füße ausstrecken konnte. Vielleicht fand ich im Netz Ideen, um den Umsatz zu steigern. Doch kaum hatte ich etwas in die Suchmaschine eingetippt, klingelte das Telefon. Frau Obermüller hatte bereits einen Interessenten für die Wohnung, ob sie vorbeikommen könnten.

»Jetzt?« Unfassbar. Hatte ich nicht erst gestern die Kündigung akzeptiert?

»So ein Angebot steht heutzutage nicht lange im Internet, was meinen Sie. Wohnungen sind Mangelware«, entrüstete sie sich.

Nie hätte ich gedacht, dass sie sich im Online-Immobiliengeschäft auskannte, und das offensichtlich erfolgreich. Sie gab mir noch die Telefonnummer ihres Enkels, der die Möbel in die Zellerau bringen könnte.

Schnell räumte ich auf und saugte durch, da stand die Obermüller bereits mit dem Nachmieter vor der Tür. Abends um neun. Ein Zahnarzt aus einem Vorort. Seine Frau hatte ihn vor die Tür gesetzt, und ihm war anscheinend alles recht. Er wollte nur die Wände neu streichen lassen und nächstes Wochenende einziehen. Er machte noch einen Witz darüber, wie lustig es als Zahnarzt sei, über einer Chocolaterie zu wohnen. Von wegen Karies und so. Doch die Obermüller und ich fanden es nicht lustig.

Sie nannte ihm die Miete, die deutlich über meiner lag, und teilte ihm mit, dass er auch den November bezahlen müsse. Er war mit allem einverstanden und unterzeichnete sofort den Mietvertrag. Zahnarzt müsste man sein.

Mir drückte sie einen Mietaufhebungsvertrag in die Hand, in den sie als Datum der Wohnungsübergabe den 8. November eingetragen hatte. Kommenden Donnerstag.

Es gab auch eine Klausel, in die sie meine Mietschulden eingetragen hatte, nur die September- und die Oktobermiete. Trotz allem war ich bei der Sache gut weggekommen.

Ihr Enkel heiße Florian und wolle am Mittwochabend gegen acht mit dem Kleinlaster vorbeikommen, wenn es recht sei, verkündete sie mehr, als dass sie fragte. Aber mir war gar nichts recht. Innerlich war ich noch nicht so weit, das Sofa ins Büro zu stellen, auf ein Bad zu verzichten und einen Kleiderschrank. Aber es musste sein. Ich holte die alten Umzugskisten aus dem Keller und packte meine Bücher und CDs ein. Aber lange hielt ich nicht durch. Da stand noch die angebrochene Flasche Rotwein von Stellas Besuch, ich legte eine CD von Frank Sinatra ein und trank nicht nur die, sondern noch eine weitere Flasche aus.

Der Kater am nächsten Tag entsprach meiner Stimmung. Griesgrämig werkelte ich in der Werkstatt herum und räumte auf, um angeblich Platz für die Weihnachtsproduktion zu schaffen. Dabei überlegte ich nur, wo ich meine Habseligkeiten verstecken könnte, auf die ich nicht verzichten wollte.

Am Abend wurde es ernst, jetzt mussten meine zwei Zimmer, Küche und Bad leer geräumt werden. In den paar Jahren hatte sich doch einiges angesammelt. Mit der Bettwäsche polsterte ich das Geschirr aus, bevor ich es in die leeren Schokoladenkartons packte. Vorerst sollte mir der Schlafsack genügen, den konnte ich besser verstecken.

Sommerkleidung in Kartons, die Winterkleidung in die beiden Koffer. Die Bücher kamen in weitere Kartons, gemeinsam mit den CDs und den wenigen Dekosachen, die ich besaß. Nur die Schokoladenbücher und mein Rezeptbuch stellte ich nach unten ins Büro.

Es dauerte fast die ganze Nacht. Was für ein komisches Gefühl, alles zu verpacken und nicht zu wissen, wann ich es wieder auspacken würde.

Am nächsten Abend kurz vor acht fuhr Florian mit dem Kleinlaster eines Hausmeisterservice vor. Er war schweigsam und roch nach Bier, aber es war mir egal. Alles war mir egal. Der Staub, der sich in den vier Jahren hinter dem Kleiderschrank angesammelt hatte. Der neue Rotweinfleck auf dem Teppich. Die Leere, als der Tisch, die beiden Stühle, das Bett, alles hinausgetragen worden war. Ich schluckte meine Tränen hinunter und redete mir ein, dass schon alles wieder in Ordnung käme.

Der Schneeregen hatte sich in dicke Flocken verwandelt und verschönte den Küchenstuhl mit weißen Punkten, als ich ihn in den Laster trug.

»Soll ich helfen?«, erklang auf einmal eine tiefe Stimme.

Alessandro. Den konnte ich jetzt gar nicht gebrauchen.

»Nein«, antwortete ich knapp.

»Und was ist mit dem Sofa?«, fragte Florian und stellte eine Kiste in den Laster.

»Das schaffen wir auch alleine«, sagte ich.

Wenn Paolo erfahren würde, dass ich jetzt in der Chocolaterie wohnte – der wäre imstande und hetzte mir die Lebensmittelüberwachung auf den Hals. Je weniger Details Alessandro kannte, desto besser konnte ich die ganze Geschichte geheim halten.

Er zog die Augenbrauen zusammen. Eine Falte bildete sich zwischen ihnen.

»Alles klar«, sagte er und wandte sich ab.

Ich atmete auf.

Das Sofa war wirklich unglaublich schwer. Die Treppe runter ging es ja noch, aber dann passte es nicht ins Büro. Weder quer noch längs. Jetzt merkte man, dass der fensterlose Raum nur als Abstellkammer geplant und in dem alten Haus die Räume nicht ganz rechteckig waren. Nur dort, wo mein Schreibtisch stand, passte es rein. Kam der Tisch eben auf die andere Seite. Und wohin mit Telefon und der WLAN-Box?

In der Zellerau angekommen hielten wir vor Tante Lottes Garage. Die gesamte Anlage war mit Graffiti vollgesprüht. Das Tor klemmte, und Florian bekam es nur mit einem Fußtritt auf. Die Scheinwerfer des Lasters fielen in die Garage. So überfüllt hatte ich sie gar nicht in Erinnerung. Florian redete immer noch nicht viel und wenn, dann ohne die Zigarette aus dem Mundwinkel zu nehmen. Dafür schichtete er die eingelagerten Kisten und Bretter gekonnt um, sodass meine Sachen doch noch Platz fanden.

Die Nacht war grauenhaft. Schlaflos wälzte ich mich auf dem schmalen Sofa hin und her. Wie war ich nur auf diese dumme Idee gekommen? Und nicht nur weil eine der Sprungfedern sich in meinen Rücken bohrte. Sondern weil Herlind sofort alles rausbekäme. Und Stella auch. Weil diese Aktion nichts brachte. Einfach gar nichts. Wenn ich nur mit irgendjemandem reden könnte. Ich streckte den Arm aus, aber das Foto meiner Eltern steckte in einem Karton in Lottes Garage.

Früher als sonst stand ich auf und öffnete die Türen und das Küchenfenster, um die kalte Luft in meine Lunge strömen zu lassen. Schaltete die Kaffeemaschine ein, räumte alles Verdächtige weg, die Zahnbürste, die dreckige Kleidung. Der ausgebeulte Koffer passte nicht unters Sofa. Im Lager standen zwar bereits möglichst unauffällig meine Kartons, aber ich fand noch eine unbeachtete Ecke, dort, wo sich die Osterhasenformen stapelten.

Als ich joggen ging, waren die Wege voller Schneematsch, aber ich absolvierte trotzdem wie üblich meine Laufstrecke. Danach fehlte mir die Dusche. Katzenwäsche war angesagt. Um acht schloss ich betont fröhlich die Tür auf und hoffte, Stella würde nichts bemerken. Leider war mir immer noch keine gute Ausrede eingefallen, warum das Sofa jetzt im Büro stand.

7

Stella hatte jedoch ganz andere Sorgen. Mit rot verweinten Augen huschte sie an mir vorbei und murmelte, sie werde Mattis nie mehr zu seinem Vater bringen. Jedenfalls nicht, solange der keinen Unterhalt zahle. Dann knallte sie die Tür zur Werkstatt zu. Die ließ ich heute am besten in Ruhe. Sie kam nur einmal kurz zu mir, um sich zu beschweren, dass die Bitterschokolade aus São Tomé fast alle sei. Dann verschwand sie wieder.

Der Flyer mit der *Schwanenpraline* lag noch immer auf dem Tisch. Wie viel Schokolade ich mit dem Preisgeld kaufen könnte … Ich steckte ihn ein und bestellte die neue Schokolade, auch wenn ich sie erst im neuen Jahr bezahlen konnte.

Als ich die Werkstatt betrat, lächelte Stella mich scheu an, es schien ihr ein wenig besser zu gehen. Ich strich ihr aufmunternd über den Rücken und holte die Silikonplatten mit den Sternenformen. Heute begannen wir mit der Weihnachtsproduktion.

Stella zeichnete mit einer beneidenswerten Fingerfertigkeit Gesichter in die Weihnachtsmann-Hohlformen. Gerade als ich Formen für die Zimtsternpralinen mit weißer Schokolade auspinselte, wurde die Tür mit so viel Schwung geöffnet, dass sie gegen die Wand knallte.

»Im Waschbecken kleben Zahnpastareste«, meckerte

Herlind. »Das könnt ihr zu Hause machen, hier finde ich das eklig.«

Ungerührt verzierte Stella weiter die Hohlformen.

»Ich hatte da vorhin was zwischen den Zähnen kleben, Entschuldigung«, sagte ich möglichst unbeteiligt.

»Und da holst du dein Zahnputzzeug von oben?«

Sie sah mich an, als ob ich gesagt hätte, gegen Schokolade allergisch zu sein.

»Ach«, begann ich und sah nicht hoch. Wie sollte ich es ihr bloß erklären?

»Schaut mal, da will ich mitmachen!«, rief ich stattdessen und zog den Flyer aus der Hosentasche.

»Ein Wettbewerb?«, fragte Herlind ungläubig.

»Ja, das ist nicht wie bei den Köchen, wo geheime Tester unterwegs sind«, sagte Stella und nahm Herlind das Blatt aus der Hand.

»Es gibt sogar eine Weltmeisterschaft«, erklärte ich.

»Und das willst du werden? Weltmeister?«, fragte Herlind und zog abschätzig die Augenbrauen hoch.

»Nein«, versuchte ich, sie zu beschwichtigen, »ich will nur einen Auftrag ergattern.«

»Na dann«, antwortete sie gedehnt, »Schwäne – so wie bei deinen Eltern?«

Meine Eltern hatten Schwäne geliebt, das stimmt. Auf dem alten Emailleschild der *Chocolaterie Winter* formten zwei Hälse eines Schwanenpaares ein Herz. Und meine Mutter trug eine Kette mit einem Schwan als Anhänger auf dem Foto. Manchmal glaubte ich, mich auch daran zu erinnern, dass im Wohnzimmer kleine Porzellanschwäne gestanden hatten. Aber ich konnte mich täuschen.

»Dein Vater hat doch bestimmt Pralinen gemacht, die wie Schwäne aussahen, oder?«, fragte Herlind.

Ich hatte nur bruchstückhafte Erinnerungen an seine Pralinen. Alte Rezeptbücher oder andere Aufzeichnungen besaß ich leider nicht.

»Da muss ich meine Oma fragen.«

»Mach das. Der Sieger soll die Pralinen für die Hotelkette herstellen, und es gibt sogar ein Preisgeld – fünftausend Euro! Für eine Praline?« Sie schüttelte den Kopf.

»Für das Rezept«, erklärte ich, »denk an die Mozartkugel.«

Sie nickte.

»Wenn sie so gut schmeckt wie die Praline, die du nach dem Duft von Alessandro gemacht hast, gewinnst du bestimmt.« Stella grinste mich an.

»Alessandro?«, fragte Herlind und schaute mich voller Neugier an.

»Paolos Sohn«, antwortete ich, »und die Schokolade war – nur eine Inspiration.« Ich stopfte den Flyer wieder in meine Hosentasche.

»Den habe ich bei Maria im Krankenhaus getroffen. Ein sehr netter junger Mann!«, sagte Herlind und zwinkerte mir zu. Wenn sie jetzt wieder damit anfangen würde, dass ich schon über dreißig sei und endlich mal an einen Mann und Kinder denken solle, würde ich sie in der geschmolzenen Schokolade ertränken.

»Der ist ein Idiot wie sein Vater. Kommt in die Chocolaterie, ohne etwas zu kaufen«, sagte ich und stellte die Sternenformen ins Regal.

»Oh, nein«, berichtigte mich Herlind, »er hat schon zweimal für Maria Pralinen gekauft.«

Oh. So konnte man sich täuschen.

Die Türglocke läutete, und Herlind musste zum Glück in den Laden. Schnell flüchtete ich auf die Toilette, um die verräterischen Zahnpastaspuren zu beseitigen. Das würde ja einen Spaß geben, wenn Herlind weiterhin so neugierig war.

Um die Verkaufszahlen zu steigern, beschloss ich, den Laden künftig abends nicht bereits um sechs, sondern erst um acht Uhr zu schließen. Viele Geschäfte hatten abends nicht so lange auf, aber ich war ja sowieso in der Chocolaterie. Ich könnte auch bis Mitternacht Pralinen verkaufen, wenn es erlaubt wäre.

Über mir klapperte es. Als ich aus dem Schaufenster blickte, sah ich den Minivan eines Malermeisters. Wie laut man die Schritte von oben aus meiner Wohnung hörte! Hoffentlich arbeitete er nicht tagsüber, sonst wusste Herlind sofort Bescheid. Erstaunlich, dass Frau Obermüller noch nichts erzählt hatte.

Ein einziger Kunde kam und kaufte eine weiße, mit Rosenblättern verzierte Tafelschokolade. Aber selbst das war besser als nichts.

Später kochte ich Nudeln in der Schokoladenküche. Der salzige Geruch des stärkehaltigen Nudelwassers mischte sich mit der Vollmilchschokolade, die wir tagsüber verarbeitet hatten, und stimmte mich wehmütig. Noch immer lief der Maler über mir hin und her. Bestimmt arbeitete er schwarz.

Pesto aus dem Glas und frisch geriebener Parmesan verdeckten den Schokoladengeruch fast vollständig.

Wie eine Schwanenpraline wohl schmecken sollte? Fruchtig, nussig, nach Kaffee oder Alkohol? Wie sollte sie aussehen?

Ich holte die Marzipanrohmasse aus dem Kühlschrank, schnitt einen Würfel davon ab und knetete ihn, bis er formbar wurde. Ein dicker Bauch, ein langer Hals. Na ja, wie ein Schwan sah es nicht aus.

So einfach würde es wohl nicht gehen.

8

Freitagabend, kurz nach acht. Ich freute mich auf den Saunaabend mit Nele und Paula im Sandermare. Heute würde es das letzte Mal für lange Zeit sein, daher wollte ich jede Minute auskosten. Eine neue Zehnerkarte konnte ich mir nicht mehr leisten.

Gerade als ich abschließen wollte, rannte ein roter Regenschirm über den Platz. Unverkennbar Alessandro. Bitte nicht zu mir! Natürlich, ich brauchte jeden Cent. Ich brauchte aber auch den Duft eines Birken-Zitrone-Aufgusses und das porentiefe Gefühl von Sauberkeit nach der Katzenwäsche heute Morgen.

Er rannte die zwei Stufen rauf und schaute mich durch das Fenster in der Tür erwartungsvoll an.

Ich zögerte.

»Bitte«, rief er, »tut mir leid, dass ich so spät bin!«

Zögernd öffnete ich die Tür.

»Aber nur ganz kurz, ich habe es eilig.«

»Danke.« Er ließ den nassen Schirm draußen.

»Ich wollte für meine Mutter ein paar Trüffel kaufen.«

»Und warum kommst du nicht tagsüber?«, fragte ich pampig.

Er seufzte. »Wenn mein Vater dir Ärger macht, tut es mir leid. Ehrlich. Aber sei so gut und verwechsle mich nicht mit ihm.«

Er hielt kurz inne, betrachtete das alte Firmenschild meines Vaters, und ich atmete tief durch. So ganz unrecht hatte er nicht. Eine Chance konnte ich ihm geben, eine einzige.

Dann drehte er sich zu mir um und lächelte.

»Du hast eine riesige Auswahl für so eine kleine Chocolaterie.«

»Jaa«, antwortete ich gedehnt.

»Habt ihr noch Kürbistrüffel?«

Ich nickte, und er folgte mir zum Regal. Als er seine Jacke öffnete, verbreitete sich sofort eine Wolke seines Duftes. Zitrone und Basilikum. Orangen waren auf jeden Fall auch dabei und Koriander. Dazu diese Duftnote, die ich immer noch nicht entschlüsselt hatte. Stärker als sonst. War es …? Konnte es sein?

»Rauchst du Zigarillos?«, fragte ich.

»Nein.«

»Komisch, ich dachte, ich könnte es riechen.«

»Fredo raucht Zigarillos. Unser Koch.«

»Und du warst dabei, stimmt's?«

Er nickte. »Woher weißt du das?«

»Ach, nur geraten.« Kein Wunder, dass ich den Duft nicht in Schokolade konservieren konnte. Ich schnappte mir eine Tüte Kürbistrüffel und trug sie zur Kasse. Er legte noch eine weitere Tüte dazu.

»Ist deine Mutter noch lange krank?«, fragte ich, als ich die Kasse wieder aufschloss.

»Nun ja«, seine Stimme klang auf einmal tiefer, trauriger, »die Operation ist gut verlaufen. Zwei Bandscheibenvorfälle, das dauert, bis sie wieder fit ist. Ich erspar dir die Details. Jedenfalls liebt sie deine Kürbistrüffel.«

Er versuchte zu grinsen. Es misslang.

Behutsam band ich ein breites golddurchwirktes Stoffband um die Tüte und beschriftete einen Geschenkanhänger mit »Für Signora Fiurelli von Lea Winter«.

»Grüß sie von mir«, sagte ich und gab Alessandro die Tüte.

Er legte einen Geldschein auf die Theke.

»Nein, das ist ein Geschenk. Wir sind doch Nachbarn!«

»Kommt nicht infrage.« Er schob den Schein ein Stück über den Ladentisch.

Der Schein war zerknittert und an einer Stelle eingerissen. Natürlich brauchte ich das Geld. Aber es kam mir falsch vor.

»Ich glaube nicht, dass mein Vater dir jemals etwas spendiert hat, oder?«, sagte er.

»Das ist egal.«

»Nach allem, was ich gehört habe, nicht.« Er schob den Schein noch ein Stück in meine Richtung.

Wozu hatte ich eigentlich die Kasse aufgeschlossen? Schnell drehte ich den Schlüssel um und steckte ihn ein. Jetzt war klar, dass ich das Geld nicht nehmen würde.

»Verrätst du mir, was in der Ganache der Kürbistrüffel ist? Sahne, Vollmilchkuvertüre, das ist klar. Aber ansonsten? Kürbissaft?«

Ich grinste. »Kürbispüree. Der Rest ist mein Geheimnis.«

»Dann muss ich raten. Ingwer und Zimt.«

Erstaunlich. Nicht nur dass er die Fachausdrücke kannte, er hatte auch zwei der wichtigsten Zutaten herausgeschmeckt. Oder war es Maria gewesen? Oder hatte Herlind, die er bei Maria getroffen hatte, ihm alles erklärt?

»Darf ich eine von den Trüffeln probieren?«, fragte er und deutete auf die Probierschale.

Ich warf einen Blick auf die Uhr, langsam musste ich los, sonst würde ich die bezahlten drei Stunden nicht voll ausnutzen können. Was jammerschade wäre.

Ich hob den Deckel und ergriff mit der Zange eine Whiskytrüffel.

Behutsam legte ich sie auf seine ausgestreckte Hand. Zuerst schnupperte er an der Trüffel und betrachtete sie von allen Seiten, bevor er ein kleines Stück abbiss. Während er die Schokolade im Mund zergehen ließ, blickte er mich die ganze Zeit unverwandt an.

»Da steckt ein erstklassiger Single Malt in der Ganache«, sagte er. »Ist das eine bestimmte Bitterschokolade?«

»Ja, ein Grand Cru aus Tansania.«

»Wunderbar herb und überhaupt nicht sauer.«

Es irritierte mich, dass er nicht fragte, was ein Grand Cru ist. »Pur riecht die Schokolade nach Holz und Lakritze«, erklärte ich, »aber in der Ganache schmeckt man es nicht heraus.«

»Nein, ich finde, die Lakritze ist ganz fein im Nachgeschmack enthalten.« Er streckte mir den kleinen Rest in seiner Hand entgegen. Ich zögerte. Aber die Neugier siegte. Als ich sie nahm, berührten meine Fingerspitzen seine Haut, und unwillkürlich hielt ich den Atem an.

Langsam ließ ich die Schokolade im Mund zergehen, aber Alessandros Geruch in der Nase lenkte mich zu sehr ab, und ich ging einen Schritt zur Seite.

Und da schmeckte ich es. Zart und ganz versteckt. Ein Hauch Lakritze.

»Ja«, sagte ich.

Er lächelte scheu. Was für ein merkwürdiger Mann. Groß, schlank, freundlich und trotzdem der Sohn von Paolo. Ein ehemaliger Basketballer, der sich in der Schokoladenherstellung auskannte und Geschmacksnerven hatte, die – es fiel mir schwer, es zuzugeben – besser waren als meine.

»Ich muss jetzt gehen«, sagte er, »mein Vater wird sonst sauer.«

»Ja«, erwiderte ich, »ich habe auch noch was vor.« Aber ich wollte nicht, dass er ging. Viel lieber hätte ich ihn weitere Pralinen kosten lassen. Voller Bedauern hielt ich ihm die Tür auf, und er rannte mit dem aufgespannten Schirm in der Hand zurück. Bevor er die Tür zum *Fiurelli* öffnete, drehte er sich noch einmal um und blickte zu mir hinüber. Nur einen Augenblick. Ich sah ihm nach, bis mein Herz sich beruhigte.

Neben der Theke stand meine Saunatasche, und ich ergriff sie. Noch einmal ließ ich meinen Blick durch die Chocolaterie schweifen.

Auf dem Tresen lag der Geldschein.

9

Was für ein Tag. Nur noch wenige Minuten, bis ich schließen würde, und die Kunden standen zum Bezahlen an. Wenn es so weiterging, und das hoffte ich natürlich sehr, konnte ich samstags nicht mehr alleine arbeiten. Herlind könnte ja zum Ausgleich montags freinehmen.

»Guten Abend«, begrüßte mich die nächste Kundin. »Mein Name ist Manon Klinkenberg.«

Sie erinnerte mich an irgendjemanden, aber es fiel mir nicht ein, an wen. Etwas an ihr brachte eine lang vergessene Saite zum Klingen. Der leichte Maiglöckchenduft? Das sympathische Lächeln unter den kurzen silberweißen Haaren? Ihr Händedruck war kräftiger, als ich es bei der schlanken Statur vermutet hätte.

»Ich bin die Leiterin der Schokoladen-Akademie in Eupen.« Das letzte Wort hing in der Luft, als ob sie noch etwas sagen wollte.

»Herzlich willkommen«, antwortete ich. Lange hatte ich damals davon geträumt, eine Ausbildung in der berühmten Akademie im deutschsprachigen Teil Belgiens zu machen. Aber es waren nur kurze Fortbildungen an einer Schule in Brüssel geworden, mehr hatte ich mir nicht leisten können.

»Wie kann ich Ihnen helfen? Mit der belgischen Herrlichkeit können wir in unserem kleinen Laden leider nicht mithalten.«

»Seien Sie nicht so bescheiden! Ihr Angebot ist sehr vielseitig.« Wieder lächelte sie, und wieder war mir, als würde mir gleich einfallen, wer sie war. Manon Klinkenberg. Aber ich kannte keine Manon, nur in Schokoladenform. Und wer genauso wie diese berühmte Praline hieß, den hätte ich mir gemerkt.

»Sie haben bei mir Informationen zur *Schwanenpraline* angefordert.« Ihr aufforderndes Lächeln blieb.

»Gibt es da Probleme? Kommen Sie deshalb extra zu uns?«

»Nein.« Sie lachte. »Gerade ist die Bayerische Meisterschaft der Chocolatiers in Nürnberg. Ich dachte, ich würde dich dort treffen. Morgen ist der Finaltag. Lea! Erinnerst du dich nicht an mich?«

Wieso duzte sie mich auf einmal?

»Du warst damals so klein, noch nicht einmal in der Schule. Ich bin es, Manon, eine Freundin deines Vaters.« Sie kramte in ihrer großen Umhängetasche. »Weißt du, ich hatte mich so gefreut, als ich deine Bewerbung erhielt. Lea, die kleine Lea, eine Chocolatière! Wo habe ich nur … ach, hier!«

Sie streckte mir einen vergilbten Zeitungsausschnitt hin.

Ein Foto, auf dem ein Mann und eine Frau mit weißer Konditorenmütze und einer Trophäe zu sehen waren. »Markus Winter – Weltmeister der Chocolatiers 1984«.

Am liebsten hätte ich das Bild direkt neben ihr Gesicht gehalten. Die Frau auf dem Bild trug eine große Brille und hatte keine silberweißen, sondern schwarze Haare. Und sie war dicker. Das Lachen war das Gleiche. Die freundlichen Augen. Irgendwie musste ich an ein rotes Tuch denken, mit weißen Tupfen.

»Er war so ein toller Chocolatier.«

Ich brauchte ein paar Sekunden, bis mir klar wurde, was für eine Chance das war: endlich mehr über meinen Vater zu erfahren als das, was meine Großeltern mir erzählt hatten.

»Wie kann ich Ihnen helfen?«, fragte ich und hoffte, es klang so freundlich, wie es gemeint war. »Möchten Sie etwas probieren?«

»Ich ... ich wollte dich einfach nur wiedersehen. Das ist alles. Ich bin sentimental, ich weiß. Ich störe. Es tut mir leid.«

Sie packte die Klarsichthülle wieder in ihre Tasche. Eine Kundin reichte mir eine Tüte Mandelkrokant.

»Nein, Sie stören überhaupt nicht.«

Ich kassierte schnell, um zu verhindern, dass Manon gehen würde. »Ich schließe gleich. Wenn Sie Zeit haben, würde ich Ihnen gerne die Chocolaterie zeigen.«

Manon nickte und strahlte mich wie auf dem Foto an.

Sie bewunderte die halb fertigen Weihnachtsmänner, kostete von den Silvanertrüffeln und untersuchte sehr interessiert die wenigen technischen Hilfsmittel, die ich besaß.

»Alles Handarbeit?«, fragte sie.

Ich nickte.

»Dein Vater hätte es genauso gemacht.« Sie lächelte.

»Ich würde so gerne die alte Chocolaterie noch einmal

sehen, wo wir damals so viel zusammengearbeitet haben«, sagte sie, und ihre Stimme bekam einen wehmütigen Ton.

»Da ist jetzt ein Handyladen drin«, sagte ich, um ihre Erwartungen zu dämpfen. »Aber wir können gerne hingehen, es ist nur ein paar Minuten entfernt.«

»Und danach lade ich dich zum Essen ein, und wir schwelgen in alten Zeiten, was hältst du davon?«, fragte sie.

»Wie wäre es mit dem Stachel?«, schlug ich vor.

»Das Stachel! Das gab es früher auch schon.«

Kein Wunder. Das Weinhaus Stachel warb schließlich damit, das älteste Gasthaus Würzburgs zu sein und aus der Zeit der Bauernkriege zu stammen.

Manon redete nicht viel, betrachtete den Dom, erkannte das Sternbäck und erzählte, dass auf der Alten Mainbrücke früher Autos fahren durften.

Schon standen wir vor dem Handygeschäft. Nichts erinnerte mehr an die Chocolaterie. Sie seufzte und wischte sich mit dem Taschentuch über die Augen, und auf einmal fiel mir wieder ein, wie sie geweint hatte, damals.

Im Stachel roch es nach altem Holz und gebratenem Fleisch, das Kaminfeuer in der Stube prasselte, und der Tisch davor war sogar frei. Während sie sich die zerlaufene Schminke unter den Augen wegwischte, suchte ich für uns beide einen Silvaner aus.

»Entschuldige«, sagte sie, »wie oft ich an dich denken musste. Und jetzt … Ich vermisse Markus. Auch wenn es schon so lange her ist.«

Sechsundzwanzig Jahre, um genau zu sein. Ich erinnerte mich an fast nichts. Nur an das Gefühl, verlassen worden zu sein. An die Einsamkeit, die mich zu verschlingen drohte.

»Möchten Sie auf den Friedhof?«, fragte ich. Manche Menschen brauchten das. Ich nicht. Der schwarze Granit mit den goldenen Buchstaben war mir immer fremd geblieben.

»Im Dunkeln? Der Friedhof ist doch jetzt geschlossen. Und bitte hör endlich mit dem Gesieze auf.«

Die Bedienung stellte die Weingläser vor uns hin.

»Gerne«, antwortete ich und stieß mit ihr an. »Manon. Das ist ein wunderschöner Name.«

»Ach, weißt du. Die Haselnuss in der Mitte der Manonpraline vergleichen die meisten Chocolatiers mit einer Brustwarze. Ich kann die Witze darüber nicht mehr hören.« Sie betrachtete die Farbe des Weines, schnupperte daran, dann nippte sie.

»Ehrlich? Daran habe ich nicht gedacht. Beim Klang deines Namens muss ich an Buttercreme und Nougat denken.«

»Du bist schließlich auch kein Mann.« Sie lächelte mich an. »Möchtest du nicht mitkommen, wenn ich morgen früh nach Nürnberg fahre?«

Eigentlich wollte ich morgen meine ersten Schwanen-Versuche starten. Und vielleicht ins *Fiurelli* gehen. Um Alessandro zu treffen. Auf einen Espresso. Wozu ich eigentlich kein Geld hatte. Ich war schon froh, dass Manon mich einlud. Aber es würde Spaß machen, Paolos Gesicht zu sehen.

»Wann war noch mal Abgabeschluss?«

»Wie dein Vater. Das Ziel im Auge und kein Blick nach links oder rechts.« Sie tätschelte mir die Hand. »Lass dich doch von dem Thema in Nürnberg, *The Spirit of Chocolate*, inspirieren.«

»Erzählst du mir ein bisschen von ihm?«, fragte ich. »Ich wusste gar nicht, dass er an Wettbewerben teilgenommen hat.«

»Und ob! Er war einer, von dem alle Großes erwarteten. Er modellierte Skulpturen wie ein Bildhauer. Unglaublich kreativ.«

»Meine Stärke sind eher die Füllungen«, sagte ich nachdenklich.

»Alles hat seine Bedeutung. Kreative Trüffelfüllungen sind gerade in, die Menschen probieren alles Mögliche aus. In den Achtzigern war die pompöse Form alles. Und Bitterschokolade nichts.« Sie kicherte.

»Erzähl mir von ihm! Von Oma kenne ich nur Kindergeschichten, was für ein braves Kind er war und dass er immer aufgeräumt hat. Das stimmt doch sowieso nicht!«

»Täusch dich nicht, er war ein Ordnungsfanatiker. Ich lernte ihn auf der Chocolaterieschule in Brüssel kennen. Danach arbeitete er in der Entwicklungsabteilung einer Kölner Schokoladenfabrik, ständig hatte er neue Ideen. Dass die nie den Weg von seinem Rezeptbuch in die Produktion gefunden haben, hat ihn sehr getroffen. Wir überlegten, gemeinsam eine Chocolaterie aufzumachen, aber dann lernte er deine Mutter kennen. Markus wurde zwar noch mit meiner Hilfe Weltmeister, aber sie war so eifersüchtig, dass ich mich aus dem Staub gemacht habe. Er meldete sich erst wieder bei mir, als sie ihn verlassen hatte. Und dann …« Sie schluchzte, räusperte sich und trank ein paar Schlucke.

»Ich weiß schon«, unterbrach ich sie und strich ihr über die bebende Hand.

»Ich war so überrascht, von dir zu hören. Markus' Tochter, eine Chocolatière! Wer hätte das gedacht.«

»Briefträger wie mein Großvater wollte ich jedenfalls nicht werden.«

Manon grinste.

»Und jetzt willst du den Schwan entwerfen.«

»Es ist ein Versuch.«

Sie trank ihr Glas leer, als wäre es Wasser.

»Das ist wirklich Ironie des Schicksals, oder? Dein Vater schuf damals eine Skulptur aus zwei Schwänen, ähnlich der auf seinem Firmenschild. Nur viel fantasievoller, als ich es beschreiben kann. Mit Federn in der Schokolade. Es ist vielleicht ein halbes Jahr her, da versackte ich in einem *Schwanenhotel* im Allgäu an der Bar und erzählte irgendeinem Kerl von dieser Skulptur. Der stellte sich dann als Geschäftsführer vor und war ganz hin und weg von der Geschichte, und den Rest kennst du. Die *Schwanenpraline*. Und du … bewirbst dich.«

Manon winkte der Bedienung und bestellte ein Wasser.

»Wie gesagt, es ist nur ein Versuch, mehr nicht.«

»Dein Vater liebte Schwäne. Wegen deiner Mutter.«

Ich dachte immer, es wäre einfach ein Hobby gewesen. Andere Leute sammeln Briefmarken oder Eulen. Mein Vater sammelte eben alles, was mit Schwänen zusammenhing.

»Warum wegen ihr?«

»Verlass dich nicht auf den Papa-Bonus.« Manon ging nicht auf meine Frage ein. »Ich suche die schönste Praline aus, die, die am besten ins Konzept passt. Egal, von wem die Idee stammt.«

Ich nickte.

»Und, kommst du nun morgen mit nach Nürnberg zur Bayerischen Meisterschaft der Chocolatiers?«

10

Wo war nur der Schlüssel hin. Zitternd stand ich vor der Seitentür meiner Chocolaterie und durchwühlte meine Hosen- und Jackentaschen. Ohne die Sitzheizung in Manons Citroën war es verdammt kalt, und dann gab es noch nicht mal ein gemütliches Bett, auf das ich mich freuen konnte. Nur die alte Couch. Und die harte Realität.

Vorbei war der wunderbare Tag mit Manon in Nürnberg. Zu hören, wie mein Vater bei seinem ersten Wettbewerb mit dem Flambiergerät den halben Saal in Brand gesetzt hatte. Zu sehen, wie wahre Künstler zauberhafte Skulpturen aus Schokolade geformt, zusammengesetzt und verziert hatten. Griechische Büsten, überdimensionale Gläser, Aztekenköpfe. Zu riechen, vor allem zu riechen. So viele Nuancen, so viele neue Kombinationen, so viel Können.

Manon hatte mich alten Kollegen meines Vaters vorgestellt, und es war erstaunlich, wie gut sie sich an ihn erinnerten. An seine Liebe zur Bitterschokolade. An seinen Schwan. Und wie sehr sie sich gefreut hatten, mich zu sehen.

Bis auf einen: Sébastien Malineau, den Fernseh-Chocolatier, stets umringt von Fans und Reportern. Aber als Manon mir erklärte, dass er damals, 1984, gegen Markus bei der Weltmeisterschaft verloren hatte, verstand ich es.

Der Gewinner des Wettbewerbes war sein Schüler, aber jetzt zeigte Sébastien Malineau, dass er ein guter Lehrer war und sich nicht in den Vordergrund stellte.

Vorbei, alles vorbei. Der Alltag hatte mich wieder, anstelle eines warmen Bettes erwartete mich eine unbequeme Couch, und der Schlüssel war immer noch nicht aufgetaucht.

Da erklangen Schritte hinter mir, sie blieben stehen.

»Hallo«, sagte Alessandro, den ich sofort an seinem Duft erkannt hatte. Ich spürte, wie ich rot wurde, und versenkte meinen Blick noch tiefer in der Tasche.

»Darf ich dich auf einen Wein einladen?«, fragte er.

Endlich, da war der Schlüssel. Verheddert in einen Handschuh.

»Oder einen Cappuccino.«

Mit dem Schlüssel in der Hand drehte ich mich zu ihm um.

»Bei deinem Vater? Der der Obermüller einredet, ich wäre pleite, damit er meine Chocolaterie mieten kann?«, fragte ich lauter als gewollt. Ich verstand nicht, wieso mir das auf einmal wieder so wichtig war. Auf Streit war ich eigentlich gar nicht aus. Vor allem nicht mit ihm.

Sein Lächeln verschwand, er atmete hörbar aus.

»Lea«, sagte er leise und sehr bestimmt, »seitdem du ihm damals die Räume vor der Nase weggeschnappt hast, hat er nur darauf gewartet, es dir heimzuzahlen. Aber mit mir hat das nichts zu tun.«

Die kleine Falte erschien zwischen seinen Augenbrauen.

»Vielleicht kann ich dir ja helfen, die Chocolaterie zu retten«, sagte er und kam näher.

Wärme und leises Stimmengemurmel empfingen mich. Die Tische waren alle besetzt. Schnell führte Alessandro mich in die Küche. Fredo rührte in einem dampfenden Topf und merkte nicht, dass wir uns an einen kleinen Tisch in einer Ecke setzten. Der Duft nach Reis und Fisch war überwältigend, und erst jetzt fiel mir auf, wie hungrig ich war. Vielleicht war das ja der Grund für meine schlechte Laune. Alessandro wischte ein paar Krümel von einem Stuhl, fragte, was ich trinken wollte, und schenkte Rotwein ein.

Wir stießen an. Als er mich ansah, schlug mein Herz wieder so schnell, dass ich sofort wegsah und an dem Wein schnupperte. Er roch nach Kirschen und schmeckte nach Vanille, aber es war mir im Moment herzlich egal.

Was war das nur? Junge Männer mit Schokoladenkenntnissen waren mir doch heute genügend begegnet. Aber bei keinem hatte mein Herz so geschlagen wie bei Alessandro.

»Ein Ravello«, erklärte er und schwenkte sein Glas hin und her. »Von der Amalfi-Küste. Ein Onkel von mir baut ihn an.«

Seine Finger lagen auf dem Tisch und schlugen leise den Takt zu der Gitarrenmusik, die aus dem Gastraum zu hören war.

»Stammt ihr von dort?«, fragte ich. Der Wein stieg mir bereits in den Kopf. Kein Wunder, hatte ich heute doch fast nichts gegessen.

Er schüttelte den Kopf, trank noch einen Schluck und erzählte von seinem Großvater, einem Sizilianer, der in den frühen Sechzigern nach München gekommen war.

»Er hat beim Bau des Olympiaturms mitgeholfen. Überall in der Stadt kann man sehen, was er geleistet hat.«

Ich musste an das Handygeschäft in der Schustergasse denken. Von meinem Vater gab es keine Spuren in der Stadt.

»Mein Vater ist noch immer ein sturer, hitzköpfiger Sizilianer. Meine Mutter muss sich noch lange schonen, wenn sie aus dem Krankenhaus entlassen wird. Für sie wäre es das Beste, wenn er keinen Pizzalieferdienst aufmacht. Und für dich, natürlich.« Er lächelte mich an. »Und deshalb musst du einfach deine Miete zahlen können.«

Wie wahr. Das würde tatsächlich alle Probleme lösen. Ob er mir wirklich helfen konnte?

Auf einmal knurrte mein Magen. Kein Wunder, bei den verführerischen Gerüchen in Fredos Küche.

»Entschuldigung«, sagte ich, »ich war den ganzen Tag unterwegs.«

»Willst du probieren?« Schon stand Alessandro auf und holte einen Teller vom Regal.

»Das ist echt nicht nötig«, wehrte ich ab, aber im gleichen Moment stand bereits ein Teller gefüllt mit safrangelbem Fischrisotto vor mir. Es schmeckte unwiderstehlich. Während ich die ersten Bissen genoss, schwieg Alessandro und zerbröselte einen Bierdeckel mit seinen unglaublich langen Fingern. Ab und an sah er zu mir, und ich war froh, mich dem Essen widmen zu können. Er machte mich ganz kribbelig, und ich wusste nicht, wie ich darauf reagieren sollte.

»Ich muss mich noch bei dir bedanken«, nuschelte ich.

Er winkte ab.

»Nicht nur für das Essen. Dank dir habe ich eine alte Freundin meines Vaters wiedergefunden.«

»Die mit dem Citroën?«, fragte er.

»Genau! Manon Klinkenberg. Sie hat meinem Vater geholfen, Weltmeister der Chocolatiers zu werden, kannst du dir das vorstellen? Weltmeister!« Ich legte die Gabel auf den Tellerrand. »Davon haben mir meine Großeltern nie etwas erzählt.«

»Und was hat das mit mir zu tun?«

»Eine lange Geschichte. Es geht um die *Schwanenpraline*, du hast mir den Flyer gegeben, erinnerst dich?«

Er grinste.

»Und was wollte sie von dir?«

»Sie ist mit mir nach Nürnberg gefahren, zur Bayerischen Meisterschaft der Chocolatiers.«

Ich erzählte ihm, dass Manon als eines der Mitglieder in der Jury den Ablauf überwacht hatte. Am ersten Tag mussten die Teilnehmer eine Praline, eine Torte und ein Dessert herstellen, den hatte ich verpasst. Heute war dann der Höhepunkt gefolgt, eine Statue aus Schokolade.

Die Teilnehmer kannten das Thema *The Spirit of Chocolate* lange im Voraus. Ziel des Wettbewerbes war es, die künstlerischen Planungen der letzten Wochen und Monate perfekt umzusetzen.

»Wir haben auch Sébastien Malineau getroffen, den Fernseh-Chocolatier!« Ich fuhr mit dem Löffel noch einmal durch die Soße. Sie schmeckte einfach zu gut.

»M… Malineau?« Fast hätte Alessandro sich am Rotwein verschluckt.

»Gib's zu, du bist ein Fan von ihm.« Ich grinste. Woher sonst konnte er wissen, was eine Grand-Cru-Schokolade ist, oder eine Ganache.

»Ja«, sagte er zögerlich, und Fredo kicherte im Hintergrund.

»Der ist ganz schön arrogant. Und die Fotos von ihm sind alle bearbeitet, er hat Falten wie ein Boxerhund und ist ziemlich übergewichtig. 1984 hat er gegen meinen Vater und Manon bei der Weltmeisterschaft verloren und ist daher nicht gut auf die beiden zu sprechen. Dafür hat jetzt sein Schüler das Rennen gemacht, und der war wirklich ziemlich gut. Schau!«

Ich holte mein Handy aus der Hosentasche und zeigte ihm den Aztekenkopf, den Herr Kürn aus einem riesigen Block Schokolade modelliert und mit Federn aus filigranem Zuckerguss verziert hatte. Dazu noch die Fotos der anderen Schaustücke, eines fantasievoller und künstlerischer als das andere.

»Wow, was man alles aus Schokolade machen kann«, sagte Alessandro. Er gab mir mein Handy zurück, und unsere Finger berührten sich kurz. Ich hatte das Gefühl, als hätte ich einen Stromschlag bekommen, aber es fühlte sich verdammt gut an.

»Einfach überwältigend«, sagte ich und ließ meine Hand in der Mitte des Tisches liegen. »Zum Glück gibt es bei der *Schwanenpraline* keine Schauveranstaltung, das würden meine Nerven nicht mitmachen. Du hättest miterleben sollen, als am Schluss ein riesiges Likörglas, dessen Stiel aus Schokoladenkugeln bestand, zerbrach. Alles umsonst. Die Ärmste!«

Er ergriff sein Weinglas, trank aber nicht. Dann stellte er es hin und legte seine Hand neben meine.

»Die *Schwanenpraline*, das ist auch so ein Wettbewerb, oder?«, sagte er, berührte meine Hand aber nicht.

»Meine Mutter hatte einen Kettenanhänger mit Schwänen. Ein Medaillon. Die Praline könnte genauso aussehen«, antwortete ich und fragte mich, wieso wir jetzt darüber redeten. Am liebsten hätte ich gar nicht geredet.

Da zog er auch noch die Hand weg.

»Eigentlich ist es kein richtiger Wettbewerb. Eine Hotelkette sucht einen Hersteller für Pralinen, die zu ihrem Logo passen, das ist alles.« Wieder nahm ich mein Telefon, scrollte durch meine Fotos, wollte ihm noch mehr zeigen, legte es dann aber zur Seite. Offensichtlich langweilte ich ihn.

Mit einem Mal tasteten seine Finger sich bedächtig zu meiner Hand und berührten sie. Wärme breitete sich in mir aus und vertrieb die Zweifel. Sanft hielt er meine Hand und sah mir in die Augen. Dann beugte er sich langsam immer weiter vor. Gleich küsst er mich, dachte ich und schloss bereits erwartungsvoll die Augen. Gleich.

Doch plötzlich näherten sich laute Schritte, und ich riss erschrocken die Augen auf. Alessandro sah zur Tür. Als ich kicherte, legte er den Zeigefinger auf die Lippen und räusperte sich.

»So ein Großauftrag wäre genau das Richtige für dich, oder? Sicher verdientes Geld.«

Ich seufzte. Da war er wieder, der graue Alltag. »Das

wird schwer. Was die anderen Chocolatiers alles konnten, unglaublich. Dagegen bin ich ein Provinzei.«

Ich streckte die Hand wieder aus und bemerkte, wie er erleichtert aufatmete, bevor er sie ergriff. Er drückte sie sanft und ließ sie nicht los.

»Alessandro steht auf Wettbewerbe. Er war mal Profibasketballer«, mischte sich Fredo ein.

»Ach, nicht die alten Geschichten«, wehrte Alessandro ab. »Das ist schon ein paar Jahre her. Ich musste wegen einer Verletzung aufhören. Meine Knie sind das reinste Trümmerfeld.«

»Du warst deutscher Meister«, sagte Fredo.

»Die anderen sind deutscher Meister geworden. Ich habe auf der Bank gesessen.«

»Und jetzt, was machst du jetzt?«, fragte ich. Offensichtlich sprach er nicht gerne über die Vergangenheit.

»Ich bin Werbegrafiker.«

»Und wo?«

Alessandro räusperte sich. »In München. Würzburg ist mir einfach zu klein.«

»Ich war noch nie in München.«

»Wie geht das denn?«

»Keine Ahnung. Ist einfach so.«

Es war nicht so, dass ich immer in Würzburg geblieben wäre. Eine Zeit lang hatte ich in Frankfurt in einem Sternerestaurant als Patissière gearbeitet, später in Baden-Baden bei einer Schokoladenmanufaktur, hatte Fortbildungen zur Chocolatière in der Schweiz und in Belgien gemacht, bin viel gereist. Nur eben nie nach München.

Plötzlich wurde die Tür aufgerissen, und Paolo stürmte

herein. Ich nickte ihm zu. Ein Schwall italienischer Wörter prasselte auf Alessandro ein, dann rauschte Paolo wieder hinaus.

»Ich muss weiterarbeiten«, sagte Alessandro. »Sehen wir uns morgen?«

Ich stand auf. Es war so eng, dass wir uns berührten, als ich mir Jacke und Schal anzog. Wie so oft verfing sich mein langer Ohrring mit den türkisenen Steinen in der grob gestrickten Wolle.

Vorsichtig befreite er ihn aus den Wollfäden.

»Gute Nacht, Lea«, sagte er leise.

»Bis morgen«, flüsterte ich.

11

Warum hatte ich ihn nicht geküsst? Ich war so eine Idiotin. Immer wenn es um Männer ging, war ich viel zu vorsichtig und abwartend. Und Paolo konnte mir egal sein. Wieso steckte ich auf einmal bei allem den Kopf in den Sand? Gab meine Wohnung auf, hielt jeden Chocolatier für besser als mich? Und jetzt? Ignorierte ich meine eigenen Gefühle!

Um einen klaren Kopf zu bekommen, ging ich die paar Meter bis zur Alten Mainbrücke. Das half mir eigentlich immer: aus dem engen Geflecht der Altstadt hinauszutreten und den weiten Raum des Flussbettes vor mir zu sehen. In mir wurde dann immer alles offen und klar, und meine Gedanken konnten fließen wie der dunkle Fluss unter mir.

Warum ärgerte ich mich eigentlich so – bedeutete er mir irgendetwas? Morgen schon könnte er nach München zurückkehren, weil er sich mit seinem Vater verkracht hatte. Dann hatte er keinen Grund mehr wiederzukommen. Ständig redete er davon, mir helfen zu wollen, aber Ideen hatte er keine. Er wollte nur seinem Vater eins auswischen, um mich ging es ihm doch gar nicht.

Als ob ein Händedruck etwas bedeuten würde.

Ich war nicht alleine auf der Brücke. Selbst um diese Uhrzeit und bei dieser Kälte gab es Touristen, die sich vor den Brückenheiligen oder der angestrahlten Festung hoch über den dunklen Weinbergen fotografierten. Ein Pärchen neben mir kicherte und küsste sich, und neidisch und völlig verfroren stapfte ich wieder nach Hause.

Dort angekommen, schnappte ich mir mein Rezeptbuch und zeichnete zur Inspiration einen Schwan. Noch immer ließ mich die Idee einer Schwanenfigur aus Marzipan nicht los. Wie die Plastiken bei der *Spirit of Chocolate*. Aber es würde nicht halten. Und wenn, dann nur mit sehr viel Ausschuss beim Transport. Ich sah die abgeknickten Schwanenhälse schon vor mir.

Eine Schwanengussform zu entwickeln dauerte zu lange und war teuer. Eine zu kaufen war nicht originell. Eine Ausstechform aus Blech selber in Form biegen? Vielleicht.

Mich ganz auf den Geschmack zu verlassen und eine eckige oder runde Form verwenden? Gewagt. Das Hotel-Logo konnte man auf Marzipan oder durchsichtige Stärkefolie drucken und diese auf die Praline kleben. Wie bei einem öden Werbegeschenk. Nichts, das fünftausend Euro wert war.

Ein Schwan. Auf einmal musste ich an Himbeeren denken. Und als mir bei dem Gedanken ganz heiß und kalt wurde, überlegte ich, wie ein Schwan wirklich schmeckte. Aber Fleisch kam mir nicht in die Schokolade, obwohl ich wusste, dass es Kollegen gab, die so etwas machten. Wildpastetenpralinen. Nein, die Praline durfte nur eine federleichte Verführung sein. Mehr nicht. Die Verlockung zu einem Kuss, zu lebenslanger Liebe.

Welche Schokolade sollte ich verwenden? Weiße?

Oder sollte nur der Guss weiß sein? Ich öffnete Dosen und Gläser, analysierte Gerüche, stellte mir Kombinationen vor. Zimt erinnerte mich an die schaumgeborene Kakaogöttin, die ich heute gesehen und deren Haare aus Zimtstangen bestanden hatten. Sämtliche Liköre an den umgestürzten Kelch. Chili an den Aztekenkopf des Siegers.

Die Kunden würden die Praline auf ihrem Kopfkissen vorfinden, abends, nach einer langen Anreise oder einem Geschäftstag. Sie würden müde sein und hungrig. Würden sie die Praline gleich essen? Oder erst als Nachtisch, wenn sie leicht angeheitert wiederkämen. Ja, sie versuchen sie erst dann. Wenn sie ankommen, sind sie voller guter Vorsätze, bei diesem Urlaub sich im Zaum zu halten, keine Schokolade, nein. Aber nachts sind die guten Vorsätze längst vergessen.

Verführerisch muss die Praline sein, denn die Gäste sind nicht alleine. Sie haben ihre Frau dabei, ihren Mann, eine Freundin. Und diese probiert die Praline, denn sie will verführt werden. Die Praline muss Lust auf mehr machen. Lust machen. Ohne Alkohol.

Wahnsinn, wie sollte man das alles in einer Praline vereinen? Zudem war das Preisgeld ungewöhnlich hoch, und es gab bestimmt viele Teilnehmer. Und nur von einem wusste ich, dass er mitmachte. Sébastien Malineau.

Ich gönnte mir noch einige Atemzüge Bitterschokolade, öffnete dann den Laptop. Es zuckte in meinen Fingern, Alessandros Namen einzutippen, aber dann googelte ich stattdessen Malineaus Chocolaterie *Le Maître*.

Ein riesiger Laden, der alles anbot, was das Schokoladenherz begehrte. Einen Hinweis zu einem Schwan fand ich nicht zwischen den Tortenrezepten, Mitmach-Events und Lageplänen der Filialen. Ich klickte mich durch jede einzelne Trüffel, jede Praline und Dessert-Spezialität.

Bei der Fernsehshow wurde ich fündig. Zwei Hochzeits-Specials mit Bräuten und mehrstöckigen Torten. Und darauf – Schwäne.

Ein Bild vom Produktionsteam. Da war diese Frau wieder. Ich zoomte das Bild heran.

Eine Frau. Blond. Lächelnd.

Und mein Herz blieb stehen. Diese Augen, dieser Blick. Das Gesicht. Ein Gesicht, das ich nie vergessen hatte. Mein Herz schlug wie wild, und mir stockte der Atem.

Hatte ich es nicht geahnt? Obwohl ich es vergessen wollte, das unscharfe Bild auf der *Schokolade heute*?

Anne.

Meine Mutter.

An der Seite von Sébastien Malineau.

Zitternd und mit hämmerndem Herzen klickte ich weiter. Anne Miller hieß sie jetzt. Mit dem Namen Winter oder ihrem Mädchennamen Ameling hatte ich nie etwas gefunden und immer geahnt, dass sie wieder geheiratet haben könnte.

Von der Hochzeit gab es sogar Fotos, Ray Miller schien ein bekannter Musiker zu sein. Von dem war sie aber bereits wieder geschieden. Jetzt war sie die Managerin von *Le Maître*, lebte in München und sah im Abendkleid an der Seite von Malineau fantastisch aus.

Eine Sehnsucht breitete sich in mir aus, die ich nie für möglich gehalten hätte.

Ich hatte die Suche schon so lange aufgegeben. Sie nicht zu finden hieß auch, keine Angst haben zu müssen. Angst davor, abgelehnt zu werden. Angst, dass sie mich nicht wollte. Dass das der Grund war, weswegen sie mich verlassen hatte. Vergessen. Wie ein ungeliebtes Geschenk.

Aber diese Angst verwandelte sich durch jedes Lächeln auf den Fotos in eine ungeahnte Sehnsucht. Ich erinnerte mich an sie, an ihre Fröhlichkeit, an ihr Lachen, wie es sich im Gesicht meines Vaters widergespiegelt hatte. Wie sie mich angelächelt hatte. Wie ich mich geborgen gefühlt hatte. Geliebt.

Da war sie, ganz in meiner Nähe.

Mit jedem Bild, das ich heranzoomte, fühlte ich immer stärker, was ich tun musste. Gleich am nächsten Morgen.

Hinfahren. Sie besuchen, sehen, riechen, fühlen.

Und ich musste mit jemandem reden. Schon klickte ich auf mein Telefonbuch. Aber es war fast Mitternacht, Stella oder meine Oma konnte ich unmöglich anrufen. Nele und Paula schliefen bestimmt auch schon tief und fest – schließlich war morgen Montag, Beginn einer anstrengenden Arbeitswoche. Beide mussten als Konditorinnen um sechs Uhr morgens anfangen. Anstelle von Manon ging nur ihre Mailbox an.

Es fiel mir nur ein Einziger ein, von dem ich wusste, dass er noch wach war. Und den ich wahnsinnig gerne wiedersehen würde. Egal, was er sagen würde.

Schnell rannte ich hinüber zum *Fiurelli*.

Er rückte gerade die Blumenvase auf einem Tisch in die Mitte, und als er mich sah, lächelte er so breit, dass sich Grübchen auf seinen Wangen bildeten.

»Ich muss dir was erzählen, sofort!«, rief ich ohne Begrüßung, »hast du eine Minute?«

»Natürlich.« Alessandro schielte zu Paolo, der sich angeregt mit zwei Männern an einem Tisch ganz hinten unterhielt. Außer ihnen waren keine Gäste mehr da.

»Was ist denn, Lea?«, fragte er leise und deutete auf einen Barhocker.

»Tut mir leid, dass ich dich so überfalle, vielleicht bist du auch … ach, egal, ich muss es einfach irgendjemandem erzählen, also … nicht dass du irgendjemand bist.« Ich holte Luft, und er legte seine Hand auf meine. Wenn ich es bis eben noch für eine verrückte Idee gehalten hatte, so fühlte ich jetzt, dass er der Richtige war, dem ich meine Geschichte anvertrauen konnte.

»Meine Mutter! Ich habe meine Mutter gefunden!«, sagte ich. »Sie sieht noch genauso aus wie früher!« Mein Herz schlug so stark, dass ich kaum sprechen konnte, und trotzdem sprudelten die Worte nur so aus mir heraus.

»Wie lange ich sie gesucht habe. Und dann ist sie da auf diesem Foto, erst habe ich es ja nicht geglaubt, in dieser Schokoladenzeitschrift, und jetzt in Nürnberg, da hat Manon …«

Ich bekam keine Luft mehr. Alessandro drückte meine Hand stärker und forderte mich auf, langsamer zu atmen, durch die Nase. Aus. Ein. Aus. Es wurde besser.

»Was hat Manon?«, fragte er.

»Und dann habe ich gegoogelt, und da war sie, im Internet, auf den Fotos!«

Ich zog mein Handy aus der Hosentasche, beinahe wäre es mir aus der Hand gefallen.

»Morgen fahr ich hin, ich muss sie unbedingt sehen«, sagte ich, während ich hektisch auf dem Bildschirm herumwischte.

»Ich verstehe es immer noch nicht«, antwortete er. »Was ist mit deiner Mutter?«

Ich musste noch einmal durchatmen. »Okay, von Anfang an. Ich habe dir doch erzählt, dass wir Sébastien Malineau getroffen haben …«

Da war das Bild. Ich hielt ihm das Handy hin.

»Gestatten, meine Mutter. Anne Miller, Managerin und Lebensgefährtin des Star-Chocolatiers Sébastien Malineau.«

Das Foto zeigte sie und ihren Freund auf einem Ball. Sie trug ein dunkelblaues, atemberaubendes Kleid, die hochgesteckten blonden Haare betonten ihren langen Hals.

»Sie hat meinen Vater und mich verlassen, als ich noch ganz klein war. Seitdem habe ich sie nicht mehr gesehen. Ich … und jetzt …« In mir herrschte ein wahres Chaos an Gefühlen. Neugier, Sehnsucht, Angst, ein klein wenig Wut und ganz viel unbändige Freude.

Alessandro schnappte sich das Telefon.

»Sie ist deine Mutter?«, fragte er erstaunt, sah zu mir, dann wieder aufs Display.

»Und dein Vater war Chocolatier«, murmelte er.

»Schau, sie trägt das Medaillon, das er ihr geschenkt

hat.« Ich deutete auf die Kette um ihren Hals. »Hier, da sind dieselben Schwäne drauf wie auf dem Schild von der *Chocolaterie Winter.*«

»Deine Mutter«, sagte er tonlos, zoomte ihr Gesicht näher heran, wandte seinen Blick nicht von ihr. Dann ein kurzer Seitenblick zu mir, irgendwie abschätzig, bevor er wieder auf das Display starrte.

Ernüchtert verglich ich mich mit ihr. Wie immer trug ich Jeans, Turnschuhe und einen Pulli, der schon ganz ausgeleiert war.

»Ich weiß, wir sehen uns gar nicht ähnlich. Sie könnte glatt als Model arbeiten, so groß und unglaublich schlank, wie sie ist. Und dann diese blonden Haare.«.

»Mensch, das ist der Hammer«, sagte er seltsam gefühllos, »nach so langer Zeit! Ich gratuliere dir!« Er umarmte mich, drückte mich lange an sich. Obwohl es unsere erste Umarmung war und ich mich so lange danach gesehnt hatte, spürte ich nur Kälte. Distanz.

Dann ließ er mich unerwartet stehen und verschwand ohne ein weiteres Wort in der Küche.

12

Ich schrak schweißgebadet aus einem merkwürdigen Traum auf. Die Bilder verschwanden sofort, nur das Gefühl blieb. Das Gefühl, gefesselt zu sein, angekettet in einer schwarzen Einsamkeit, aus der es kein Entrinnen gab.

Kurz nach sechs Uhr. Ich musste raus aus diesem engen Zimmer, das mir die Luft zum Atmen nahm, und zog meine Laufschuhe an. Die Kälte brannte in meinem Gesicht, und die gefrorenen Gräser am Ufer des Mains glitzerten im Schein der spärlichen Beleuchtung. Langsam traute ich mich, an den gestrigen Abend zu denken. Daran, dass meine Mutter lebte.

Es war so schwer vorstellbar. Sie – lebt – sie – lebt!, erklangen meine Gedanken bei jedem Schritt, bis ich es glaubte. In München. Wenige Hundert Kilometer von mir entfernt.

Und mit jedem Schritt fiel das Gefühl, angekettet zu sein, von mir ab, und lange verdrängte Fragen tauchten auf. Warum sie damals verschwunden war. Sich nie gemeldet hatte, keine Postkarte, kein Brief, kein Anruf, nichts. Zwanzig Jahre ohne ein Lebenszeichen. Sechsundzwanzig Jahre, um genau zu sein.

Und jetzt gab es eine Chance, auf alle Fragen eine Antwort zu bekommen.

Meine Großeltern hatten sich in Schweigen gehüllt. Als ich kleiner war, hatten sie immer davon gesprochen, dass meine Mutter bald käme. Bestimmt zum Geburtstag. Oder zu Weihnachten. Hatten sie das geglaubt? Oder waren es Ausflüchte gewesen? Was war geschehen?

Irgendwann hatte ich keine Fragen mehr gestellt. Auf ein Lebenszeichen hatte ich gehofft, aber auch diese Hoffnung erstarb irgendwann. Nur die Einsamkeit blieb zurück.

Ich lief und lief, an den Kleingärten und Weinbergen vorbei. Als ich am Teufelskeller den Main wieder erreichte, leuchtete schemenhaft etwas Weißes am Ufer. Zwei Schwäne. Sie schliefen eng aneinandergekuschelt, den Kopf zwischen das Gefieder des Partners gesteckt, den sie nie verlassen würden. Schwäne sind monogam und bleiben bei ihrem Partner, bis er stirbt, und das kann Jahrzehnte dauern.

Auf einmal kam ich aus dem Takt, stolperte fast und stoppte. Mein Puls war viel zu hoch. Ich beugte mich vornüber, atmete durch. Plötzlich sah ich das düstere Bild meines weinenden Vaters und einer Schokoladentorte mit Kerzen vor mir. Aber es verblasste sogleich wieder.

Ich richtete mich auf, machte ein paar Dehnungsübungen und lief langsam auf der Stelle, bis es besser ging.

Wie fürsorglich Alessandro gestern zu mir gewesen war. Aber dann – wieso hatte er sich nicht gefreut, sondern nur mit merkwürdigem Blick auf das Bild meiner Mutter gestarrt? Er war überrascht gewesen, okay. Aber dieses Vergleichen und Taxieren – wer sich in so einer Situation nicht für mich freute, dem war ich doch egal, oder?

Genau das hatte mich so verletzt. Nicht dass er mich zu klein oder zu dick fand. Im Vergleich mit meiner Mutter war ich es ja auch. Und wenn ich keinen Sport machen würde, hätte ich längst so einen Bauch wie mein Vater. Und eigentlich war er derjenige, mit dem ich mich vergleichen sollte: Wir teilten nicht nur den gleichen Genpool, sondern auch die Liebe zu den süßen und verführerischen Dingen des Lebens.

Alessandro war ein gefühlloser Kerl.

Langsam fand ich meinen Rhythmus wieder, Schritt für Schritt. Als ich die Chocolaterie erreichte, kam es mir vor, als würde ich Abschied nehmen. Was für ein Unsinn, am Abend wollte ich zurück sein. Aber mir war so, als würde der zarte Lichtschein, der in die Gassen drang, nicht nur den Beginn des heutigen Tages ankündigen.

Ich wusch mich, setzte Kaffee auf. Herlind und Stella mussten gleich kommen. Montags frühstückten wir oft zusammen. Wenn die Türen offen blieben, konnte man die Türglocke hören, falls montagvormittags bereits großes Verlangen nach Pralinen bestand. Was selten vorkam. Montags räumte Herlind immer den Laden auf.

Und dann erzählte ich ihnen von meiner Mutter, beschrieb das Titelbild der *Schokolade heute*. Sie waren ganz aus dem Häuschen, als ich ihnen die Fotos aus dem Internet zeigte und erklärte, dass sie noch lebte, auch wenn ich immer das Gegenteil behauptet hatte.

»Wirst du mit ihr Kontakt aufnehmen?«, fragte Stella.

»Ich will zu ihr fahren. Heute.«

»Jetzt weißt du, wo sie lebt, wer sie jetzt ist.« Herlind zog die Stirn in Falten. »Lass es erst mal sacken.«

»Ich habe so lange gewartet, ich kann nicht mehr.«

»Vielleicht will deine Mutter dich gar nicht sehen. Sie hätte dich finden können. Über deine Großeltern. Aber sie hat dich nicht gesucht. Dafür muss es doch einen Grund geben!«, ließ Herlind nicht locker.

»Deshalb fahre ich ja so überraschend – damit sie nicht wieder abhauen kann. Und den Grund – den werde ich erfahren.«

»Sie wird sich bestimmt freuen, dich zu sehen«, sagte Stella und strich mir aufmunternd über den Rücken, »du bist ihre Tochter, ich meine, sie hat dich im Bauch getragen. Wenn ich Mattis nicht sehen würde, würde ich wahnsinnig werden. Wir wissen doch gar nicht, was los war. Vielleicht war sie … im Gefängnis? Oder musste untertauchen, weil sie von der Polizei gesucht wurde?«

»Du liest zu viele Krimis. Die Familie im Stich zu lassen ist das Allerletzte.« Herlind schüttelte den Kopf.

Dabei war da durchaus was dran. Es waren Hinderungsgründe, die ich akzeptieren konnte. Obwohl – ich hätte sie auch im Gefängnis besucht.

Die Türglocke kündigte den ersten Kunden an. Herlind stand schwerfällig auf. Sie hatte mir schon oft gute Ratschläge gegeben, aber dieses Mal …

Natürlich war es ein Risiko hinzufahren. Krankheit, Dienstreise, Urlaub, da gab es viele Möglichkeiten, warum sie nicht in der Firma sein konnte.

Die Tür zum Laden ging auf, und begleitet von seinem

ganz speziellen Duft erschien Alessandro und strahlte übers ganze Gesicht. Ihn hatte ich nicht erwartet, nicht nach dem, wie er sich gestern verhalten hatte. Und vor allem hatte ich nicht erwartet, was er jetzt sagte.

»Wenn du immer noch nach München fahren möchtest – eine Freundin von mir arbeitet bei *Le Maître*, sie ist die Sekretärin deiner Mutter. Wenn du möchtest, rufe ich an und frage, ob sie da ist.«

Erstaunt sah ich ihn an. Er kannte jemanden aus der Chocolaterie? Hatte er deshalb so komisch geguckt?

»Wieso hast du das nicht gleich gesagt?«, fragte ich und verschränkte die Arme vor der Brust.

»Mensch, Lea, jetzt meckere nicht gleich!«, mischte Stella sich ein, »er will doch nur helfen.«

»Ich will nur nicht, dass du dich umsonst auf den Weg machst«, sagte er und wich meinem Blick aus. »Ich freu mich sehr für dich, Lea! Da soll einfach nichts schiefgehen.«

»Sie soll aber nicht wissen, dass ich komme.«

»Kein Problem. Das kann man alles regeln«, sagte er. Jetzt sah er mich endlich an, und eine unbändige Freude überwältigte mich. Meine Mutter war nicht nur ein Bild im Internet. Es gab Menschen, die sie kannten. Langsam wurde sie zu einer realen Person.

Alessandro wählte bereits die Nummer. Da war sie wieder, die Falte. Aber als er mich anschaute, verschwand sie. Er erkundigte sich nicht nur, wann meine Mutter im Büro war und der passende Zug fuhr, sondern er bestand auch darauf, mich zum Bahnhof zu bringen. Als wir durch die Stadt gingen, war es wie immer: Kaum war ich draußen, beruhigte ich mich. Ich hatte mir ganz umsonst Sorgen wegen Alessandro gemacht. Es war alles in Ordnung. Er lächelte mich von der Seite an und bemühte sich, mir mit seinen langen Beinen nicht davonzulaufen.

Für die Fahrt spendierte er mir einen Kaffee. Unsere Finger berührten sich, als er mir den Becher gab. Es fühlte sich so gut an.

Sorgen machte mir nur die Begegnung mit meiner Mutter.

»Was ist, wenn sie mich nicht sehen will?«, fragte ich.

»Das schaffst du schon«, sagte er.

Das hoffte ich, war mir aber nicht sicher. Seit wir auf dem Bahnsteig standen, war meine Ruhe dahin. Ich zitterte und konnte nicht ruhig stehen bleiben. Als der Zug angekündigt wurde, erhoben sich die anderen Reisenden und blickten in die Richtung, aus der er kommen würde.

Ich sah Alessandro an.

Und er mich.

»Viel Glück«, sagte er.

»Danke«, antwortete ich und trat auf ihn zu. Er betrachtete seine Schuhe, ich blickte wieder das Gleis entlang. Keiner von uns schien zu wissen, wie wir uns verabschieden sollten. Der einfahrende ICE wehte mir kalte Luft ins Gesicht. Wir standen ganz dicht voreinander, und als er mir die Hand entgegenstreckte, zog ich ihn an mich. Ich drückte meinen Kopf an seine Schulter, schmiegte mich an ihn und spürte, wie er sein Gesicht in meinen Locken vergrub.

Langsam hob ich den Kopf und wandte mich ihm zu. Er war mir so nahe. Zärtlichkeit durchflutete mich.

Unsere Lippen fanden sich von ganz alleine. Ich schloss die Augen, spürte ihn. Er flüsterte »Lea«, drückte mich immer fester an sich, küsste mich erneut, forderte, gab. Nie sollte dieser Kuss enden, nie.

»Alles einsteigen!«

Er umklammerte mich, flüsterte wieder meinen Namen.

»Türen schließen automatisch!«

Ich riss mich los.

»Vorsicht bei der Abfahrt!«

Und stieg in die letzte noch offene Tür, in der der Zugbegleiter auf mich gewartet hatte. Als ich mich zu Alessandro umdrehte, schlossen sich die Türen bereits. Er lief noch ein paar Schritte mit, dann wurde der Zug schneller und schneller, ich sah nur noch Schienen, Unkraut, Gestrüpp.

Ich setzte mich ans Fenster, stellte den Kaffeebecher auf den wackeligen Tisch, meine Tasche auf meinen Schoß und hielt mich an ihr fest. Ich spürte Alessandros Lippen noch, mein Herz schlug ungleichmäßig, und ich drückte die Tasche immer enger an mich. Wir hatten uns geküsst. Freude breitete sich warm in mir aus, Freude und Hoffnung, und ich konnte es kaum erwarten, ihn am Abend wiederzusehen.

Langsam entspannte ich mich etwas, registrierte die Dinge um mich herum. An der Decke hingen Bildschirme, die wie im Flugzeug den Standort, die Uhrzeit und die Geschwindigkeit anzeigten. Oder Werbung. Jedes Mal, wenn das Bild wechselte, flog mein Blick dorthin. Die Zeit schien nicht zu vergehen, die Kilometer nicht weniger zu werden. Und das bei dreihundert Stundenkilometern.

Seine Freundin oder Bekannte, oder was auch immer sie war, hieß Nadine. Das Telefonat mit ihr hatte ich nicht belauschen können. Wie eng Alessandro und sie wohl befreundet waren? Ich wusste so wenig von ihm. Wo arbeitete er? Wo wohnte er? Spielte er noch Basketball, in einer Freizeitmannschaft vielleicht? Was interessierte ihn? Hatte er eine Frau und drei Kinder?

Bedeutete unser Kuss etwas?

Ich zog mein Handy aus der vorderen Tasche und ließ es aus Versehen fallen. Der Mann neben mir machte keinen Zentimeter Platz, als ich mich bückte und es aufhob.

Über Alessandro Fiurelli stand nicht viel im Netz. Ein Facebook-Eintrag. Den hatte er mir bereits gezeigt, weil er ein Foto der *Chocolaterie Winter* gepostet hatte. Mit einem riesigen Lob. Ich war nicht auf Facebook und konnte daher nur sein Profilfoto und den Hintergrund, ein Alpenpanorama, sehen. Alles andere hatte er gesperrt. Aus der Zeit als Basketballer fand ich alte Zeitungsartikel und Fotos von ihm. Ich seufzte.

Keine aktuelle Adresse, keine Telefonnummer, kein Arbeitgeber. Nichts. Ich trommelte mit den Fingern auf dem Handy herum, dann steckte ich es wieder ein.

Die Fahrkarten wurden kontrolliert, die Minibar durch den Gang geschoben. Mein Nachbar lachte bei einer Filmszene auf seinem Laptop. Wenigstens trug er gute Kopfhörer, die keine Geräusche nach außen dringen ließen.

In schattigen Ecken lag Schnee. Grauer, frostiger

Novemberwald flog an meinem Fenster vorbei. Die Bilder der Serie nervten. *How I met your mother*.

Langsam traute ich mich, mir vorzustellen, wie es sein würde, meine Mutter wiederzusehen, aber es gelang mir nicht. Wie sie reagieren, was sie sagen würde. Erneut überkamen mich Zweifel wie ein kalter Schauer. Was, wenn Herlind recht behielt und sie mich nicht sehen wollte? Wenn sie ein gefühlloses Monster war?

Wieso war sie damals gegangen? Hatte uns verlassen, Papa und mich. Hatte uns vergessen. Mich.

Kurz stieg wieder diese Wut in mir auf, die mich meine gesamte Jugend begleitet hatte. Auf ihre Unzuverlässigkeit, auf ihre Sprachlosigkeit, auf ihren Hass auf mich, denn was konnte es anderes sein, das sie davon abhielt, mir wenigstens einmal eine Weihnachtskarte zu schicken?

Dann war die Wut in Ablehnung gemündet. Wer mich nicht sehen wollte, den wollte ich auch nicht sehen. Und nicht suchen. Auf den wollte ich nicht mehr warten.

Als ich erwachsen wurde, war sie für mich genauso tot wie mein Vater.

Ich verlor mich im Anblick vorbeirauschender, farblos gefrorener Felder. Graue Lärmschutzwände und Bäume rasten an mir vorbei, und ich fühlte mich einsam wie seit Langem nicht mehr. Als wäre da ein tiefes Loch, auf das ich zuraste. Und auf seinem Grund wartete die entscheidende, die eine Frage.

Vor deren Antwort ich Angst hatte.

Nicht, wer meine Mutter heute war, oder ob sie da sein, mich erkennen würde. Sondern: Ob sie mich liebte.

13

Nach gut zwei Stunden glitt der Zug so langsam in den Münchner Bahnhof, als sträubte er sich genauso wie ich dagegen anzukommen. Meine anfängliche Begeisterung war mittlerweile einer großen Skepsis gewichen. Nein, keiner Skepsis – ich war überzeugt, meine Mutter würde jedes Gespräch ablehnen, so wie sie mich abgelehnt hatte. Was änderte es für sie, wenn ich auf einmal vor ihr stand? Immer wieder musste ich an Herlinds Mahnung denken. Sie hätte mich über meine Großeltern immer finden können.

Beim Aussteigen erkannte ich, dass es ein Kopfbahnhof war. Auch in München war der Himmel grau, die Menschen versteckten sich in ihren Schals und Mützen und schlugen die Mantelkrägen hoch. Ich schulterte meine Tasche und atmete tief durch.

Mein Handy vibrierte: eine SMS von Alessandro. Meine Mutter werde zum Mittagessen im *Blumenladen* sein, einem Bistro in der Nähe von *Le Maître*.

Jetzt wurde es ernst. Den Weg zur Chocolaterie in der Müllerstraße im Gärtnerplatzviertel hatte ich mir auf Google Maps markiert. Die Blumenstraße verlief parallel. Ich musste mit der U-Bahn zum Sendlinger Tor fahren und nur ein paar Minuten zu Fuß gehen. In der U-Bahn stank es nach verbranntem Gummi, die Häuser waren höher als in Würzburg, die Straßen breiter, mehr registrierte ich nicht. Endlich, der *Blumenladen*.

Schemenhaft glaubte ich, im Inneren eine blonde Frau zu erkennen. Abrupt drehte ich mich von der Glasfront weg, lief weiter. Mein Herz schlug so schnell, dass ich stehen bleiben musste. Ich kehrte um und spähte wieder hinein.

Die Frau saß nicht mehr an ihrem Platz. Ich hatte sie verpasst. Am liebsten wäre ich gegangen, aber ich zwang mich, die Tür zu öffnen.

Weiter hinten saß noch eine Frau, und auch sie war blond. Sie blickte auf.

Ich erkannte sie sofort. Ihre leicht auseinanderstehenden Augen, kühl, beobachtend. Abwartend. Ihr Gesicht war schmaler geworden. Sie lächelte nicht.

Ich hielt die Luft an und wollte sofort losrennen, mich in ihre Arme werfen wie damals, als ich ein kleines Mädchen gewesen war, aber ich konnte nicht.

Sie schaute mich weiterhin an. Wie sollte ich sie ansprechen? Mutter? Mama? Anne? Sie trug eine dunkelblaue Seidenbluse, die leicht gewellten Haare offen. Sie fasste sich mit der Hand an den Hals, umfasste den Anhänger ihrer Halskette und fixierte mich mit ihrem Blick. Vor ihr lag ein Stapel grüner Prospekte.

Zögernd ging ich auf sie zu, und als sie die Hand senkte, erkannte ich das Schwanenmedaillon. Plötzlich streifte mich wie ein Lufthauch ein Duft, und es lief mir kalt den Rücken hinunter. Dieser Geruch, das war sie, ganz eindeutig. Ihre Variante von Chanel N° 5. Früher besaß ich eine eigene kleine Flasche, nur um mich an sie zu erinnern, aber der Geruch war nie der richtige gewesen.

Doch ihr Duft befreite mich nicht von der Angst. Das Schauern verstärkte sich, von meinem Bauch aus verbreitete sich ein Zittern in meinem Körper, und ich überlegte fieberhaft, was ich sagen sollte.

Abrupt blieb ich vor ihrem Tisch stehen. Sie hob eine schwarze Aktentasche hoch, öffnete sie und legte die Prospekte hinein. Sie wirkte fremd. Neben dem Tisch stand ein großer Weihnachtsstern, die roten Blüten wackelten, als sie die Tasche zurückstellte.

»Hallo«, flüsterte ich.

Sie zog die Augenbrauen hoch, lehnte sich zurück und musterte mich von oben nach unten.

Sie erkannte mich nicht.

Und ich stand stumm da. Ich war enttäuscht, sprachlos, entsetzt.

»Kann ich Ihnen helfen?«, fragte sie und lächelte mich kalt an.

»Ich … ich bin Lea«, stotterte ich.

Ihr Lächeln wurde schmaler, ihre Augen gefroren.

»Ich kannte mal eine Lea.« Sie zog einen Mundwinkel ihrer zartrosa geschminkten Lippen hoch.

»Du weißt, wer ich bin«, sagte ich. Ich konnte es nicht glauben. Eine Mutter muss ihr Kind doch erkennen, oder? Aber was wusste ich schon über Mütter. Über meine Mutter.

»Nein, aber ich lerne dich gerne kennen!« Sie wies auf den Sessel ihr gegenüber. Ich setzte mich auf die vorderste Kante und hob meine Tasche auf den Schoß.

Eine Kellnerin in langer brauner Schürze fragte, ob sie den Champagner jetzt servieren sollte.

»Nein. Keinen Champagner. Ein Cappuccino reicht mir«, antwortete Anne.

Ich nahm einen Tee aus Nanaminze und dachte, dass sie den Champagner bestimmt nicht für Sébastien Malineau bestellt hatte.

Schweigend betrachtete sie mich. Es war mir unangenehm, und ich überlegte, wie ich das Schweigen brechen sollte. Small Talk war wohl das Beste, etwas zum Einstieg, aber übers Wetter reden, jetzt? Wo sie vorgab, mich nicht zu kennen?

Kaum zu glauben, dass sie ein Jahr älter als Herlind sein sollte. Wie einundfünfzig sah sie mit ihrer faltenfreien Haut nicht aus. Vielleicht erklärte der Einsatz von Botox ihr ausdrucksloses Gesicht.

»Ich war in Nürnberg bei der *Spirit of Chocolate*«, sagte ich, dabei war Schokolade im Moment das Letzte, das mich interessierte.

Sie fingerte an ihren Haaren herum und zwirbelte eine ihrer blond gefärbten Strähnen um den Zeigefinger. Genau so, wie ich es immer machte.

»Du siehst wie dein Vater aus«, sagte sie. »Du hast sogar den traurigen Zug um die Augen.«

Es klang, als würden wir doch übers Wetter reden. Ich starrte sie an. Wieso tat sie so ungerührt und zeigte nicht das geringste Zeichen von Freude, Ärger oder Schmerz?

»Dafür hast du gesorgt«, antwortete ich und verschränkte die Arme vor der Brust, »jedenfalls bei mir.«

Ich wollte meine Gefühle im Gegensatz zu ihr nicht unterdrücken.

Doch plötzlich sagte sie ganz leise und mit zarter Stimme: »Lea«, und es fühlte sich unendlich gut an. »Lea«, flüsterte sie. »Du bist so groß geworden. Unglaublich. Mein Baby ist eine erwachsene Frau.«

Sie senkte den Kopf. »Wie sehr ich dich vermisst habe. Meine kleine, kleine Lea. Ich habe dich so lange nicht mehr gesehen.«

Sie sah auf. »Was machst du hier?«

»Dich besuchen.«

»Warum? Ist was passiert?« Jetzt war doch ein Anflug von Sorge aus ihrer Stimme herauszuhören. Ob Mütter oder Großmütter, sie waren doch alle gleich, oder? Meine Nervosität ließ plötzlich nach, und eine leise Freude erfüllte mich.

»Ich habe dich gefunden. Das ist das Einzige, was passiert ist.«

»Ich habe dich so lange nicht mehr gesehen«, wiederholte sie, schaute auf ihre silberne Armbanduhr und schwieg. Eigentlich hatte ich erwartet, sie würde mich fragen, wie ich sie gefunden hätte. Oder irgendetwas anderes.

»Ich bin jetzt die Managerin von Sébastien Malineau!«, sagte sie stattdessen.

»Ich weiß«, antwortete ich und erklärte ohne Umschweife, wie ich sie gefunden hatte. Es war mir dabei wichtig zu betonen, wie leicht es im Gegenzug gewesen wäre, mich ausfindig zu machen.

»Ich habe Sébastien zu einem Star gemacht!«, sagte sie. »Hast du *Le Maître* gesehen?«

»Manchmal zappe ich rein.«

»Nein, nicht die Fernsehshow, die ist natürlich super und hat fantastische Einschaltquoten, nein, ich meine die Chocolaterie.«

»Nein.« Bestimmt hatte ich im Internet Bilder gesehen, aber ich konnte mich im Moment nicht an sie erinnern. So sehr interessierte mich Malineau nicht.

»Die Räume, die ich gefunden habe, einfach genial.«

Sie räusperte sich. Die Kellnerin servierte die Getränke und fragte, ob wir etwas essen wollten. Wir lehnten beide ab. Die Eingangstür wurde geöffnet, verstohlen schaute ich mich um. Anstelle des erwarteten Liebhabers betraten zwei kichernde Mädchen das Café.

»Ich habe auch eine Chocolaterie«, sagte ich und holte mein Handy heraus. Sie jedoch beachtete die Bilder kaum.

»Wir zwei sind im gleichen Business gelandet. Wie dein Vater. Wer hätte das gedacht.«

Sie hob die Tasse, als ob sie anstoßen wollte, und ich tat ihr den Gefallen.

»Und du denkst immer noch an ihn, sonst würdest du nicht diese Kette tragen!« Ich wies mit dem Kinn auf das Medaillon an ihrem Hals.

Wieder griff sie danach, lehnte sich zurück und hielt es in der Hand.

»Ich vermisse ihn«, sagte sie leise. »Jeden Tag in meinem Leben vermisse ich ihn. Die Zeit mit Markus war die beste in meinem Leben.«

»Und warum bist du dann gegangen?«, fragte ich lauter als gewollt.

»Markus war so ein toller Vater.«

»Aber er starb. Und du? Warum bist du nicht zurückgekommen?«

»Das ist alles so lange her. Lass uns über etwas anderes reden.«

Ich rührte heftig meinen Tee um und warf den Löffel klirrend auf die Untertasse. Ich wollte nicht über irgendetwas anderes reden.

»Lea!« Sie ließ die Kette los und stand unvermittelt auf. Als sie die Arme ausbreitete, erhob ich mich nicht sofort. Es ging mir zu schnell. Aber dann überwog die Sehnsucht nach ihr.

Es fühlte sich komisch an, mit meinen kräftigen Armen ihren schmalen Oberkörper zu umfassen, die mageren Schultern festzuhalten, ich hatte das Gefühl, sie zu beschützen. Auf einmal liefen Tränen über mein Gesicht, ohne dass ich sie wegwischen konnte.

»Mama«, kam es mir stockend über die Lippen. »Mama«, ich sagte immer wieder, »Mama. Mama.«

Auf einmal ließ sie mich los, stieß mich fast von sich.

»Jetzt sei nicht so melodramatisch«, sagte sie und kniff den Mund zusammen, »was sollen denn die Leute denken.«

Sie setzte sich und zog ihre Bluse zurecht.

»Wie geht es deinen Großeltern?«, fragte sie.

Schon wieder Small Talk. Sie hatte ihre Gefühle ziemlich gut unter Kontrolle. Ich musste mir erst einmal die Nase putzen und einen Schluck Tee trinken.

»Opa ist vor ein paar Jahren an Krebs gestorben, und Oma lebt mit ihrem Freund auf Mallorca.«

»Bestimmt hatte Greta den Freund schon, bevor Eduard starb. Die zwei haben sich sowieso immer nur gestritten. Ich konnte sie nie leiden.« Sie wischte mit der Hand die Tischdecke glatt.

»Und wieso hast du mich dann bei ihnen gelassen und hast mich nicht mitgenommen?«

Sie sah mich mit großen Augen an.

»Warum hast du mich nie besucht«, fuhr ich fort, »dich nie gemeldet?«

Ihre Lippen zitterten, sie kniff sie wieder zusammen, und mir war klar, dass sie nicht antworten würde. Aber ich musste fragen, musste meine Wut rauslassen, jetzt, es ging nicht anders.

»Gib es zu, ich bin dir egal, du hast mich vergessen und dein eigenes, ach so erfolgreiches Leben geführt!«, schrie ich ihr ins Gesicht.

Da sprang sie auf, riss die Pflanze neben sich um und rannte zum Ausgang.

Ich hob den Blumentopf auf. Erde lag auf dem Boden, aber die Blüten waren noch heil. Schnell zahlte ich, ergriff meine Jacke und eilte ihr hinterher. In München war es kälter als in Würzburg, der Wind stärker, der Himmel grauer. Mir war auf einmal schwindlig, und ich lehnte mich an die Hauswand, bis ich mich wieder sicher fühlte. Ich schlug den Kragen hoch, blickte die lang gezogene Straße entlang, rechts, links, aber ich hatte meine Mutter aus den Augen verloren.

Meine Mutter.

Und plötzlich wurde alles in mir ruhig, und ich spürte, wie sich ein Grinsen auf meinem Gesicht ausbreitete. Sollte sie doch wegrennen. Egal. Ich wusste, wo sie war.

Auf einmal fiel mir der Duft des frisch gemahlenen Kaffees auf, der aus der geschlossenen Tür vom *Blumenladen* drang. Die Sonnenblumen aus Plastik, die den Weihnachtsbaum neben der Eingangstür schmückten, und die Lichterkette, die vergeblich versuchte, den tristen Novembertag zu erhellen. Die junge Frau im Minirock, die genauso nach Maiglöckchen duftete wie Manon.

Manon. Schon hatte ich ihre Nummer gedrückt.

»Hast du gewusst, dass sie seine Managerin ist?«, fragte ich ohne Begrüßung.

»Was ist los?« Ich hörte Papier rascheln.

»Ich bin in München, Manon.«

»Ja, und?«

»Wusstest du, wer die Lebensgefährtin unseres eitlen Fernsehheinis ist?«

»Das ist doch unwichtig, du musst dich um deine Chocolaterie kümmern!«

»Meine Mutter! Ich habe meine Mutter gefunden!«, schrie ich.

»Was?«, fragte sie nach einer kleinen Weile, »Wieso gefunden? Hattest du sie denn verloren?«

Erst jetzt fiel mir auf, dass wir über meine Mutter am Wochenende nicht geredet hatten. Nur darüber, dass Markus sich für Anne entschieden hatte und nicht für eine Chocolaterie mit Manon.

»Wusstest du das nicht? Sie ist doch damals abgehauen – und nie wiedergekommen.«

Wieder schwieg sie.

»Wie hast du sie gefunden?«, fragte sie nachdenklich.

»Als ich *Le Maître* googelte. Wegen der *Schwanenpraline*. Sie ist die Managerin und Lebensgefährtin von Sébastien Malineau.«

»Seine … Lebensgefährtin?«

»Ja. Ich hab Fotos von beiden im Internet gefunden, aus der Klatschpresse!«

»Ich lese keine deutschen Zeitschriften. Sébastien im Fernsehen zu sehen reicht mir. Bei einem Wettbewerb wie in Nürnberg war er schon ewig nicht mehr.« Wieder hörte ich Papier rascheln. »Und sie hat sich nie bei dir gemeldet?«, fragte sie mit brüchiger Stimme.

»Nein. Ich bin bei meinen Großeltern aufgewachsen.«

»Wie konnte sie nur – ich fasse es einfach nicht. Armes Kind! Wie war es, wie geht es dir?«

»Hervorragend!«

Erst als ich davorstand, wurde mir klar, dass ich das größte Hochhaus des Viertels gesucht hatte. *The Seven* hieß dieses Mammutexemplar moderner Architektur und befand sich mitten in einer Baustelle. Die Nebengebäude waren noch eingerüstet, aber am unteren Stockwerk des Hauptgebäudes prangte bereits der goldene Schriftzug von *Le Maître*. Aus den Fenstern fiel warmes Licht, das die Passanten magisch anzog. In den Vitrinen lagen mit Blattgold verzierte Pralinen wie Juwelen auf Samtkissen, angestrahlt von Spots. Exquisite Köstlichkeiten aus Grand-Cru-Schokoladen, deren Herkunft und Geschmackskomponenten auf kleinen Schildern erklärt wurde.

Le Maître verführte genauso wie die Shows von Malineau durch Luxus und Exklusivität. Aus edlen Zutaten kreierte er Kunstwerke, die niemand in seiner eigenen Küche nachmachen konnte, auch wenn er das den Kunden einreden wollte. Für mich war das nichts. Meine Pralinen sollten sinnlich und aufregend sein, sie sollten trösten, aufheitern, Spaß, jedem Lust auf das Leben und die Liebe machen.

Der Eingang zu den Büros lag direkt neben dem Shop. Ein Mann im dunklen Anzug wartete hinter einem Tresen mit der Aufschrift *Concierge* darauf, dass ich ihm mitteilte, wo ich hinwollte, dann rief er dort an. Einen Ausweis verlangte er auch. Concierge! Security wäre der passendere Ausdruck. Er öffnete mir die Fahrstuhltür und drückte den Knopf für den dritten Stock. An den Etagen standen die Nummern der Apartments, es gab eine Kindertagesstätte, ein Fitnessstudio und die Büros von *Le Maître*.

So etwas hatte ich noch nie gesehen.

Als sich die glänzende Fahrstuhltür öffnete, wäre ich fast mit Sébastien Malineau zusammengestoßen. Hinter ihm lag ein großer Raum, in dessen Mitte ein Tresen mit dem goldenen Firmenlogo stand. Dahinter saß eine Frau, die telefonierte.

Ohne mich zu beachten, ließ er mich vorbei.

»Grüß Gott, Herr Malineau«, sagte ich.

Er blickte auf.

»Ah, die junge Freundin von Madame Klinkenberg.« Er stellte sich in die Fahrstuhltür, damit sie nicht zuging. »Was führt Sie zu uns, Mademoiselle …«

»Winter.«

»Ah, excusez-moi, mein Gedächtnis.« Malineau stand immer noch in der Fahrstuhltür. »Möchten Sie für uns arbeiten?« Er grinste, wobei sich seine Augen verengten, und ich hatte das Gefühl, dass er mich genau taxierte.

»Nein.« Ich erwiderte sein Lächeln. »Ich habe eine eigene Chocolaterie, ich brauche keinen Job. Ich wollte Anne sprechen.«

»Was wollen Sie von Frau Miller?«, fragte Malineau. Hatte sie ihm nichts erzählt? Aus ihrem Leben, von ihrer Mittagspause? Von mir? Wieso wusste er nicht, wer ich war?

»Sie ist meine Mutter«, antwortete ich.

Malineau musterte mich wie eine missglückte Praline.

»Anne hat keine Kinder«, rief er und trat auf den Flur. »Ich sollte es wohl wissen, oder?« Er verschränkte die Arme vor der Brust.

»Doch.« Die Umstände, die Namensänderungen, das war alles egal.

Ich wandte mich an die Empfangsdame. Ob das die Bekannte von Alessandro war? Sie war jünger als ich, hatte dunkle, leicht gewellte Haare, ein freundliches Lächeln, sogar das rosafarbene Kostüm wirkte nicht albern. Tatsächlich, auf dem Namensschild stand Nadine Bretz. Ein ungutes Gefühl breitete sich in meiner Magengegend aus. Wie gut kannte Alessandro sie?

»Melden Sie mich bitte an? Lea Winter ist mein Name«, sagte ich etwas zu ruppig.

Nadine zuckte noch nicht einmal mit der Wimper. Entweder hatte Alessandro nichts von mir erzählt, oder sie war sehr professionell.

Eine Tür wurde geöffnet, und meine Mutter trat heraus. Sie trug jetzt eine randlose Brille und hatte sich die Haare zu einem Zopf gebunden.

»Sie behauptet, deine Tochter zu sein!«, sagte Sébastien Malineau entrüstet.

»Komm rein, Lea«, sagte Anne und zeigte auf die Tür.

»Und du, Sébastien!«, sie baute sich bedrohlich vor ihm auf, »erinnere dich an Markus Winter, über den du gestern so gelästert hast. Wie unfähig er gewesen sein soll. Obwohl er dich bei der Weltmeisterschaft geschlagen hat. Ich war mit Markus verheiratet, und Lea ist unsere Tochter.«

Malineau antwortete nicht, sondern sank bei Annes Worten ein wenig in sich zusammen.

»Komm rein, Lea«, wiederholte Anne und ging mir voraus in ihr Büro. Sie wies auf eine Sitzecke und setzte sich an ihren penibel aufgeräumten Schreibtisch. Alles war weiß. Das Einzige, was dem Raum Farbe verlieh, war ein Gemälde gegenüber der Sitzecke. Abstrakt verfremdete Kakaobohnen. Es wirkte aggressiv und keinesfalls sinnlich oder appetitanregend.

»Ich habe gleich Zeit für dich«, sagte sie und tippte in den Computer.

Ab und an lächelte sie mir zu, dann arbeitete sie weiter. Jetzt kehrte sie die viel beschäftigte Geschäftsfrau raus, während sie vor nicht mal einer Stunde noch ein Rendezvous gehabt hatte! Champagner im Café, in der Mittagspause, machte sie das immer an einem harten Arbeitstag?

Sie behandelte mich wie eine Fremde. Oder als ob sie

mich loswerden wollte. Je länger ich dort saß, desto mehr kam der Ärger wieder hoch. Sie hatte mich doch lange genug ignoriert. Sechsundzwanzig Jahre lang.

Da setzte sie die Brille ab und streckte die Hände nach mir aus. Ich blieb sitzen.

»Du bist so … erwachsen«, sagte sie und seufzte, »in meiner Erinnerung endest du auf Kniehöhe, störst ständig und bist so mit Schokolade verschmiert, dass ich dich jeden Tag in die Wanne stecken muss. Wie du geschrien hast, wenn ich dir die Schokolade aus den Haaren kämmen wollte!«

Sie schüttelte leicht den Kopf und sah mich wieder mit ihren durchscheinend blauen Augen an. Auf einmal wirkte sie noch zarter, als sie ohnehin schon war.

»Entschuldige, dass ich vorhin einfach weggerannt bin«, sagte sie leise und nestelte an ihrer Kette herum. »Du konntest dich vorbereiten auf das Wiedersehen, und ich? Was für ein Schock. Aber ich bin so froh, dich gefunden zu haben.«

Gefunden ist das falsche Wort, dachte ich. Nur wer sucht, kann etwas finden.

»Ich habe nie jemandem von dir erzählt«, fuhr sie fort.

Langsam reichte es mir.

»Und warum nicht?«, fragte ich, »weil ich mir die Haare nie kämmen lassen wollte? Ich bin deine Tochter!«

»Das verstehst du nicht.« Mittlerweile zog sie so kräftig an ihrem Anhänger, dass ich schon dachte, sie würde ihn abreißen.

»Ich habe am Fenster gesessen und auf dich gewartet. Jahrelang! Telefonbücher habe ich gewälzt, das Internet durchsucht, nur um zu wissen, wo du wohnst! Du hättest doch nur Oma und Opa anrufen müssen.«

»Also, das ist doch«, sie sprang auf, schnappte nach Luft.

»Du hast mich einfach vergessen!«

Wie versteinert stand sie da, ich wartete auf eine Reaktion, es kam keine. Bis ein Ruck durch sie ging.

»Du bist wütend«, sagte sie ruhig. »Das verstehe ich. Wie lange bist du in München?« Sie setzte sich wieder und zog die Maus zu sich heran.

»Ich kann jetzt nicht mit dir reden, gleich ist eine wichtige Telefonkonferenz.« Es fühlte sich an, als wäre ich wieder das kleine Mädchen, das seine Mutter bei der Hausarbeit gestört hatte. Aber dann sagte ich mir, dass es albern sei zu erwarten, sie hätte sofort Zeit für mich. Nur weil ich auf einmal aufgetaucht war.

»Der letzte Zug fährt am späten Abend.«

»Nein, du kannst mich doch nicht gleich wieder verlassen!« Ihre Stimme wurde schrill. »Ich möchte so viel von dir wissen! Du musst über Nacht bleiben!«

Wie stellte sie sich das vor? Ich musste doch ebenso ein Geschäft leiten wie sie. Ich nahm mein Handy heraus und schaute mir die Bahnverbindungen an. Nun gut, ich musste früh aufstehen, aber ich konnte es schaffen, rechtzeitig zur Ladenöffnung zurück zu sein.

»In Ordnung«, beruhigte ich sie, obwohl ich mich so sehr auf ein Treffen heute Abend mit Alessandro gefreut hatte. Andererseits war es verlockend, meine Mutter näher kennenzulernen. Antworten zu erhalten. Endlich zu verstehen.

Sie fasste sich an den Hals, nickte mir zu und setzte sich wieder an ihren Schreibtisch.

»Nadine soll dir einen Besucherausweis ausstellen.«

14

Ich schloss sachte die Tür hinter mir. Nadine telefonierte und lächelte mir kurz zu. Malineau war gegangen.

»Du hättest sein Gesicht sehen sollen«, flüsterte sie ins Telefon und kicherte. Ihre Haare wippten und verströmten den Duft von Amber und süßer Vanille.

Als sie sich zu mir umdrehte, errötete sie leicht.

»Die Überraschung ist gelungen!«, sagte sie. »Wir hatten alle keine Ahnung. Bei der Reaktion Ihrer Mutter auf meine Schwangerschaft hätte ich nicht erwartet, dass sie selber einmal schwanger gewesen ist.« Sie sah mich freundlich an, aber der Spott in ihrer Stimme war nicht zu überhören. »Selbst wenn es schon länger her ist, so etwas vergisst man doch nicht, oder?«

Schwangerschaft? Tatsächlich, wenn man ganz genau hinschaute, konnte man eine kleine Wölbung unter ihrer weißen Bluse entdecken.

»Wann ist es denn so weit?«, fragte ich.

»Anfang Februar.« Sie strich sich über den Bauch, und mir fiel auf, dass sie keinen Ehering trug, dafür manikürte Fingernägel hatte. Unwillkürlich verschränkte ich meine Hände mit den kurz geschnittenen Nägeln hinterm Rücken.

Das Telefon läutete, sie nahm ab, lauschte, legte auf, klickte und tippte mit ihren schlanken Fingern. Der Drucker surrte. Sie entnahm ihm ein Papierschild, steckte es in eine Plastikhülle, die an einem goldfarbenen Stoffband hing, und gab sie mir.

»Mit dem Strichcode können Sie den Aufzug bedienen, der Scanner befindet sich links neben der Tür.«

Ich hängte mir das Schild um.

»Danke für die Hilfe«, sagte ich.

»Ich weiß gar nicht, wovon Sie sprechen«, antwortete sie mit einem Augenzwinkern. Wieder klingelte das Telefon. Sie räusperte sich und antwortete dem Anrufer auf Französisch.

Ich spähte den Gang entlang. Die dunklen Türen waren mit goldenen Nummern beschriftet. Wer hier wohl alles arbeitete? Steuerexperten, Lebensmitteldesigner und Fachleute, die den Goldpreis im Blick hatten? Ich seufzte. Jemanden zu haben, der einem die lästige Buchhaltung abnahm, was für ein Traum.

Wenn ich schon mal da war, konnte ich mir auch das Angebot von *Le Maître* genauer ansehen. Vielleicht fand ich hier Ideen, wie ich erfolgreicher werden konnte. Ich hielt den Ausweis vor den rot blinkenden Scanner und betrachtete die Knöpfe. Überall gab es nur Nummern. An der Klingel meiner alten Wohnung hing noch mein Name. Zum Glück. Wenn Stella ihr Fahrrad abstellte, würde ihr ein neues Klingelschild bestimmt sofort auffallen. Wechselte im *The Seven* ein Mieter, merkte es keiner. Ein Haus der absoluten Sicherheit und Intimität. Trotzdem war mir der Altbau mit seinen knarrenden Dielen und den verzogenen Türen lieber.

Der Sicherheitsmann beobachtete mich, als ich aus

dem Aufzug trat. Ob er von Nadine wusste, wer ich war? Ich straffte den Rücken und erkannte eine kleine Tür mit dem Firmenlogo: der Hintereingang zum Shop.

Kaum hatte ich die Klinke hinuntergedrückt, umgaben mich ein intensiver Schokoladenduft und ein goldenes Strahlen. Was für ein Paradies. Eine der Verkäuferinnen überreichte allen Gästen dunkle Manon-Pralinen, eine andere nach Himbeeren duftende Trüffel. Ich lehnte dankend ab und steuerte die Blattgoldedition neben dem Eingang an. Mich interessierte, wie das allgegenwärtige Funkeln erzeugt wurde.

Da ging ein Raunen durch den Raum. Der Meister persönlich hatte den Laden betreten. Die Verkäuferinnen zupften ihre Schürzen zurecht, einige Kunden kicherten, und ein junges Mädchen rannte zu ihm. Sie flüsterte ihm etwas zu, und Malineau zog ein Foto aus seinem Jackett. Er fragte das auf und ab hüpfende Mädchen nach seinem Namen, es antwortete leise, und als er das Bild unterzeichnet hatte, rannte es aufjauchzend zu seiner Mutter zurück.

Nachdem Sébastien Malineau an alle Kunden Autogrammkarten verschenkt hatte, kam er mit einem Lächeln auf mich zu.

»Natürlich erinnere ich mich an Ihren Vater, er war mir nur nicht sofort eingefallen. Das liegt an meinem Gedächtnis, wissen Sie? Seine Schokoladenskulptur hätte ich bestimmt sofort erkannt, aber Namen, die kann ich mir nicht merken.«

»Das kenne ich«, erwiderte ich, »ich merke mir Gerüche. Ist einfach so.«

»Sie kamen mir bekannt vor. Aber ich konnte es erst

nicht einordnen. Jetzt weiß ich es – Sie lächeln wie Anne. Ob Ihr Vater überhaupt lächeln konnte? Ich bezweifle es. Er war so ein ernster Perfektionist, das Auge immer nur auf die Schokolade gerichtet. Sie, Mademoiselle, lächeln wie Ihre Mutter!«

Ich spürte, wie ich rot wurde. Noch nie hatte jemand gesagt, dass ich meiner Mutter ähnelte.

Er öffnete eine Tür im hinteren Bereich des Ladens und führte mich in die Experimentierstube. Was für ein Traum! Es roch intensiv nach einer mir unbekannten Schokolade. Ein Regal voller Gewürze und einer beeindruckenden Auswahl an Schokoladenproben einzelner Anbaugebiete erregte sofort meine Aufmerksamkeit. *Madirofolo Plantation*, wo die wohl herkam? Und wie sie schmeckte? Am liebsten hätte ich Malineau um eine Probe gebeten.

Doch der lief mit auf dem Rücken verschränkten Händen hin und her.

»Ich nehme an, dass Sie Geld wollen«, sagte er, ohne mich anzusehen. Sein französischer Akzent war mit einem Mal verschwunden, und es war, als ob ich die Kälte des Raumes erst jetzt spürte.

»Wie ich gehört habe, stecken Sie in finanziellen Schwierigkeiten. Aber täuschen Sie sich nicht, alles, was Sie hier sehen, gehört mir. Und nicht Anne. Und für mich sind Sie ein Niemand, bis vor wenigen Minuten hatte ich noch nie von Ihnen gehört!«

Geld? Was redete er auf einmal über Geld? Glaubte er, ich hätte Kontakt zu meiner Mutter aufgenommen, um sie um Geld anzupumpen?

»Herr Malineau«, sagte ich, »wie kommen Sie denn darauf? Meine finanziellen Angelegenheiten gehen Sie überhaupt nichts an.«

»Oh!«, antwortete er und verharrte kurz, »Ich wollte nicht unhöflich sein. Anne sprach eben davon. Sie haben recht, es geht mich nichts an.«

Dachte sie etwa auch, es gehe mir ums Geld? Was war denn hier los? Ob sie nur geraten hatten oder wirklich etwas wussten? Hatte Alessandro Nadine von meinen Mietschulden erzählt, und Nadine dann Anne? Aber das konnte ich mir nicht vorstellen.

»Ein paar Fakten können Sie mir doch verraten, damit ich weiß, wer Sie sind.« Jetzt blieb er stehen und sah mich mit verkniffenem Gesicht an. Am liebsten wäre ich sofort gegangen, so musste ich mich nicht behandeln lassen.

Dann entspannte er sich auf einmal.

»Entschuldigen Sie. So war das nicht gemeint. Ich … ich verstehe einfach nicht, wieso ich noch nie von Ihnen gehört habe. Aber dafür können Sie ja gar nichts.« Zerknirscht versuchte er, mich anzulächeln.

Ich atmete auf.

»Gerne. Geboren wurde ich 1980 in Köln, Konditorlehre im *Café Michel* in Würzburg, Meisterprüfung …«

»Nein, mich interessiert mehr die Familie.«

»Familie«, ich seufzte, »meine Eltern kennen Sie. Ich wuchs bei den Eltern meines Vaters auf. Dann gibt es noch eine Tante meines Vaters. Andere Verwandte kenne ich nicht.«

»Haben Sie Geschwister?«, unterbrach mich Malineau.

Ich schüttelte leicht den Kopf. Jedenfalls wusste ich von keinen. An die Möglichkeit, dass meine Mutter andere Kinder haben könnte, wagte ich kaum zu denken.

»War Anne glücklich? Wie war sie so als Mutter?«

Ich zuckte mit den Schultern. Was für eine komische Frage.

»Hat Anne gekocht? So etwas können Sie mir doch verraten, oder?«

»Daran kann ich mich nicht erinnern. Wie gut sie roch, das weiß ich noch. Sie benutzt immer noch das gleiche Parfüm!«

»Chanel N° 5, jeden Tag.« Sébastien seufzte. »Sie kann nicht kochen. Weigert sich, es überhaupt zu versuchen. Daran musste ich denken. Eine Mutter muss doch kochen, Milchbrei oder so.«

»Meine Oma war viel bei uns zu Hause. Wissen Sie, wenn ich den Milchbrei jetzt riechen würde, dann wüsste ich, wer ihn gemacht hat!« Ich lächelte ihn an, und er erwiderte es mit einem schiefen Grinsen.

Er fing wieder an, auf und ab zu gehen. »Wann haben Sie Anne das letzte Mal gesehen?«

»Als ich fünf war.«

Er schüttelte den Kopf, versunken in seine eigenen Gedanken.

»Haben Sie Kinder?«, ergriff ich die Gelegenheit.

»Leider nicht.« Er blieb direkt vor mir stehen. Sein Zigarrengeruch passte hervorragend zu der Schokoladennote des Raumes. »Weswegen sind Sie wirklich hier?«, fragte er mich. Sein Blick wurde intensiver, ich schlug die Augen zu Boden.

»Sie ist meine Mutter, und ich habe sie seit sechsundzwanzig Jahren nicht gesehen. Ist das nicht Grund genug?«

»Es ist nur … sie hat schon so viel in ihrem Leben mitmachen müssen, eine weitere Krise wäre zu viel für sie.«

Auf einmal wirkte Sébastien Malineau müde, älter als im Fernsehen.

»Wenn Sie wüssten, wie sehr ich mich nach ihr gesehnt habe«, sagte ich leise.

Sébastien Malineau seufzte. Unvermittelt breitete er die Arme aus und drückte mich an sich, ohne dass ich mich hätte wehren können. Was für ein komischer Kerl, dachte ich und war froh, als er mich wieder losließ. Es wirkte alles so unwirklich. Während meiner Mutter die Arbeit wichtiger als alles andere war, schob Malineau alles zur Seite und versuchte, mich kennenzulernen. Er, Sébastien Malineau, der arrogante und eitle Fernseh-Chocolatier.

Jetzt öffnete er eine Dose und bot mir von der Schokolade aus Madagaskar mit fünfundsiebzigprozentigem Kakaoanteil an, dann nahm er sich auch ein Stück. Ich ließ sie langsam auf der Zunge zergehen und überlegte, was für Krisen meine Mutter wohl erlebt hatte.

Er sah mich fragend an.

»Muskatnuss«, analysierte ich den Geschmack, »und … Piment?«

»Göttlich, oder?«, sagte Sébastien schmatzend, »aber sag mal, wie habt ihr euch gefunden?«

Während ich weiter an dem Schokoladenstück knabberte, fiel mein Blick auf einen Stapel Zeitschriften auf einem Hocker.

»Hier«, sagte ich und deutete auf das Cover der *Schokolade heute,* »Ich habe sie sofort erkannt.«

Sébastien nahm das Heft.

»Was ist sie sauer gewesen, weil sie mit auf dem Bild war. Angeblich sähe sie schrecklich aus! Als ob das möglich wäre.«

Wenn er lachte, schwang ein Brummton in seiner Stimme wie bei einem Teddybären mit. Er warf das Heft auf den Stapel zurück und öffnete die Tür.

»Ich sage den Mädchen, dass du alles probieren darfst. Aber wenn ich merke, dass du eine meiner Kreationen nachgemacht hast, hetze ich dir unsere Anwälte auf den Hals, das ist dir doch klar, oder?«

Zurück im Shop fiel mir sofort das hell erleuchtete, große Fenster an der Rückwand auf. Vorhin war es noch dunkel gewesen.

Gläserne Werkstatt prangte in goldenen Buchstaben an der Scheibe, und eine junge Frau mit dunkelbrauner Haube und Schürze, auf denen *Le Maître* stand, lief geschäftig hin und her. »Gläsern« – dann konnte ich es mir doch bestimmt genauer ansehen.

Ich klopfte. Die Frau, umhüllt von Mandelaroma, öffnete mir.

»Sind Sie die Chocolatière? Die Tochter von der Chefin?«, fragte sie und eilte zurück an den Herd.

Ich stellte mich vor.

»Nesrin Özdemir.« Sie nickte mir zu. »Heute Nachmittag werde ich den Kunden die Herstellung von Mandeltrüffeln zeigen.«

An der Seite des Raumes standen mehrere Herde, Regale mit Kochgeräten und eine Schmelzmaschine, die Quelle für den wunderbaren Duft in der Chocolaterie.

Nesrin träufelte Mandellikör in einen Kochtopf. Der intensive Geruch beruhigte meine Nerven, und ich fühlte, dass es genau das war, was ich brauchte, um in Ruhe über alles nachzudenken: arbeiten.

»Zusehen kann ich nicht.« Ich schob demonstrativ die Ärmel meines Pullis hoch. Sie grinste, deutete mit dem Kopf auf ein Regal, in dem die Schürzen lagen, und rührte weiter in der Ganache.

Nachdem ich die Schürze angezogen hatte, goss ich vorsichtig die Schokoladenfüllung in zwei Spritztüten. Gemeinsam füllten wir die bereitstehenden Hohlkugeln.

Sofort entspannte ich mich. Alles andere wurde unwichtig, nur der Schwung aus dem Handgelenk und die richtige Dosis Schokolade zählten. Der Moment, in dem Anne mich nicht erkannt hatte, verschwand genauso wie Nadines verführerischer Augenaufschlag und die Vorstellung, sie würde Alessandro so ansehen. Ich dachte nicht mehr an Malineaus Vorwürfe und wie schnell er alles vom Tisch gewischt hatte. Überlegte nicht, welcher wohl der echte Sébastien war.

Nur noch die Schokolade und ich. Und sonst nichts.

»Versperren Sie bitte nicht die Sicht?«, riss mich Nesrin aus meinen Gedanken. An die Zuschauer hatte ich gar nicht mehr gedacht. Ich drehte mich um, tatsächlich, da standen einige Kundinnen und schauten zu. War fast wie bei der *Spirit of Chocolate*.

Bei der nächsten Kugel tropfte ich daneben, und dann war es auch noch zu viel Schokolade, und die Kugel lief über. Das war mir ewig nicht mehr passiert. Es dauerte, bis ich meinen gewohnten Schwung fand.

»Am Anfang haben mich die Leute auch gestört«, sagte Nesrin und füllte routiniert die Kugeln. »Man gewöhnt sich daran.«

Das Blech war gefüllt, und sie tauschte es gegen eines mit abgekühlten Trüffeln aus, die abgedeckelt werden mussten.

»Zum Glück muss man bei der *Schwanenpraline* nicht vor Publikum arbeiten«, sagte ich.

»Machen Sie da auch mit?«, fragte sie und füllte neue Spritztüten mit geschmolzener Vollmilchkuvertüre.

Ich nickte.

»Manchmal fragt Sébastien Malineau mich um meine Meinung, oder ich darf Vorschläge für neue Pralinen einreichen.« Sie deckelte die Trüffeln ab. »Mein Vorschlag für die *Schwanenpraline* gefiel ihm leider nicht.«

»Verraten Sie mir die Details?«

Sie schüttelte den Kopf. »Betriebsgeheimnis.«

Sie brachte die verschlossenen Trüffeln nach hinten und kam mit einer Lage fester Trüffelkugeln zurück. Diese wälzte sie zuerst in flüssiger Schokolade und dann in Mandelstückchen, und ich platzierte sie vorsichtig mit einer Zange auf ein bereitstehendes Tablett.

»Obwohl es abgelehnt wurde?«

»Wenn Sie mein Rezept verwenden und gewinnen,

bin ich meinen Job los. Erzählen Sie mir doch lieber von Ihren Plänen!«

»Wer entwirft denn die Praline? Ich habe gehört, Malineau hätte ein Entwicklungsteam für seine neuen Produkte.«

»Von mir erfahren Sie nichts.«

»Aber was passiert, wenn ich Ihnen meine Ideen verrate?«

»Das ist Ihr Risiko.« Sie grinste.

»Ich habe noch gar keine«, gab ich zu. »Aber mir fällt schon noch was ein.«

»Schwäne sind so kitschig«, meinte sie.

Beinahe hätte ich gesagt, dass ich das Geld gut gebrauchen könnte. Aber es war besser, wenn ich den Mund hielt.

»Kommt darauf an«, antwortete ich daher.

Die Telefonkonferenz meiner Mutter dauerte länger als erwartet. In der Zwischenzeit verteilten wir die fertigen Mandeltrüffeln an die Kunden, widmeten uns Sex-on-the-beach-Trüffeln, während Nesrin amüsante Geschichten aus dem Alltag von *Le Maître* zum Besten gab. Schnell duzten wir uns. Sie erzählte viel von Malineau. Er schien beliebt zu sein, behandelte seine Mitarbeiter fair, verlangte aber auch einen hohen Arbeitseinsatz. Über Anne redete sie nicht. Ich fragte auch nicht. Dieses Rätsel musste ich alleine lösen.

Kurz vor fünf beeilte sie sich mit dem Aufräumen und entschuldigte sich, dass sie etwas früher gehen müsse.

»Der Hort schließt um fünf.«

»Du hast ein Kind?« Sie sah aus, als hätte sie gerade erst ihre Lehre beendet.

»Meine Geschwister«, fügte sie erklärend hinzu.

»Na, dann los. Ich finde mich schon zurecht.«

»Danke!«, sagte sie, und schon war sie weg.

15

In den Duft des Putzmittels, mit dem ich die Arbeitsplatte säuberte, mischte sich ein künstliches Parfüm.

»Ich hoffe, du hast nicht die ganze Zeit genascht, wir gehen heute noch essen.« Im Mantel und einer mit Gold verzierten schwarzen Handtasche stand meine Mutter vor mir.

»Wieso putzt du eigentlich? Wo ist Nesrin?«

»Die musste ihre Geschwister abholen.« Ich warf das Tuch und die Schürze im Vorraum in eine Box mit der Aufschrift *Wäsche* und zog meine Jacke an.

»Hier ist nicht Feierabend, wenn irgendwelche Kinder krähen, sondern wenn die Arbeit getan ist. Und es ist auf keinen Fall dein Job, hier sauber zu machen!«

»Stört mich nicht«, sagte ich, »Kinder kann man nun mal eben schlecht warten lassen.«

Sie zog die Augenbrauen hoch. »Haben deine Großeltern dir etwa erzählt, dass du auf mich warten sollst?«

»Mit dir hat das gar nichts zu tun. Ich wollte einfach nur nett sein.«

»Nett«, wiederholte sie langsam, »Na gut. Lass uns gehen. Ich will dir etwas zeigen.«

Es hatte zu schneien begonnen. Die Scheibenwischer des Taxis quietschten über die Windschutzscheibe, und die

Welt draußen versank in dichten Schneeflocken. Als Ziel hatte meine Mutter dem Fahrer den Olympiaturm genannt. Ich musste daran denken, dass Alessandros Opa dort gearbeitet hatte. Am liebsten hätte ich davon erzählt, aber es erschien mir zu früh. Was waren Alessandro und ich? Freunde? Bekannte? Er war der Sohn meines Nachbarn. Mehr nicht.

Während der Fahrt starrte sie nur auf ihr Smartphone. Wirkte wichtig. So richtig frei hatte sie wohl nie.

Als das Taxi hielt, fiel mir sofort ein blaues Schild auf: *Olympiaturm – Rockmuseum Munich*.

»Ich dachte, ich zeig dir, was ich die ganzen Jahre ohne dich gemacht habe!« Man hörte meiner Mutter die Freude an.

Im Rockmuseum? Was hatte das zu bedeuten? Anne antwortete auf meine Nachfragen nur mit einem wissenden Lächeln und der Ermahnung, nicht so ungeduldig zu sein.

Obwohl es leer war, mussten wir auf den Aufzug warten. Sie stöhnte und starrte wieder auf ihr Telefon, auch als sich die Türen sehr langsam öffneten. Wir fuhren so schnell nach oben, dass ich einen Druck auf den Ohren bekam. Eine Lautsprecherdurchsage verkündete Zahlen über die Höhe und die Bauzeit. Aber den Grund für unsere Fahrt hinauf in dem gigantischen Turm verstand ich noch immer nicht.

Der Schnee bedeckte die Dächer der Stadt und dämpfte das Licht. Um die Aussicht zu genießen, hätten wir nach draußen auf die Aussichtsplattform gehen müssen, aber Anne blieb im Warmen.

Das Museum war kleiner als erwartet. Die Wände waren bunt mit Plakaten, Eintrittskarten, Covern und Schallplatten tapeziert, in der Mitte blinkten zwei Jukeboxes. Ein lebensgroßer Elvis aus Pappe stand neben einer kleinen Bühne, auf dem ein Schlagzeug spielbereit auf Musiker wartete. Gitarren und ausgeflippte Bühnenklamotten hingen in Glasvitrinen. Im Hintergrund lief Rockmusik, aber ich kannte mich zu wenig aus, um zu sagen, wer es war oder aus welcher Zeit das Lied stammte.

Was hatte das mit meiner Mutter oder mir zu tun?

Sie beobachtete mich, während ich mir Bilder von Marilyn Manson und Zeitungsartikeln zum Tod John Lennons ansah.

»Was hörst du am liebsten?«, fragte sie.

»Keine Ahnung«, antwortete ich.

»Wie kann man das nicht wissen?«

»Ich höre nicht viel Musik. Was gerade im Radio läuft. Oder Frank Sinatra.« Die Vorliebe für Swing war das Einzige, das mir von Sascha geblieben war.

»Wo bleibt da deine wilde Seite?«

»Wieso wilde Seite? Ist man nur jung, wenn man Rockmusik mag?«

»Hey, war nur ein Scherz. Dein Blick, wenn du sauer bist, hat sich nicht verändert. Wie damals, wenn du an der Supermarktkasse keine Süßigkeiten bekommen hast.«

Ich atmete tief durch. Sie war genauso auf der Suche wie ich, auf der Suche nach Gemeinsamkeiten, nach Erinnerungen, nach dem vergangenen Leben. Ich musste mich gedulden.

»Hier ist, was ich dir zeigen wollte!«, rief sie und deutete auf eine Eintrittskarte.

Uriah Heep, Vorgruppe: Supersound, München, Olympiahalle, 4.5.1993. Daneben ein Foto der Band, die ich nicht kannte, und eines vom Sänger mit – meiner Mutter im Arm. Meine Mutter als Rockerbraut, die Haare wild gebauscht, Jeans und Jeansjacke, die Augen tiefschwarz umrandet, Lederstiefel.

»Du warst in einer Band?«, fragte ich ungläubig.

»Viel besser: Ich habe die gemanagt.«

Sie zeigte mir eine weitere Vitrine.

Crazy Ray, München, Olympiahalle, 12.10.1997, und daneben ein Foto der Band mit einem bärtigen langhaarigen Mann, der sie im Arm hielt. *Ray Miller* stand auf dem Schild. Zumindest optisch hatte sie ihre Rockerphase überwunden, trug ein schwarzes Kleid und hatte die Haare gebändigt. *Managerin der Band war Anne Miller, die heute in München-Schwabing lebt und Managerin des Weltmeisters der Chocolatiers, Sébastien Malineau, ist.*

»Die Zeit mit Ray war die beste in meinem Leben.«

Sieben Jahre nachdem sie uns verlassen hatte, tauchte sie also als Managerin einer Rockband wieder auf. Und hatte sie nicht die Zeit mit Markus als die beste ihres Lebens bezeichnet?

»Sébastien war doch nie Weltmeister!«

»Wie dein Großvater. Immer erst mal die Fehler sehen.«

»Und was hast du davor gemacht?« In den anderen Vitrinen waren keine Fotos meiner Mutter.

»Studiert, was sonst. Managerin wird man nicht, weil

man gut aussieht.« Sie strich sich die Haare hinter die Ohren.

»Und wieso ohne mich?«

»Lea, ist das nicht cool? Ich war mit einem Rockstar verheiratet! Wenn ich alleine aufzählen würde, wer alles auf unserer Hochzeit gewesen ist …«

Mir fiel auf, wie sehr die Anne auf dem Foto diesen Ray mit seinen Tattoos auf den muskulösen Oberarmen anhimmelte.

»Deine Tochter leider nicht. Wusste Ray, dass es mich gab? Oder hattest du mich vergessen, weil kleine Mädchen bei Sex, Drugs and Rock 'n Roll stören könnten?« 1997 war ich zwar kein kleines Mädchen mehr gewesen, sondern bereits siebzehn. Diesen Ray hätte ich aber gerne kennengelernt, er hatte ein sympathisches Lächeln.

»Lea! So war das gar nicht!« Sie stemmte die Hände in die Hüften.

»Dann erklär' s mir!«

»Hier?« Sie schaute sich entsetzt um.

Außer uns waren keine anderen Gäste da. Aber ich wollte keinen Streit, ich wollte Antworten. Also schluckte ich meinen Ärger ein weiteres Mal hinunter und ließ mir noch mehr Konzertkarten zeigen. Es gab noch andere Bands, deren Namen mir nichts sagten und an deren Tourneen sie beteiligt gewesen war. Ich lauschte ihren Geschichten, als wäre irgendwo dort eine Erklärung versteckt.

Bevor der Fahrstuhl kam, hatte sie per Telefon ein Taxi gerufen. Draußen wehte uns ein schräger Wind die

Flocken um die Ohren. Den hügeligen Park des Olympiageländes konnte man nur erahnen, die Aussicht auf das berühmte Stadion verschluckte der Schnee völlig.

»Auf dem Teich hier sind sonst Schwäne«, sagte Anne, »und am Ufer liegen Platten mit Fingerabdrücken von Bands wie Supertramp, wie in Hollywood.«

Ich zog meine Mütze tiefer über die Ohren, es war verdammt kalt. Hoffentlich waren wir bald zu Hause.

»Wo wohnst du?«, fragte ich.

»Ich hätte zu gerne ein Apartment im *The Seven* gekauft, aber Sébastien meinte, dass wir uns das nicht leisten können. Dabei ist das Gärtnerplatzviertel total in! Billiger werden die Wohnungen dort nicht werden. Wir wohnen in meinem alten Apartment in Schwabing.« Es klang, als hätte sie »Müllplatz« gesagt.

Das Taxi kam, und Anne nannte eine Adresse. Durch den verschneiten Park fuhren wir am BMW-Gebäude vorbei auf eine mehrspurige Straße. Stau. Wieder starrte sie auf ihr Handy, was mir mittlerweile ganz schön auf die Nerven ging. Dafür opferte ich nicht meine kostbare Zeit.

»Warum hast du uns verlassen?«, fragte ich. Jetzt waren wir schließlich ungestört.

Sie sah mich an und zog eine Augenbraue hoch. Das hatte ich schon mehrfach beobachtet. Als ob sie mich verspotten würde.

Ihr Telefon brummte, sie schaute sich die eingetroffene Nachricht an und steckte das Telefon weg. »Hast du noch was zum Anziehen dabei?«, fragte sie und betrachtete meine nassen Schuhe.

»Nein. Ich wollte schließlich nicht hier übernachten.«

»Oh!«, war ihr einziger Kommentar. Sie tippte dem Taxifahrer auf die Schulter und änderte unser Ziel in »Die fünf Höfe.«

Es war ein Einkaufstempel, wie ich ihn noch nicht gesehen hatte. Bevor ich mich wehren konnte, schleifte sie mich in eine Boutique, verriet der Verkäuferin mit einem Blick auf mich die richtige Größe und blickte sich suchend um, als ob sie sagen wollte: »Hoffentlich haben Sie auch in Größe achtunddreißig Designerkleider.«

Eigentlich fühle ich mich in meinem Körper sehr wohl. Meine Mutter aber schaffte es, dass meine Blicke in den Spiegel kritischer wurden als normalerweise.

»Ich brauche nichts Neues.«

»Glaub mir, mit abgetragenen Jeans der vorletzten Saison und einem ausgeleierten Pulli gehe ich mit dir nirgendwohin. Wenn sie dich überhaupt in ein Sternerestaurant hineinlassen würden mit … Wanderschuhen.«

Sie suchte etwas Schwarzes aus, in dem ich mir wie eine Fremde vorkam. Dazu hochhackige Schuhe. Ein Blick auf die Preisschilder genügte, und mir wurde schlecht. Sie bezahlte mit einer goldenen Kreditkarte exakt den Betrag, den ich Monat für Monat mühsam für die Miete zusammenkratzte. Gekratzt hatte. Neid breitete sich in mir aus, weil sie sich leisten konnte, was sie wollte. Gleichzeitig hatte ich ein schlechtes Gewissen. Wäre es nicht besser, das Kleid, die Pumps und die völlig überflüssige Handtasche nicht zu kaufen und mit dem Geld die Miete zu zahlen?

Aber ich schwieg und bedankte mich. Das mit der Chocolaterie, das schaffte ich auch alleine.

Ihr Apartment lag in einem Gründerzeithaus mit bunten Kacheln an den Wänden. Sie wohnte im obersten Stockwerk und stöhnte, weil das Haus keinen Aufzug hatte.

Die Zimmer waren wie ihr Büro: kahl. Es fehlte alles, was ich gemütlich fand: kuschelige Sofas, weiche Teppiche und Erinnerungen an den Wänden, Fotos, Poster besuchter Ausstellungen. Bücher. Nur die puristischen Ideen eines Innenarchitekten. Ich hätte noch nicht einmal sagen können, ob Sébastien Malineau bei ihr wohnte oder nicht. Natürlich, es hing ein Mantel von ihm an der Garderobe, und im Bad erblickte ich eine Zahnbürste. Vielleicht dienten die Sachen auch nur der Bequemlichkeit.

Alles erinnerte mich an meine leere Wohnung, als der Enkel der Obermüller mit dem Laster vor der Tür gestanden hatte.

»Kommt Sébastien Malineau auch mit?«, fragte ich. »Wo ist er überhaupt?«

»Im Fitnessstudio. Wir beide machen uns einen schönen Abend, er wird später nachkommen.« Sie lächelte mich an. »Ich muss doch mit meiner gut aussehenden Tochter ein wenig angeben!«

»Wohnt er bei dir?«

»Du bist aber neugierig«, sagte sie und tätschelte mir die Wange, als wäre ich ein kleines Mädchen. Ich trat einen Schritt zurück.

»Natürlich wohnt er hier. Alleine wäre es doch zu einsam, oder? Du solltest dich jetzt umziehen, der Tisch ist für acht Uhr reserviert.«

Sie öffnete die Tür zum Gästezimmer. Ein Doppelbett, ein Spiegel, ein kleiner Schrank, neben den ich die große Einkaufstasche der Boutique stellte. Auf dem Bett eine bunte Flauschdecke.

»Die ist einfach unfähig!« Sie riss die Decke vom Bett, faltete sie und legte sie in den Schrank. »Wir werfen ihr das Geld nur so in den Rachen, und sie merkt sich die kleinsten Sachen nicht. Fünfzehn Euro! Für weniger kriegst du keine Putzfrau in München.«

Wahnsinn. Ich sollte putzen gehen. Meinen eigenen Stundenlohn wollte ich lieber nicht ausrechnen, bei einer täglichen Arbeitszeit von mittlerweile zwölf Stunden sechs Tage die Woche. Und sonntags die Buchhaltung.

»Beeil dich, das Taxi wartet kurz vor acht!«

Das Kleid fühlte sich steif an, die Schuhe zu hoch, aber irgendwie war es aufregend.

Als Anne aus dem Schlafzimmer trat, verschlug es mir den Atem. Ihr dunkelgraues, metallisch schimmerndes Cocktailkleid betonte die weiße Haut ihrer Arme, ihre schlanken Beine endeten in waghalsig hohen Schuhen, und ihre hochgesteckten Haare entblößten ihren Hals.

»Wow«, entfuhr es mir.

»Verschließt du bitte die Kette?« Dieses Mal trug sie nicht das Schwanenmedaillon, sondern einen silbernen Reif. Wieder duftete sie nach Chanel. Mir wurde schwindlig, und ich bekam den Verschluss erst im zweiten Anlauf zu.

Dann steckte sie mir die Haare hoch.

»Jetzt siehst du wunderschön aus«, sagte sie und legte mir eine Kette mit einem Diamant-Anhänger um den Hals. Komplimente für mein Aussehen bekam ich selten, umso mehr freute ich mich darüber.

Sie zeigte mir, wie ich in den Schuhen laufen sollte. Bis ich beim Taxi angekommen war, knickte ich mehrfach um. Alles fühlte sich fremd an.

Es war, als ob ich spüren könnte, wie es gewesen wäre, als ihre Tochter aufzuwachsen. An der Seite eines Rockstars anstelle meines stets wütenden Opas – oder inmitten von Schokolade, gemeinsam mit Sébastien.

16

Eine einsame rosa Blüte ragte aus dem Rosenbusch an der Eingangstür des *Werneckhof*. Die Blütenblätter waren gefroren und sahen aus, als wären sie mit Zuckerwasser besprengt worden.

Das Restaurant wirkte wie ein Landgasthof, mit hohen Fenstern, warmem Licht und einem großen Fass neben dem Eingang. Wir waren eindeutig overdressed. Der Inhaber begrüßte Anne mit Vornamen und küsste sie auf beide Wangen. Mich ebenso. Er schob uns die Stühle unter den Po und wischte imaginäre Fussel vom Tisch. Die ganze Zeit warf er mit Komplimenten um sich, und das in einem Akzent, der mich sehr an Paolo erinnerte. Nur dass dieser noch nie mein Outfit gelobt hatte.

Ein Ober mit einer Flasche Champagner eilte herbei und öffnete sie gekonnt am Tisch.

Anne blühte auf bei all dem Getue, das um sie veranstaltet wurde. Von ihrem Platz aus konnte sie den gesamten Raum überblicken, und jeder, der hereinkam, nahm sie sofort wahr. So war es kein Wunder, dass jedes aufkeimende Gespräch durch Begrüßungen und Küsschen rechts und links gestört wurde. Sie genoss die hochgezogenen Augenbrauen und das bewundernde Staunen, wenn sie mich als ihre Tochter vorstellte.

Sie ließ es so klingen, als wäre ich von einer langen

Reise oder einem Studium im Ausland zurückgekehrt. Es war merkwürdig, aber da mir diese Menschen alle völlig egal waren, ließ ich sie gewähren.

Im *Werneckhof* zauberte ein japanischer Koch, jünger als ich und bereits mit einem Michelinstern geehrt. Der Restaurantbesitzer schwärmte in der Speisekarte ausgiebig von ihm. Bereits in der Lehre hatte er sich von der Münchner Stadtmeisterschaft bis zur deutschen Meisterschaft gekocht.

Es erinnerte mich an meine Zeit in der Patisserie vom *Hessischen Hof*, an die konzentrierte Hektik, das Bemühen um Perfektion und das Gefühl, nicht zu genügen. Ständig wurde man beobachtet und kontrolliert. Trotzdem hatte der Chefkoch dort jedes Jahr vergeblich auf einen Stern gehofft.

Anne probierte nur einen Bissen der Vorspeise aus gegrilltem Thunfisch und Gemüse-Julienne, ohne die Arbeit zu würdigen, die darin steckte. Wie auch, hatte Sébastien doch erzählt, dass sie nicht kochen konnte.

Sie plauderte über Sébastiens Werdegang, schwärmte von ihrem Ferienhaus in der Toskana und von der Aussicht auf das Meer, die sie in Los Angeles jeden Tag genießen durfte.

»Erinnerst du dich an die Aussicht damals in Würzburg?«, fragte sie.

Ich schüttelte den Kopf und spießte den letzten Kürbisstreifen auf.

»Wenn ich an den ekligen Hinterhof denke, wird mir jetzt noch schlecht. Sperrmüll und Ratten.«

»Aber das ist doch eine der schönsten Ecken Würzburgs, mit den vielen kleinen Boutiquen, den Blumen und Girlanden.«

Wieder fiel mir ihre Angewohnheit auf, eine Haarsträhne mit dem Zeigefinger aufzuzwirbeln. Wir hatten mehr gemeinsam als das Lachen.

»Ich habe es gehasst, in der engen Gasse zu wohnen«, fuhr sie fort. »Es war alt und dunkel und stank. Zum Renovieren der Wohnung hatten wir kein Geld, nur die Chocolaterie wurde frisch gemacht. Ich weiß noch, wie die Ameisen im Schlafzimmer aus den Ritzen des alten Dielenbodens kamen. Deine Oma hat versucht, sie zu vergiften, aber die lebten im Gebälk und ließen sich nicht vertreiben. Richtig eklig. Was für ein Kaff.« Sie schüttelte sich und trank ihr Glas aus.

»Markus war seiner Zeit voraus. Damals waren die Kunden nicht bereit, für Schokolade mehr Geld auszugeben als im Supermarkt. Das Problem war nur, dass er das nicht glauben wollte. Früher oder später hätte seine Liebe zur Bitterschokolade uns in den Ruin getrieben.«

»Hast du wirklich angenommen, ich besuche dich, um von dir Geld zu fordern? Sébastien hat da so etwas angedeutet.«

Sie sah mich erstaunt an.

»Nein. Das war … nur so ein Gedanke.« Sie ergriff ihr Champagnerglas und trank es leer. Der Ober huschte herbei, schenkte nach. »Aber ich mag gar nicht glauben, dass du keinen Freund hast.«

Ohne zu fragen, schnappte sie sich mein Telefon.

»Hast du da vielleicht ein paar interessante Bilder drauf?« Sie wischte auf dem Display herum. »Na, wer ist denn dieser sportliche Typ?« Und sie hielt ein Foto von Herlinds ältestem Sohn hoch.

»Da war ich mit meinen Mitarbeitern auf dem Weindorf.« Halbherzig versuchte ich, ihr das Telefon wegzunehmen, aber sie war schneller. Wie gut, dass ich kein Bild von Alessandro hatte.

Der Hauptgang wurde serviert, Wildhase mit Rosenkohl für mich und Herzmuscheln für Anne. Der Hase war butterzart und die Soße ein Gedicht aus Fleischsaft und Pfeffer. Und obwohl es so profan deutsch klingt, schmeckte man den japanischen Einfluss.

Meine Mutter stocherte schweigsam auf dem Teller herum und blickte sich immer wieder um. Irgendetwas schien sie zu bedrücken, aber nach dem Grund zu fragen, brachte ich nicht über mich. Es erschien mir zu – privat. So weit waren wir noch nicht.

Ich erzählte ihr lieber von meiner Konditorlehre im *Café Michel* am Würzburger Marktplatz und hoffte, sie könnte sich an das alte Café erinnern. Ihr Blick blieb ausdruckslos. Auch meine Arbeit als Patissière oder die Zeit in der Schokoladenmanufaktur, als ich meinen Meister machte, schien sie nicht zu interessieren.

Sie lebte erst wieder auf, als Sébastien sich zu uns gesellte. Er umarmte Anne und küsste sie, und sie strahlte über das ganze Gesicht.

»Lea, wie bezaubernd du aussiehst«, sagte er und gab mir einen Kuss auf die Wangen. »Très chic!«

»Wir sind gerade beim Dessert angelangt«, sagte Anne und sah mich an, als ob ich etwas dafürkönnte, dass er ihr Aussehen nicht gelobt hatte.

»Na, dann komme ich gerade richtig!« Er gab ihr noch ein Küsschen. »Und du, meine Liebe, überstrahlst wieder alle.«

Befriedigt lehnte sie sich zurück und erzählte ihm, wo ich gelernt hatte und dass ich ebenfalls in einem Edelrestaurant gearbeitet hatte. »In der Patisserie!«

Also hatte sie doch zugehört.

»Dann werden wir mal testen, ob die Küche hier mithalten kann«, sagte Sébastien und lächelte verschmitzt.

Froh, dass es meiner Mutter wieder besser ging, stimmte ich in sein Lachen ein.

»Möchtest du nicht für Sébastien arbeiten, Lea? Dann könnten wir immer zusammen sein, wir drei. Wie eine kleine Familie!«

»Ist es dafür nicht ein wenig zu spät, mon bijou?«, fragte Sébastien. Ihr Blick machte sofort klar, dass das die falsche Antwort gewesen war. Bevor er irgendetwas entgegnen konnte, wurde das Dessert serviert. Ein Schokoladenfondant mit frischen Yuzu, japanischen Mandarinen.

Sébastien probierte mit vielen »Mmhs« und »Aahhs«. Ich fand das Fondant ein wenig zu flüssig.

»Braucht ihr denn noch Mitarbeiter?« So ganz konnte ich nicht glauben, dass das Angebot ernst gemeint war.

Auf dem Gesicht meiner Mutter breitete sich wieder ein strahlendes Lächeln aus.

»Sie könnte deine Assistentin werden, Sébastien!«

»Ich habe bereits einen Assistenten, Hannes Kürn. Erinnerst du dich, Lea?«

Wie könnte ich ihn und seinen Aztekenkopf vergessen!

»Aber du könntest …« Sébastien überlegte.

»Bei der Show helfen!«, rief Anne. »Anstelle der Models, die da sonst rumlaufen. Mit ihrer Authentizität könnte sie helfen, die Quoten zu steigern!«

Sébastien betrachtete mich wie einen Kleiderständer.

»Auf jeden Fall ist ihre Jugend ein Vorteil. Bis man Fernsehkoch wird, hat man normalerweise ein paar Jahre auf dem Buckel. Oder man tut nur so, als ob man Koch wäre, wie dieser fürchterliche Brite! Ich denke, wir könnten sie gut gebrauchen.«

»Fernsehen?«, fragte ich ungläubig.

»Das ist ganz simpel«, sagte Sébastien, nachdem er den Teller fast leer gekratzt hatte. »Du machst Pralinen. Nur dass du dabei in eine Kamera lächeln musst. Oder du reichst mir die Zutaten, wenn Anne auf die Models verzichten möchte. Und dann sehen wir weiter. Übers Internet wissen wir bestens Bescheid, was unser Publikum wünscht. Heißt das, du denkst ernsthaft darüber nach?«

»Ich weiß nicht.« Ungläubig starrte ich ihn an.

»Nächste Woche zeichnen wir die Show auf«, sagte Sébastien. »Wir können ja ein paar Probeaufnahmen machen, ganz unverbindlich! Bei den tollen Haaren sollten wir auf die Konditorenhaube aber verzichten.«

»Meinen Sie das ernst?«

»Jetzt lass doch endlich das Gesieze«, antwortete Sébastien.

In diesem Augenblick kam der Koch höchstpersönlich an unseren Tisch und holte sich von Sébastien nicht nur ein überschwängliches Lob ab, sondern bekam auch eine Einladung, in einer seiner TV-Shows als Gast aufzutreten.

»Japanische Einflüsse in der Schokoladenküche, das kann ich mir schon richtig gut vorstellen!«, rief Sébastien.

Das Gehen auf den hohen Schuhen war immer noch wackelig und der Weg bis zur Toilette viel zu lang. Im Gang holte ich mein Handy aus der neuen Handtasche und drückte aufgeregt auf Alessandros Nummer.

Bereits beim zweiten Klingeln meldete er sich.

»Oh, Alessandro, du glaubst es nicht«, begrüßte ich ihn. »Danke, dass du mir geholfen hast. Es ist alles gut gegangen.«

»Super! Ach, ich freue mich für dich«, antwortete er hörbar erleichtert.

»Sébastien Malineau sagt, wir würden auf genau die gleiche Art lächeln. Unglaublich, nicht? Noch nie hat mir jemand gesagt, dass ich meiner Mutter ähnlich bin, noch nie! Immer heißt es nur: ganz der Vater. Warte mal …« Ich machte einer Frau mit pudrigem Parfüm Platz, damit sie vorbeikam.

»Ich vermisse dich«, sagte er leise, als ich das Handy wieder ans Ohr drückte.

»Ich vermisse dich auch«, flüsterte ich und atmete tief aus. Mein Herz jubilierte, und die Eifersucht auf Nadine löste sich in nichts auf.

»Kennst du *Le Maître*? Für meinen Geschmack zu viel Gold in der Deko, aber die Pralinen sind ausgezeichnet! Sie machen Show-Vorführungen den ganzen Tag über, in der gläsernen …«

»Lea?«, unterbrach er meinen Redeschwall, »ich war gerade in deinem Laden. Weil du dich den ganzen Tag nicht gemeldet hast, dachte ich, vielleicht wissen Herlind und Stella …« Er machte eine Pause. »Wir hörten Schritte in deiner Wohnung.«

Noch eine Pause.

Aber ich wusste, was jetzt kommen würde. Ich sah sie vor mir, wie sie zur Decke schauten und Stella Angst um ihre Zukunft bekam.

»Ein Maler trug Leitern und Farbeimer ins Haus. In deine Wohnung. Besser gesagt: in die Wohnung deines Nachmieters.«

Jetzt wussten sie alle Bescheid. Alessandro. Herlind und Stella. Sie wussten, dass ich pleite war, kannten meine sinnlosen Versuche, Geld zu sparen. Ich hatte ihnen Weihnachten verdorben, und das Schlimmste: Ich hatte sie angelogen. Und dann war ich noch nicht einmal da, um alles aufzuklären.

Von einem Moment auf den anderen fühlte ich mich grässlich. Da war wieder das Gefühl, gefangen zu sein und nichts unternehmen zu können.

Er schwieg. Wahrscheinlich wartete er auf eine Entschuldigung oder eine Erklärung.

Doch stattdessen fragte er mich: »Ist dein Zug pünktlich? Bei dem Schnee ist nicht viel los im Restaurant, ich kann dich abholen.«

Offensichtlich ging er davon aus, dass ich bereits im Zug saß.

»Oh, ich bin noch in München. Meine Mutter hat mich eingeladen, über Nacht zu bleiben. Damit wir uns besser kennenlernen.«

Wieder sagte er nichts. Bestimmt war er enttäuscht von mir. Wer mag schon Lügner. Oder Versager.

Ich musste schlucken, um meine Stimme unter Kontrolle zu bekommen. »Gleich morgen früh fahre ich zurück, versprochen.«

»Hoffentlich«, murmelte er.

»Wie bitte?«, fragte ich.

»Ich freue mich schon!« Ohne Verabschiedung legte er auf.

Ich zog die Schuhe aus, um stabilen Boden unter den Füßen zu bekommen. Aber es nutzte nichts.

17

»Noch einen Prosecco!«, rief Anne, kaum dass wir ihre Wohnung betreten hatten. Sie streifte ihre High Heels ab, ließ sie einfach liegen und ging etwas unsicher in die offene Küche.

»Anne, du hast genug«, mahnte Sébastien und hob die Schuhe auf.

Ich setzte mich aufs Sofa. Mir war die Lust auf Sekt schon lange vergangen. Am liebsten wäre ich gleich nach dem Telefonat mit Alessandro heimgefahren, aber dann wäre ich nachts um drei zu Hause angekommen und hätte doch nichts mehr erreichen können. Jetzt plante ich, mit einem Zug kurz nach sechs zu fahren. Dann war ich um halb neun in Würzburg, früh genug, um mit Herlind und Stella vor Ladenöffnung zu reden.

Einzig für Alessandro wäre ich heute Nacht bereits gefahren. Aber er antwortete auf meine SMS nicht.

»Nur um auf Lea anzustoßen«, flötete Anne und nahm eine Flasche aus dem Kühlschrank. »Von Prosecco bekomme ich einfach nie genug.«

Sébastien nahm ihr die Flasche weg und stellte sie zurück.

»Du Spielverderber«, sagte Anne. »Endlich ist meine lang vermisste Tochter wieder da. Das kannst du nicht verstehen, aber ich war verzweifelt, jahrelang!« Sie trommelte gegen Sébastiens Brust, worauf dieser ihre Hände festhielt.

»Du musst dich ausruhen. Morgen ist ein normaler Arbeitstag.«

Sie schüttelte ihn ab. »Sag du mir nicht, was ich tun soll. Du weißt, dass ich nicht viel Schlaf brauche.«

Sie stellte die Flasche und drei Gläser auf den Couchtisch. Gekonnt öffnete sie sie und schenkte uns ein.

»Auf Lea! Auf mein Baby, das heute so viel Eindruck gemacht hat!«

Erstaunlich, wie sehr der Alkohol die kalte und abweisende Anne verändert hatte. Sébastien beobachtete sie mit noch tieferen Sorgenfalten als sonst, aber mir gefiel es, wie sie mich anstrahlte, sich neben mich setzte und in den Arm nahm.

»Ich bin so froh, dass du da bist«, sagte sie und stieß mit mir an, »und dass wir uns so gut verstehen! Irgendwo habe ich doch noch …« Sie stand auf, öffnete den Wohnzimmerschrank und zog unter einem Stapel Hefte und Bücher ein Foto heraus.

»Schau, Sébastien, so süß war meine Kleine.«

Sie ließ sich auf das Sofa fallen und klopfte mit der Hand neben sich. »Du hierhin und Lea auf die andere Seite. Alle meine Lieben bei mir.«

Auf dem Bild konnte man das schlafende Baby, halb verdeckt von einer rosa Mütze und einer bunten Kuscheldecke, kaum erkennen. Unter der Mütze lugten dunkle Haarsträhnen hervor. War ich das? Die Decke mit den Bärchen kannte ich. Erst vor ein paar Tagen hatte ich Teile meines Geschirrs damit verpackt.

Sébastien nahm ihr das Bild ab, betrachtete es lange und drehte es dann um. *Lea, drei Monate* stand darauf.

Aber er sagte nichts.

»Und ich dachte, du hättest mich vergessen«, sagte ich leise.

»Vergessen? Wie könnte ich mein kleines Mädchen vergessen. Du warst mein Ein und Alles! Nicht zu sehen, wie du aufwächst …« Sie trank ihr Glas aus. »Wenigstens bist du noch nicht verheiratet. Deine Hochzeit nicht planen zu dürfen, das hätte ich mir nie verziehen. Du als Braut …«

»Aber warum das alles? Ich verstehe es einfach nicht«, fragte ich.

»Sie haben es mir verboten!«

»Verboten?«, fragte Sébastien. »Quoi?«

»Sie haben Markus beerdigt, ohne dass ich dabei war. Sie haben mir erst viel später gesagt, dass er gestorben ist.«

»Wer?«, fragte ich.

»Greta und Eduard, wer sonst!«

Sébastien hob fragend die Augenbrauen.

»Meine Großeltern, bei denen ich aufgewachsen bin«, erklärte ich. »Aber das glaube ich nicht. Sie waren bestimmt verzweifelt und traurig, ihr Sohn war gestorben, aber so etwas hätten sie nie gemacht.«

»Weil ich dich angeblich im Stich gelassen hätte, aber das stimmte doch nicht! Markus hat mich aus dem Haus geworfen! Ich bin zu meinen Eltern gegangen. Wo sollte ich auch hin, meine Mutter war krank, sie brauchte mich. Ich war Markus egal. Manon war ja da.« Sie fegte das Foto vom Sofa und warf sich schluchzend auf die Kissen.

Ich hielt die Luft an. Mein Vater hatte meine Mutter rausgeworfen? Und nicht umgekehrt? Ich wusste gar nicht, warum sich dieser Gedanke in meine Erinnerungen geschlichen hatte, denn meine Großeltern hatten nie über diese Zeit damals geredet. Aber ich war bisher felsenfest davon überzeugt gewesen, dass es die Entscheidung meiner Mutter gewesen war, uns zu verlassen.

»Außerdem habe ich Briefe geschrieben.«

»Jetzt bleib beim Thema. Wieso hast du Lea nicht zu dir genommen?«, bohrte Sébastien nach. »Als Mutter hast du doch ein Recht auf dein Kind.«

»Rechte!« Anne setzte sich wieder auf. Die Schminke war zerlaufen, die Augen rot verweint. »Was hätte ich denn tun sollen?«

»Klagen«, sagte ich.

»Ach, als ob das so einfach wäre.« Sie schluchzte noch einmal auf und suchte ein Taschentuch in ihrer Tasche. Ich reichte ihr eines vom Beistelltisch.

»Deine Schwiegereltern dürfen nicht gegen deinen Willen dein Kind festhalten.«

»Das haben sie aber!«

»Anne«, Sébastien gab nicht auf, »du bist doch so taff. Wenn ich da an die Verhandlungen mit dem Fernsehsender denke.«

»Das ist doch etwas völlig anderes.«

»Aber du hattest doch das Sorgerecht«, sagte ich und musste an Stella denken, die sich seit der Scheidung das Sorgerecht für Mattis mit ihrem Ex teilte.

»Rechte und Pflichten, was soll das alles jetzt, nach so langer Zeit. Ich war doch nicht die Schuldige, Lea!«

»Und wer sonst?«, fragte ich. Da schrie sie theatralisch auf, rannte aus dem Zimmer und warf sich laut weinend aufs Bett. Ich wollte zu ihr, aber Sébastien hielt mich am Arm fest.

»Lass gut sein«, sagte er, »wir sollten morgen in aller Ruhe darüber reden.«

Aber ich wollte jetzt eine Antwort. Ich befürchtete, dass sie sich nüchtern wieder viel zu sehr unter Kontrolle hatte. Wie kam sie dazu, sich ebenso wie mich als Opfer zu sehen? Was war geschehen?

Plötzlich vibrierte mein Handy. Manon. Sébastien las den Namen auf dem Display und stöhnte. »Die hat uns gerade noch gefehlt.«

Ich nahm das Gespräch trotzdem entgegen.

»Wie war es?«, fragte sie mit unverhohlener Neugierde in der Stimme.

»Meine Großeltern hatten meiner Mutter verboten, auf Papas Beerdigung zu gehen, kannst du dir das vorstellen, Manon?«

»Verboten?«, fragte sie ungläubig. »Sie war nicht da, das stimmt. Aber verboten?«

»Manon?«, rief Anne hysterisch und rannte ins Wohnzimmer zurück, »Diese Schlampe, glaub der kein Wort!«

»War sie da nicht schon …«, waren Manons letzte Worte, die ich hören konnte, bevor meine Mutter mir das Telefon aus der Hand riss und aufs Sofa warf.

»Ich verbiete dir, mit ihr zu reden, Lea! Sie hat unsere Ehe zerstört, sie ganz allein!«

»Anne, beruhige dich.« Sébastien versuchte, sie in den Arm zu nehmen, aber sie blickte ihn abschätzig an.

»Und du hast am Sonntag mit ihr geredet!«

Sie drückte mich heftig an sich. »Glaube ihr kein Wort. Ich kann dir alles erklären, alles!«

Die zerlaufene Schminke hatte Falten freigelegt, ihre Augen waren rot, sie zitterte.

»Ich werde dir alles erklären, alles«, flüsterte sie erneut.

»Aber nicht jetzt«, sagte Sébastien. »Anne gehört ins Bett, tut mir leid, Lea. Es ist besser, ihr redet morgen darüber.«

»Ja, aber ...« Gerade jetzt, wo es spannend und interessant wurde, sollten wir aufhören? Sébastien legte den Arm um Anne und brachte sie ins Bad. Ich hörte, wie er sie nach irgendwelchen Tabletten fragte.

»Seid ihr schon so früh auf?«, rief ich ihm hinterher, »Mein Zug geht um sechs. Ich muss morgen wieder in meiner Chocolaterie sein.«

Gleich darauf kam Sébastien aus dem Bad. Seine Haare waren zerzaust, er hatte seinen Schlips gelockert.

»Ich würde vorschlagen, du nimmst einen späteren Zug.«

18

Beim Abschminken kam die alte Lea zum Vorschein. Die Lea mit den Geldsorgen, die keine Wohnung mehr hatte, kein Bad, keine Dusche. Und wenn ich nicht endlich etwas unternahm, bald auch keine Chocolaterie mehr. Ich konnte nicht warten, bis Anne morgen früh wach und fit genug war. Ich hatte Wichtigeres zu erledigen.

Nebenan hörte ich Anne und Sébastien reden, verstand aber kein Wort. Weinte Anne wieder? Vielleicht war ich zu ungeduldig und überforderte sie. Obwohl sie tagsüber so geschäftsmäßig kühl gewirkt hatte, war sie doch eine hochemotionale Frau. Nicht dass ich sie zu sehr bedrängte und riskierte, dass sie sich wieder auf Jahre versteckte.

Unter der Dusche probierte ich ein französisches Lavendelduschgel aus. Ich hoffte, es würde beruhigend wirken, doch im Bett schwirrten meine Gedanken aufgeregt durcheinander. Hatten meine Großeltern nie von damals erzählt, weil sie den Kontakt zwischen meiner Mutter und mir verhindern wollten? Was war mit Annes Briefen und Opas Versprechungen, sie würde mich bestimmt besuchen, wenn ich immer brav wäre? Lügen, um mich zu beruhigen und zu disziplinieren? Was war geschehen in der dunklen Wohnung in der Schustergasse?

Ich erinnerte mich an Ausflüge an den Main, ans Rennen und Lachen und Fangen spielen mit meinem Vater, der mich durch die Lüfte wirbelte. An meine Mutter im geblümten Sommerkleid und mit einer Aktentasche, die meine Oma und ich an der Neuen Universität abholten.

Ich stellte meinen Handywecker auf fünf Uhr, das musste reichen, ich löschte das Licht und schloss die Augen.

Aber ich konnte nicht einschlafen.

Wieso hatte meine Mutter nicht für uns gekämpft? Was für eine Frau war sie damals gewesen? Jung, sehr jung. Neunzehn, als sie Mutter wurde. Fünfundzwanzig, als mein Vater starb. Wie es wohl gewesen wäre, so jung Mutter zu werden? Dann hätte ich jetzt eine dreizehnjährige Tochter. Kaum vorstellbar.

Aber ich würde für sie kämpfen.

Ich war gespannt, wie meine Oma mir alles erklären würde. Von meinem Besuch in München wusste sie noch gar nichts. Jetzt war ich froh, dass ich sie vom Zug aus nicht angerufen hatte, weil mir das Handytelefonat nach Spanien zu teuer gewesen war. Wer weiß, was sie mir erzählt, wie sie versucht hätte, mich zu beeinflussen.

Ach, wäre ich doch schon wieder zurück, auch wenn ich Angst vor dem Gespräch mit Herlind und Stella hatte. Ich war nicht in der Lage, mit Geld umzugehen, zauberte lieber Pralinen als Bilanzen, aber sie sollten darunter nicht leiden. Ich musste die Finanzierung wieder auf die Reihe bekommen. Ich musste einfach.

Ich wollte nach Hause, weil ich mich nach Alessandro sehnte, danach, noch einmal geküsst zu werden, ihn zu spüren und nie mehr loszulassen.

Irgendwann war ich wohl doch eingeschlafen. Der Wecker jagte mich aus tiefstem Schlaf, mein Herz klopfte. Alles war dunkel und still. Schnell zog ich mich an. Das Kleid hatte ich gestern auf einen Bügel an die Außenseite des Schrankes gehängt, die Schuhe und die Tasche dazugestellt. Für meinen nächsten Besuch hier.

Kurz ins Bad. Roch es nach Kaffee? Tatsächlich, als ich in die Küche kam, hantierte Sébastien an der Espressomaschine.

»Bonjour!«, grüßte er, »Schwarz oder mit Milch?«

»Oh, mit Milch, danke. Habe ich dich geweckt?«

»Ja. Aber das macht nichts.« Sébastien hielt ein Kännchen unter die zischende Düse und schäumte Milch auf. Mit einem Esslöffel setzte er den Schaum auf den Kaffee und stäubte Kakaopulver darüber. »Mir war klar, dass du doch früh fahren wirst. Du klangst sehr besorgt, als du sagtest, dass du zurück zu deiner Chocolaterie musst.«

Ich nahm die Tasse entgegen.

»Da ist – nur was Wichtiges zu regeln.«

»So sind die Geschäfte. Immer ist alles wichtig.« Zögernd streckte er die Hand nach der Zuckerdose aus und füllte dann zwei gehäufte Löffel in seine Tasse.

»Anne möchte dich gerne wiedersehen«, sagte er.

Ich nickte.

»So aufgewühlt wie gestern Abend habe ich sie lange nicht mehr erlebt. Zehn Jahre sind wir jetzt zusammen, zehn Jahre, in denen sie mir nie von dir erzählte. Und dann zieht sie gestern ein Foto von dir aus dem Schrank!«

Kopfschüttelnd rührte er in seiner Tasse, als wollte er Sahne schlagen.

»Ach, Lea«, er lächelte zart, »egal, was früher gewesen sein mag – wollen wir Freunde sein? Wenn du einen alten Trottel wie mich, der sich vor Publikum wie ein eitler Pfau aufführt, überhaupt leiden magst.«

Von Moment zu Moment fand ich ihn netter. Von dem arroganten *Le Maître* aus Nürnberg war nichts mehr zu spüren.

»Habt ihr das gestern ernst gemeint mit dem Job?«

»Natürlich. Als Konkurrentin möchte ich dich auf keinen Fall haben.« Er löffelte den Rest seines Milchschaums aus der Tasse. »Komm, ich fahre dich zum Bahnhof.«

»Ich will noch kurz zu Anne«, sagte ich und stand auf.

»Hältst du das für eine gute Idee?«, fragte er.

»Ich werde nicht gehen, ohne mich zu verabschieden.« *Ich bin nicht wie sie*, wollte ich noch hinzufügen. Woher kam der Satz, woher diese Erinnerung? War sie damals einfach so gegangen?

Leise öffnete ich die Tür zum Schlafzimmer. Sie hatte sich auf der Seite zusammengerollt, ein Fuß lugte unter der Decke hervor.

»Auf Wiedersehen, Mama«, flüsterte ich und strich ihr die Haare aus dem verquollenen Gesicht.

»Lea«, flüsterte sie.

»Ich muss leider gehen. Es ist wichtig«, sagte ich und setzte mich zu ihr aufs Bett. Sie hob den Kopf, öffnete kurz die Augen und murmelte: »Nie vergessen …«, dann schlief sie wieder ein.

Schmelzwasserseen breiteten sich über den Straßen aus. Die Stadt war leer, manchmal sah man Männer von der

Straßenreinigung, die die Bürgersteige vom Schneematsch befreiten.

In Sébastiens teurem Wagen roch es ganz leicht nach Zigarren. Wir hörten leise Jazz, und Sébastien brummte mit. Auf dem Rücksitz lagen noch seine Sporttasche von gestern, ein Schirm und eine zerknitterte Zeitung. Ich hätte wetten können, dass Anne einen eigenen Wagen hatte.

»Meine Mutter sprach gestern von ihren Eltern. Kennst du sie?«, fragte ich.

»Nein. Ihr Vater starb, kurz bevor wir uns kennenlernten. Ein Schlaganfall, glaub ich. Er muss für Anne sehr wichtig gewesen sein.«

»Und ihre Mutter?« Ich gähnte. Die kurze Nacht und die Wärme im Wagen forderten ihren Tribut.

»Über Iris weiß ich nur wenig«, antwortete Sébastien. »Nur über Richard spricht sie ab und an.«

Mein Großvater Richard Ameling. Der Name löste keine Erinnerung aus. Oma und Opa, das waren immer Winters gewesen. Andere Großeltern hatte es in meinem Leben nie gegeben.

»Anne hat noch eine Tante und ein paar Cousinen, aber zu denen hat sie keinen Kontakt.«

Was wäre gewesen, wenn ich noch Verwandte gehabt hätte? Gar nichts zu wissen, stellte auch einen Schutz davor dar zu erkennen, dass das Leben auch ohne mich weitergegangen war. Das Leben meiner Mutter. Natürlich hätte ich mich über einen Bruder oder eine Schwester gefreut. Aber zu wissen, dass sie ohne mich aufgewachsen waren, dass da jemand gewesen wäre, der meine Einsamkeit hätte vertreiben können, der die Liebe erhalten hatte, nach der ich mich gesehnt hatte, das hätte mir das Herz zerrissen.

Was für unnütze Gedanken. Was wäre, wenn. Das brachte mich nicht weiter. Ich öffnete das Fenster und steckte den Kopf hinaus in die kalte Luft.

Im ICE schaute ich in meine Mails. Dort wartete der nächste Schock auf mich: eine Nachricht meines Schokoladenlieferanten. Die belgische Manufaktur wollte meine geliebten Schokoladensorten nur liefern, wenn ich die letzte Rechnung bezahlen würde. Plus Mahngebühren. Plus Vorkasse für die neue Bestellung. Und das konnte ich nicht.

Alles in mir wurde still. Keine Schokolade, um Pralinen zu machen. Keine Weihnachtsmänner. Die gesamte Weihnachtsproduktion hing von dieser Lieferung ab.

Ich klickte mich durch die Seiten anderer Lieferanten. Deprimierend. Sie versprachen Ware, die ich mir nicht leisten konnte und bei denen mir schon beim Durchlesen das Wasser im Mund zusammenlief.

Alessandro schickte ich eine SMS mit meiner Ankunftszeit, dann kuschelte ich mich in meine Jacke. Sie war nass. Meine Füße auch. Der wolkenverhangene Himmel, die verschneite Landschaft, die vom Salz überzogenen Straßen, alles grau in grau. Und genauso fühlte ich mich auch, wenn ich an Herlind und ihre Kreuzfahrt dachte, an Stella und Mattis.

Unruhig schlief ich etwa eine Stunde. Draußen dämmerte es. Noch immer keine Antwort von Alessandro.

Was war nur los mit ihm? Gewiss, es war nicht in Ordnung gewesen, Stella und Herlind nichts von den Mietschulden und meinem Auszug zu sagen. Aber wieso meldete er sich dann nicht bei mir?

Jetzt stand der Zug auch noch. »Personenschaden«. Das hatte mir noch gefehlt.

Zum Glück hatte Sébastien mir eine Tüte belgischer Waffeln aufgedrängt. Sie rochen buttrig und schmeckten zarter, als ich es bei abgepackten Waffeln vermutet hätte. Danach sah die Welt schon etwas freundlicher aus. Auch wenn der Zug immer noch regungslos mitten im Nirgendwo stand.

Bereits nach acht, da konnte ich langsam bei Oma anrufen.

Zögernd holte ich mein Telefon aus der Hosentasche.

»Lea! Ist etwas passiert?«, fragte sie mit brüchiger Stimme. Ja, es stimmte. Ich rief immer nur dann an, wenn etwas passiert war.

»Du glaubst es nicht, aber ich habe Anne endlich gefunden!«

»Wen?« Sie klang, als ob sie es sehr wohl verstanden hatte, aber es nicht glauben wollte.

»Meine Mutter! Ich habe sogar bei ihr übernachtet.«

Schweres Atmen traf mein Ohr. Es polterte.

»Oma?«, rief ich.

»Alles in Ordnung, mein Küken, ich musste mich nur setzen.«

»Ist Rüdiger da?«, fragte ich.

»Wie? Ich bin alleine. Rüdiger … wir haben uns versöhnt, alles ist in Ordnung. Er führt gerade den Hund aus. Aber, habe ich das richtig verstanden, du bist bei deiner Mutter?«

Schnell fasste ich die wichtigsten Fakten zusammen. Sie atmete weiterhin schwer und raschelte mit einem Taschentuch.

»Wie lange wir nichts von ihr gehört haben«, stammelte sie.

Es lag mir auf der Zunge nachzubohren, wie das damals gewesen war, auf der Beerdigung. Und danach. Warum sie meiner Mutter verboten hatten, mich zu sich zu nehmen. Aber dann stöhnte sie, und ich beherrschte mich. Es hatte Zeit.

19

Endlich näherten wir uns dem Würzburger Hauptbahnhof.

Aufgeregt stand ich bereits seit Rottendorf vor der Wagentür und freute mich darauf, Alessandro wiederzusehen. Gestern früh hatte er versprochen, mich abzuholen, und ich hoffte sehr, dass das Versprechen auch für einen späteren Zug galt. Die verspätete Ankunftszeit hatte ich ihm bereits gesimst. Arbeiten musste er ja noch nicht. Eine Antwort hatte ich auf diese SMS allerdings auch nicht erhalten.

Die Tür öffnete sich, ich spähte nach links, nach rechts, aber ich sah ihn nirgendwo. Langsam stieg ich aus, die anderen Reisenden drängelten hinter mir. Immer wieder drehte ich mich um, dabei war Alessandro nicht leicht zu übersehen. Ich wollte es nur nicht wahrhaben. Doch als ich fast die Letzte auf dem Bahnsteig war, begriff ich, dass er nicht kommen würde.

Wie kalt es auf einmal war. Ich zog mir die Mütze über die Locken, steckte die Hände in die Jackentaschen und stapfte durch die baufällige Unterführung in die Bahnhofshalle.

Die Straßenbahn war überheizt und stank, und ich wollte gar nicht darüber nachdenken, nach was. Ich sehnte mich nach dem Duft von Orange, von Basilikum und Koriander und starrte immer wieder auf mein Handy. Wenigstens schreiben könnte er mir doch. Ich seufzte und starrte aus dem Fenster, während die graue Stadt an mir vorbeizog.

Die *Chocolaterie Winter* sah auf einmal so unscheinbar aus. Die weiße Tür fiel im fahlen Licht des Wintertages gar nicht auf. Die Passanten hielten den Blick gesenkt, versteckten sich unter Regenschirmen oder dicken Mützen vor dem Schneeregen. Keiner beachtete die Trüffel und Pralinen im Schaufenster.

Der Raum schien mich zu ersticken. Zwischen den Tortenstücktischen konnte man kaum hindurchgehen, die Lichterkette an der Decke flackerte, und es roch nach Staub.

Herlind räumte gerade neue Tüten mit Trüffelmischungen in die Regale.

»Lea!« Sie breitete die Arme aus und zog mich an sich. »Na, wie war es bei deiner Mutter?«

Sie erdrückte mich fast. Mein Blick fiel auf das Regal, in das sie die Ware einsortiert hatte. Da stand aber keine neue Ware. Sie hatte die vorhandenen Päckchen auseinandergezogen, um die Lücken zu vertuschen.

Hastig antwortete ich, dass meine Mutter sich sehr gefreut habe und supernett sei. Mehr wollte ich nicht preisgeben, keine weiteren Bedenken von Herlind hören.

»Wie schön! Wenn du sie verstehen kannst, ist es die Hauptsache. Meine Meinung ist da völlig unwichtig. Mich interessiert nur die Chocolaterie.« Sie verschränkte die Arme vor der Brust, und ihre Mundwinkel hingen noch stärker nach unten als sonst.

Ich seufzte. »Natürlich. Ihr müsst wissen, wie es weitergeht. Lass die Tür offen, wir gehen nach hinten.«

In der Werkstatt wetzte Stella mit rhythmischen Bewegungen ein Messer. Vor ihr lagen mehrere tief orangefarbene Hokkaido-Kürbisse.

»Wieso machst du Kürbistrüffel?«

»Weil wir noch Kürbisse hatten. Und weil sie verlangt werden.« Mit geübtem Schwung schnitt sie den Kürbis auseinander. »Und was ich verlange, das weißt du.«

»Eine Erklärung. Die habt ihr beide verdient. Zuerst entschuldige ich mich, dass ich euch nichts gesagt habe. Ich wollte euch nicht unnötig nervös machen, so kurz vor Weihnachten.«

»Dir wird gekündigt, und du sagst keinen Ton?«, sagte Stella. Zack, der nächste Kürbis. »Ziehst zu deiner Tante. Einfach so, bei Nacht und Nebel. Ohne was zu sagen. Ich dachte, du wärst meine Freundin!« Zack, noch ein Hieb, und er traf mich ins Herz.

»Lass den Kopf nicht hängen. Dann gibt es eben jeden Tag Freipralinen für die Obermüller!« Herlind legte mir die Hand auf die Schulter. »War doch lustig mit dem Feuerspeier.« Sie grinste.

»Herlind! Wenn Lea die Miete nicht zahlen kann, meinst du, wir bekommen dann unser Gehalt? Hast du keine Angst?« Stella schabte die schleimigen Samenstränge aus dem Inneren des Kürbisses und warf sie Richtung Mülleimer, traf aber nicht.

»Scheiße.«

Kommentarlos wischte ich es mit einem Küchenpapier weg.

»Ich bin nicht blöd, Stella«, sagte Herlind. »Ich habe vorgestern die Anzahlung geleistet. Ob ich bei einer Stornierung das Geld wiederkriege, weiß ich nicht. Ihr wisst schon, für die Kreuzfahrt, die ich meinem Mann zur Silberhochzeit schenken will.«

»Stella, es tut mir leid«, sagte ich und wischte noch einmal feucht nach. »Ihr bekommt euer Geld auf jeden Fall. Die Obermüller muss uns hier rausklagen, das dauert. Und in der Zwischenzeit müssen wir einfach genügend Geld einnehmen, um die Mietschulden bezahlen zu können.«

»Super Plan, Lea«, sagte Stella sarkastisch und hackte den Kürbis kraftvoll in kleine Würfel. »Du weißt, wie schwer es als Konditorin ist, einen Job zu bekommen, der sich mit den Zeiten im Kindergarten vereinbaren lässt. Früher musste ich um vier Uhr nachts anfangen!«

Ungern erinnerte ich mich an die Ausbildung. So viel Spaß mir die Arbeit auch immer gemacht hatte, an das frühe Aufstehen hatte ich mich nie gewöhnen können. Stella und ich hatten daher in der Chocolaterie unsere Arbeitszeiten dem Kindergarten angepasst. Wichtig war nur, dass wir gleichzeitig arbeiteten, nicht, wann. Und ich musste abends Herlind ablösen.

»Jetzt wartet doch das Weihnachtsgeschäft ab! Erinnert ihr euch an die *Schwanenpraline*?«

»Mit der willst du uns retten?«, fragte Stella. Sie sah mich nicht an, sondern starrte auf das Messer, mit dem sie den Kürbis in immer kleinere Stücke hackte.

»Das ist so unrealistisch«, schrie sie auf einmal, warf das Messer hin und sank in sich zusammen. »Du hast keine Familie, die von dir abhängig ist. Du bist alleine, und wenn das hier nicht klappt, kriegst du immer einen Job, irgendwo.«

»Wenn das hier nicht klappt, habe ich so viele Schulden, das glaubst du gar nicht.«

Stella schluchzte, und Herlind nahm sie in den Arm.

»Wie wäre es, wenn wir auf dem Weihnachtsmarkt einen Stand aufmachen?«, fragte sie.

Stella stieß sie weg. »Wenn du beraten und ab und an die Kunden anlächeln würdest, dann würden wir auch mehr verkaufen!« Sie warf ihr einen vernichtenden Blick zu.

Die Glocke ertönte. Herlind stolzierte in den Laden. Stella hackte weiter, und ich fühlte mich wie auf der Schlachtbank.

Meine Chocolaterie. Mein Traum. Es war ein Risiko gewesen von Anfang an, aber ich wollte so gern meine eigenen Pralinen entwickeln, die Menschen mit ihnen verführen. Ich war kein Krämer, der nach Rabatten und Steuervorteilen schielte. Warum konnte man nicht ohne den Gedanken ans Geld Ganache rühren, Trüffeln füllen und neue Geschmacksnuancen entdecken?

Ich verzog mich ins Büro, zog die nassen Schuhe und Strümpfe aus und wärmte mich mit einem heißen, starken Kaffee. Dann nahm ich all meinen Mut zusammen und rief in Belgien an.

Alles Argumentieren brachte nichts. Sie hätten zu viele Außenstände, die Zahlungsmoral würde in diesen Zeiten heftig nachlassen, sie könnten sich das nicht leisten, und so weiter. Eine weitere Lieferung auf Kredit sei unmöglich.

Entmutigt legte ich auf. Wie sollte es jetzt weitergehen? Ich hatte die Bestellung schon viel zu lange hinausgezögert, das Lager, die Regale, alles leerte sich! Auf dem Tisch lag ein Zettel mit den gestrigen Verkaufszahlen. Nach dem Supersamstag deprimierend, aber montags lief das Geschäft oft schlecht.

Zu der Zeit, als ich meine eigene Schokolade ausgesucht hatte, hatte ich mich durch die gesamte Schokoladenszene probiert. In irgendeiner Datei steckten doch die damaligen Analysen … Da! Ein norddeutscher Lieferant hatte ähnliche Ware im Angebot. Hoffentlich immer noch in der gleichen Qualität. Online konnte man nicht gegen Rechnung bestellen, also wählte ich ein umfangreiches Probenpaket aus, das sie erstaunlich billig anboten und ich mir gerade noch leisten konnte.

Dann klappte ich den Laptop zu und legte meinen müden Kopf darauf. Wenn ich nur irgendwie zu Geld kommen könnte. Wertgegenstände, die ich verkaufen konnte, besaß ich keine. Alles steckte in der Chocolaterie. Und die Schmelzmaschine, die teuerste meiner Anschaffungen? Nein, die verkaufte ich auf keinen Fall. Und kaputtgehen durfte sie auch nicht. Aber wie sollte ich es nur schaffen?

Ich sprang auf, hetzte ins Lager und öffnete eine Vorratsdose. Sie war leer, doch der Duft der dunklen Schokolade war noch schwach zu erahnen. Ich roch mich satt, als wäre ich am Verhungern. Mit jedem tiefen Atemzug gelangten die Aromastoffe der Schokolade in meine Lunge und beruhigten sie, entkrampften sie wie ein Notfallspray bei einem Asthmatiker.

Zurück am Schreibtisch machte ich bei der Frankenbank einen Termin aus. Es musste einfach sein. Am nächsten Morgen um neun musste ich Herrn Steigerwald überzeugen, dass ich einen neuen Kredit nicht nur brauchte, sondern dass meine Arbeit es wert war, weiter unterstützt zu werden. So genau wusste ich noch nicht, wie ich das bewerkstelligen sollte, aber da würde mir schon noch was einfallen. Wie ich den neuen Kredit abbezahlen sollte, war mir allerdings völlig unklar.

Da klopfte es an die Bürotür. Mein Herz schlug wie wild, endlich, Alessandro.

Aber es roch nicht nach ihm. Es war Stella, die die Tür öffnete.

»Kann ich heute früher gehen?«, fragte sie. Ohne Begründung? Seit wann machte sie denn so etwas.

»Natürlich«, sagte ich. Sie wirkte so traurig.

»Als ich dich letztens besuchte, da war doch der Fiurelli unten an der Tür mit der Obermüller und einem Zollstock. Kam mir gleich so komisch vor. Hatte das was mit dir zu tun?«

»Er will hier einen Pizzalieferdienst einrichten. Mit Straßenverkauf. Aber die Obermüller zögert, wegen der Lautstärke, du weißt schon. Und noch sind wir hier drin!« Ich grinste sie an, aber sie reagierte nicht. Mit irgendetwas musste ich sie doch aufmuntern können! Sie war meine Freundin, und ich hatte sie nicht in meine Sorgen und Nöte eingeweiht. Das würde sie mir wohl nie verzeihen.

Freunde! Blind hatte ich nicht gesehen, wie abhängig sie von mir war, und mich überhaupt nicht wie eine Freundin verhalten.

»Sébastien Malineau verteilt Autogrammkarten in seiner Chocolaterie!«, versuchte ich es weiter, »Er hat eine Experimentierstube, nur für sich und seinen Assistenten, da gibt es Schokoladensorten, von denen wir noch nie gehört haben! Ein Geruch wie im Paradies.«

Sie sah mich abwartend an.

»Und dann hat er mir von einer Torte erzählt, die sie gerade entwerfen. Sie soll wie eine Rose aussehen, total kitschig.« Stella konnte übertriebene Hochzeitsfeiern nicht ausstehen. Für ihre eigene hatte sie damals Schulden gemacht, die sie letztendlich für das Ende ihrer Ehe mit verantwortlich machte.

»Und, wer stürzt sich da ins Elend?« Täuschte ich mich, oder deutete sich ganz, ganz zart eine Bewegung ihrer Lippen an?

»Irgendeine Erbin eines Großunternehmens. Und die Rosenblätter mit Blattgold verziert!«

»Ich gebe der Ehe kein Jahr.« Tatsächlich, sie lächelte.

»Bekommt seine *Schwanenpraline* auch einen goldenen Schnabel? Oder hat er selber einen?«

»Ach, privat ist der ganz anders als in der Glotze. Total nett!«

»Na, dann hast du eben einen netten Konkurrenten bei der *Schwanenpraline*. Weißt du denn mittlerweile, wie deine Praline schmecken wird?«

»Nein«, musste ich zugeben, »aber ich habe eine Menge Ideen. Ich habe mit einer Chocolatière gesprochen …«

Sie ging ohne ein weiteres Wort und warf die Tür hinter sich zu.

Nichts klappte, einfach gar nichts. Ich musste raus hier.

Auf dem Weg zur Domstraße spürte ich, dass ich Hunger hatte, kaufte mir ein Leberkäsbrötchen und lief zu unserem alten Haus in der Schustergasse. Hatte hinter diesem Fenster im ersten Stock meine Wiege gestanden? Oder der Herd meines Vaters? Hatte meine Mutter mich hier auf dem Arm getragen, mit mir gesungen, gelacht?

Ich ging ein paar Schritte zurück, fotografierte das Haus und schickte es Anne.

Auf dem Rückweg kam ich am *Fiurelli* vorbei und stürmte, ohne zu zögern, hinein. Ich hatte genug gewartet. Ich musste endlich wissen, was los war. Paolo starrte mich vom Tresen aus an, aber es war mir egal.

Alle Tische waren belegt, und so stellte ich mich an das andere Ende des Tresens neben ein Gesteck aus Tannenzapfen und roten Kerzen und beobachtete Alessandro. Er balancierte ein Tablett voller Gläser gekonnt mit einer Hand, als hätte er nie etwas anderes gemacht. Bestimmt hatte Paolo seine Söhne von klein auf mitarbeiten lassen.

Alessandro lächelte die Gäste an, rückte die Blumen gerade, schenkte ein, nahm Bestellungen auf. Mit zwei Frauen am Fenster sprach er Italienisch, sie lachten zusammen, und eine berührte ihn am Arm. Als er ging, drehte er sich lachend sogar noch mal zu ihnen um.

Mich aber beachtete er nicht.

Erst als er dreckige Gläser auf dem Tresen abstellte, sah er mich erstaunt an.

»Lea! Was machst du hier?«

»Ich warte auf dich«, sagte ich schnippisch.

»Aber wieso?«

»Hast du dein Handy verloren, oder was ist los?« Ich war lauter geworden, als ich es gewollt hatte. Die beiden Italienerinnen sahen zu uns herüber, die eine winkte Alessandro zu.

»Lea, bitte …«

Er lächelte die beiden Frauen entschuldigend an.

Jetzt kam die jüngere der beiden Italienerinnen zu uns und küsste ihn auf die Wange, ohne mich eines Blickes zu würdigen. Als sie zurück zum Tisch ging, blickte er ihr nach. Dann fasste er mich am Ellenbogen an und führte mich nach draußen in die Kälte.

»Das musst du verstehen.«

»Was? Dass du mich zuerst küsst und dann ignorierst und dann …« Mir fehlten die Worte, so enttäuscht war ich.

»Lea, das sind Gäste!«

»Ach, flirtest du mit jeder?«

»Wieso benimmst du dich auf einmal so kindisch? Ich kenne die beiden schon lange, das sind Isabella Dante, die Stadträtin, und ihre Tochter. Sie will aus dem Parkplatz einen Teil der Fußgängerzone machen. Mein Vater will das verhindern, aber für dich, für dich wäre es gut.«

»Ach, jetzt interessiert dich wieder, was für mich gut ist?«

Er sah mich an. Und ich ihn. Mein Herz schlug so sehr, als würde es gleich zerspringen, und ich wusste nicht, ob ich davonrennen oder ihm um den Hals fallen sollte.

Er atmete hörbar aus, dann sagte er leise: »Es tut mir leid. Nachdem wir gestern telefoniert hatten, musste ich ins Krankenhaus und hatte kein Ladekabel dabei. Meiner

Mutter geht es schlechter. Irgendetwas hat sich entzündet, jetzt bekommt sie einen Antibiotikatropf und muss noch länger dableiben.« Seine Stimme zitterte leicht.

Betroffen sah ich zu Boden. Und deshalb hatte ich ihn angeschrien. Dabei hatte er sich nur um seine Mutter gekümmert. Was für ein schrecklicher Mensch war ich nur.

»Mein Vater hat sich im Restaurant versteckt und zu viel Grappa getrunken.« Er seufzte. Ich machte einen Schritt auf ihn zu.

»Das tut mir leid«, sagte ich und legte meine Hand auf seinen Arm. Erst jetzt fiel mir die Traurigkeit in seinen Augen auf. Doch je näher ich ihm kam, desto mehr hellte sich sein Blick auf.

In meiner Brust fühlte sich alles so eng an, und ich hob den Kopf, um ihn zu küssen, doch er trat auf einmal einen Schritt zurück.

»Ich muss dir etwas sagen …« Er zögerte.

»Ja?«

»Ich habe dir doch gesagt, dass ich Nadine gut kenne.«

Das war genau das, was ich befürchtet hatte. Jetzt würde er mir sagen, dass Nadine seine Freundin sei. Und er der Vater des Kindes.

Mein Handy klingelte. Ich hob entschuldigend die Schultern und schaute aufs Display. Meine Mutter. Dankbar für die Unterbrechung nahm ich das Gespräch an und wandte ihm den Rücken zu. Kurz darauf hörte ich, wie die Tür ins Schloss geworfen wurde.

20

Mit Kopfschmerzen, roten Augen und einer Schachtel feinster Pralinen trat ich am nächsten Morgen den Gang zur Frankenbank am Paradeplatz an.

Wieder einmal hatte ich kaum geschlafen, sondern immer wieder an Alessandro denken müssen. Daran, dass ich mich nach mehr als einem Kuss sehnte und er einfach mit anderen Frauen flirtete. Und dann gab er auch noch vor, es mir zuliebe getan zu haben, was für ein Schwachsinn! Über die Fußgängerzone wurde schon so lange geredet, die würde nie kommen. Auch keine weiteren Geschäfte, die noch mehr Kunden zu uns herlockten, oder ein Straßencafé. Das waren alles Traumgespinste.

Ich brauchte etwas Reales. Etwas, auf das ich mich verlassen konnte. Ich brauchte eine Perspektive, einen Ausweg, und irgendwann auch wieder eine Wohnung. Ich hatte es satt, mir die Haare im Waschbecken zu waschen, mit dem kleinen Wasserhahn brauchte ich ewig, um das Shampoo aus den Locken zu spülen.

Und ich hatte es satt, alleine zu sein.

Aber den Geruch des billigen Plastikbodenbelages und den Anblick des grauen Herrn Steigerwald hätte ich mir ersparen sollen.

»Ihre Kreditfähigkeit ist ausgeschöpft.«

Und er hatte mir sehr genau erklärt, was alles passieren würde, wenn ich meine Raten nicht bezahlte.

»Jetzt, wo wir wissen, wie es um Ihr Geschäft steht, können wir keine Milde walten lassen. Das ist Ihnen hoffentlich klar!«

Milde. Hätte ich von einer Bank sowieso nicht erwartet. Aber vielleicht Geduld oder Interesse oder Freude an einer Innovation.

Die Pralinen hatte Herr Steigerwald natürlich behalten.

Der Heimweg fiel mir schwer. Mit jedem Schritt wurde ich langsamer, stolperte fast über das Kopfsteinpflaster. In der Passage zwischen dem Kunsthaus und dem Dom saß wie immer ein Obdachloser und streichelte seinen Hund, Wie der Mann es bei der Kälte nur aushielt. Ich zog den Euro für die Einkaufswagen aus meiner Jackentasche und warf ihn in den Plastikbecher, der vor ihm stand.

Wenn ich die Chocolaterie verlor – wo sollte ich dann wohnen? Von was leben? Würde ich sofort eine neue Stelle finden – oder bliebe mir nur Hartz IV?

Da! War das nicht Stella, die da aus dem Seiteneingang des Cafés am Dom trat? Sie trug eine Mappe unter dem Arm und hatte die Haare ordentlich geföhnt. Sogar geschminkt war sie, und die Schuhe – anstelle der alten Turnschuhe glänzten braune Stiefel an ihren Füßen.

Ich hätte mein Lieblingsrezept darauf gewettet, dass sie sich im Domcafé um eine neue Stelle beworben hatte. Dabei hatte sie sich heute Morgen mit der Begründung abgemeldet, dass Mattis die Windpocken hätte. Schnell duckte ich mich hinter einen Laster voller Weihnachtsdekoration. Dabei gab es eigentlich gar keinen Grund für dieses Versteckspiel. Sie schwang sich auf ihr Rad und fuhr in die andere Richtung.

In der Schustergasse blieb ich wieder vor unserem alten Haus stehen, strich mit der Hand über die Mauer. Gestern am Telefon hatte Anne sich dafür entschuldigt, dass sie morgens nicht aufgestanden sei. Und gefragt, wann wir uns wiedersähen. Sobald wie möglich, hätte ich gerne geantwortet, und dann von etwas anderem gesprochen. Im Moment fehlte mir einfach die Zeit, schon wieder nach München zu fahren.

Es fiel mir schwer, die letzten Meter nach Hause zu gehen. Hätte ich Herlind doch gesagt, ich ginge einkaufen oder zum Zahnarzt.

Vor der Chocolaterie parkte ein silberner BMW mit Münchner Kennzeichen. Sébastien fuhr einen schwarzen, der konnte es nicht sein. Zögernd öffnete ich die Tür zur Chocolaterie und roch es sofort: Chanel N° 5.

Am Tresen stand meine Mutter in einem hellen Lammfellmantel und High Heels und unterhielt sich mit Herlind.

»Was machst du denn hier?«, fragte ich.

»Lea!« Sie eilte zu mir und umarmte mich fest und lange. Dann ließ sie mich los und deutete auf die Tortenstücktische.

»Das ist alles so niedlich!«, rief sie. »Du hast sogar das alte Firmenschild aufgehängt. Und deine Frau Kesselring ist eine Perle. Sie hat mich gleich erkannt.«

Herlind lächelte. Wurde sie nicht sogar ein wenig rot?

»Eine kluge Wahl, kein junges Ding an die Kasse zu setzen. Alter spricht für Erfahrung. Und sie fallen nicht mehr wegen irgendwelcher Schwangerschaften oder kranker Kinder aus!«

Ich hatte Herlind noch nie so strahlen sehen wie in diesem Moment.

»Möchten Sie eine von Leas Pralinen probieren?«, fragte sie. »Die Kürbistrüffel sind unser Verkaufsschlager. Das Kürbismus wird von uns selber hergestellt.«

»Danke«, sagte meine Mutter und schaute kurz auf die Auslage, »im Moment nicht.«

»Was machst du hier?«, wiederholte ich meine Frage.

»Ach, ich musste doch schauen, wie es meinem Töchterchen geht. Der eine Tag war doch viel zu schnell vorbei. Ich muss Ihnen sagen, Frau Kesselring«, sie senkte den Kopf und flüsterte: »Selbst wenn man sein Kind länger nicht sehen konnte, man macht sich immer Sorgen. Haben Sie Kinder?«

»Drei Söhne«, antwortete Herlind. »Der große ist Elektromeister, der mittlere studiert Sportökonomie, und der jüngste macht im Sommer Abitur.« Sie strahlte immer noch.

»Herrlich«, sagte meine Mutter. Sie hatte es mit wenigen Worten geschafft, alle Bedenken von Herlind beiseitezuwischen. »Lea, ich darf dir viele Grüße von Sébastien ausrichten. Er bittet um Kostproben deiner Kunst.«

»Kostproben?«, fragte ich »Du meinst – *er* will *meine* Pralinen probieren?«

»Natürlich nicht zu viel, du kennst sein Gewichtsproblem. Aber was sieht das alles köstlich aus! Schade, dass du einen eigenen Laden hast, Sébastien könnte deine Hilfe bestimmt gebrauchen.«

Wie sehr wünschte ich mir, den großen Sébastien Malineau zu beeindrucken. Aber welche meiner Kreationen war die beste? Was musste er unbedingt probieren? Natürlich die Trüffeln mit den fränkischen Weinen, die Cupcake-Pralinen und die Maronentrüffeln. Tüte um Tüte legte ich auf den Tresen und packte ihm dann noch eine große Schachtel *Winter-Edition* dazu.

Herlind deutete auf die Kasse und schaute mich fragend an. Ich nickte. Weitere Geschenke konnten wir uns wirklich nicht leisten.

Als Herlind die Preise eintippte, nahm meine Mutter ihre Kreditkarte aus ihrem Geldbeutel und legte sie auf den Tresen.

»Oh, Kreditkarten nehmen wir nicht, tut mir leid«, sagte Herlind.

Die Gebühren, die man bei jedem Bezahlvorgang leisten musste, waren mir einfach zu hoch. Es verlangte sowieso nie ein Kunde, mit Kreditkarte zu bezahlen.

Meine Mutter sah Herlind jedoch verblüfft an. Dann tauschte sie die Karte gegen eine EC-Karte ein und gab ihre Geheimzahl in das Lesegerät ein, ohne auf die Summe zu achten.

»Und jetzt zeigst du mir alles, Lea!«

Beim Hinausgehen hielt Herlind mich am Arm fest. Ich öffnete die Tür und bat meine Mutter vorauszugehen.

»Wie war es bei der Bank?«, flüsterte Herlind.

»Nicht jetzt«, flüsterte ich zurück.

In der Küche zeigte ich meiner Mutter stolz die

Schmelzmaschine und in der Werkstatt die verschiedenen Produktionsstadien unserer Weihnachtspralinen.

»Hast du keine Mitarbeiter?«, fragte sie, da nicht nur die Küche, sondern auch die Werkstatt verwaist war.

»Doch, Stella. Sie musste ihren Sohn pflegen. Der hat die Windpocken.« Ich bot ihr eine Zimtsternpraline an, aber sie lehnte ab.

»Sag ich doch. Kinder bringen nur Unruhe in den Betrieb!«

Als ich die Tür zum Lager öffnete, blieb sie in der Tür stehen und fragte: »Wo wohnst du eigentlich?«

Wenn sie wüsste, dass sie mitten in meiner Wohnung stand.

»In der Zellerau.«, log ich.

»In dem alten Arbeiterviertel?«, erwiderte sie verwundert.

»Das ist total in!«

»Nun ja. Leider kann ich nicht bleiben, um mir auch noch deine Wohnung anzusehen. Das machen wir das nächste Mal, okay?«

Ich lehnte mich an das Regal mit den leeren Kuvertüredosen und schielte in die Ecke, in der ich meinen Koffer versteckt hatte.

»Sébastien hat erzählt, dass du auch bei der *Schwanenpraline* mitmachen willst?« Sie ergriff ihre Kette mit dem Schwanenmedaillon und spielte daran herum. »Wo sind denn deine Entwürfe?«

»Willst du etwa spionieren?« Ich lächelte.

»Nein«, sagte sie gedehnt, und ich genoss es, dass wir miteinander scherzen konnten.

Als Letztes zeigte ich ihr mein winziges Büro.

»Unser altes Sofa!«, rief Anne aus, »das gibt es noch?« Sie setzte sich vorsichtig. »Als du noch ein Baby warst, hat Markus mit dir auf dem Bauch hier sein Mittagsschläfchen gehalten. Damals war es knallrot.« Sie strich mit der Hand über das zerschlissene Polster, und ich setzte mich neben sie.

»Wie lange das her ist«, sagte sie. »Du warst so ein niedliches Baby! Und du hast so gut gerochen!« Sie strich mir über die Locken. »Die dunklen Haare hattest du schon bei der Geburt.« Sie seufzte. Doch bevor ich nach weiteren Einzelheiten fragen konnte, stand sie auf und schulterte ihre Tasche.

»Wollen wir zusammen essen? Danach muss ich wieder heimfahren.« Sie schaute auf die Uhr. Es war zwölf.

»Ich mache immer erst um zwei Uhr Pause, nachdem ich Herlind an der Kasse vertreten habe.« Noch während ich sprach, fiel mir auf, dass ich mich wie sie verhielt und die Arbeit als wichtiger ansah als ihren Überraschungsbesuch. Und ich erinnerte mich, wie ich mich dabei gefühlt hatte.

»Dann tauschen wir heute eben mal.«

»Wunderbar!« Sie drehte sich noch einmal neugierig um.

»Oh, du hast genauso ein Notizbuch wie dein Vater früher!«, rief sie und zog mein schwarzes Rezeptbuch mit den roten Ecken aus dem Regal.

»Manon hat mir von Papas Rezeptbuch erzählt«, sagte ich. »Weißt du, wo es ist?«

Sie schüttelte den Kopf. »Nach dem Tod meines Vaters

habe ich die alten Sachen größtenteils weggeschmissen. Das lagerte alles bei ihm im Keller und musste raus, als ich die Villa verkauft habe.« Sie blätterte in den Seiten, nahm sich aber kaum die Zeit, die Rezepte zu lesen.

»Das muss schwer gewesen sein«, sagte ich.

Jedes Lächeln war ihrem Gesicht entwichen. »Meinen Vater zu verlieren war das Schwerste überhaupt. Meine Mutter war immer krank. Die große Traurigkeit, so nannte es mein Vater. Wir waren daher eigentlich nur zu zweit und hatten natürlich ein besonders enges Verhältnis.« Sie seufzte. Dann reckte sie sich und lächelte mich an. »Aber das ist lange her und vorbei.«

Wieso hatten Oma und Opa ihr nur den Kontakt zu mir verboten? Meine Mutter hatte ihren Mann verloren, ihre Mutter war krank gewesen. Sie hätte Liebe und Verständnis gebraucht und keine Vorwürfe.

»Ich habe deinen Vater unendlich geliebt. Es ist so traurig, dass du dich nicht mehr an ihn erinnern kannst, er war ein toller Mann, wie ein Fels in der Brandung. Man konnte gar nicht anders, als ihn bewundern.«

»Ans Schokoladeschmelzen kann ich mich erinnern«, sagte ich.

»Es ist wirklich erstaunlich, wie ähnlich ihr euch seid.« Sie strich mir eine Locke aus dem Gesicht.

»Wir haben das ernst gemeint, Sébastien und ich. Du kannst gerne für uns arbeiten. Dieser Laden hier, der ist doch völlig unrentabel, oder? Ich habe nicht einen Kunden gesehen. Und du hast zwei Angestellte, die wollen bezahlt werden. Ich kann mir nicht vorstellen, dass das lange gut geht.«

Sie strich mir über die Wange. »Meine Kleine.«

Wieder im Laden überreichte Herlind gerade dem Mann mit der Schiebermütze seine übliche Tafel Schokolade. Von wegen, es kamen keine Kunden! Herlind war gerne bereit, die Pause zu tauschen, hielt mich jedoch für einen Moment zurück.

»Die übertreibt gerne, oder?«, sagte Herlind. »Nett, aber viel zu aufgedonnert. Und dieser Pelzmantel …« Sie schüttelte den Kopf. »Aber Lea, was hat denn jetzt die Bank gesagt?«

Sie lächelte immer noch. Ich wartete mit der Antwort, genoss den Anblick einer fröhlichen Herlind. Er war selten genug. Dann atmete ich tief durch.

»Sie haben einen weiteren Kredit abgelehnt.«

Herlind ließ sich auf den Stuhl hinter der Theke fallen.

»Jetzt ist alles aus.«

21

Anne schaute sich etwas erstaunt im rustikal eingerichteten *Backöfele* um, als ob sie nach den Michelinsternen suchen würde. Es gab dort keine, dafür ganz hervorragendes Essen. Wir setzten uns in den überdachten Innenhof und erzählten.

Nach dem grauen Steigerwald und seinem rigorosen »Nein« brauchte ich Harmonie und rosarote Kindheitserinnerungen voll Zuckerwatte und Karussellfahrten, von meinem Vater, der sich als Nikolaus verkleidete, von meiner Mutter, die den Weihnachtsbaum vor mir versteckte.

Anne versüßte mir das Essen und erzählte mir, was mein erstes Wort gewesen war, wann ich meine ersten Schritte gemacht hatte und woher die Narbe über meiner Augenbraue stammte. Wir kamen uns näher, und die Frage, warum sie gegangen war, rückte in den Hintergrund. Nach all den Jahren mussten wir uns nicht erst richtig kennenlernen.

Endlich hörte sie mir auch zu, als ich über das Leben mit meinen Großeltern sprach, vom Warten, vom Vertröstetwerden.

Doch von meinen finanziellen Problemen erzählte ich ihr immer noch nichts.

Abends, nachdem der letzte Kunde gegangen war, verzog

ich mich mit dem Schlafsack und einem Ingwertee aufs Sofa und rief meine Oma an, um ihr von meiner Mutter zu erzählen.

»Lea!«, begrüßte mich ihr Freund Rüdiger. »Greta ist ganz durcheinander. Das kannst du doch nicht machen, sie so zu erschrecken! Jetzt grübelt sie den ganzen Tag über Fragen nach, über die schon lange sehr viel Gras gewachsen ist. Wenn du Weihnachten kommst, könnt ihr euch aussprechen. Aber so, am Telefon, das ist nichts für sie.«

Was mischte der sich da ein. Der kannte doch diese angeblich alten Geschichten gar nicht. Rüdiger mit dem Goldkettchen!

»Wann kommst du denn? Ich möchte dein Flugticket bald bestellen.«

»Wie immer.« Mein chronischer Geldmangel würde mich auch dieses Jahr dazu bringen, von Rüdiger das Ticket anzunehmen, obwohl ich ihn nicht mochte. »Heiligabend nach Ladenschluss. Das Geschäft des Jahres kann ich mir doch nicht entgehen lassen.«

»Na, dann. Wir freuen uns schon.« Und er legte auf.

Ich starrte auf mein Handy. Seit wann hatte es im Display einen Riss? Aber als ich es genauer betrachtete, entdeckte ich einen feinen Schokoladengeruch. Tatsächlich, es war ein dünner Streifen Schokolade und kein Riss. Ich wischte das Display sauber, blickte wieder darauf, als würde ich wie von Geisterhand eine Antwort auf alle meine Fragen bekommen.

Im nächsten Augenblick meldete sich Sébastien. Er lobte meine Pralinen in den höchsten Tönen und wünschte sich erneut, ich würde für ihn arbeiten. Nicht als Ersatz für die Models in der Show, sondern als Chocolatière in der Entwicklungsabteilung. Alles andere wäre eine Vergeudung meines Talents.

Und er erzählte von seiner ersten Chocolaterie. Überlebt hatte er dank eines Erbonkels.

Erbonkel oder Tanten besaß ich nicht. Nur Lotte im Altersheim und meine Oma. Und die hatten beide kein Geld. Ich seufzte und zog meinen Finger aus der eng gezwirbelten Locke.

Ob ich mir was zu essen machen sollte? Eier waren noch im Kühlschrank. Aber ich war noch von mittags satt, ich hatte mir im *Backöfele* eine große Portion Hirschgulasch mit Klößen und Rotkohl gegönnt. Anne hatte zwar pikiert zugesehen, wie ich alles bis auf die Dekoration verputzt hatte, aber das war mir egal gewesen.

Da klingelte es erneut – und Alessandros Name stand auf dem Display.

Ich zögerte. Noch mehr Enttäuschungen konnte ich nicht ertragen. Aber dann siegte meine Neugier, und ich ging ran.

»Hallo, Lea«, sagte er. Im Hintergrund hörte ich Töpfe klappern und stellte mir vor, wie er in der Küche stand, von Fredo abgewandt, und sich ein Ohr zuhielt.

»Heute ist wenig los, und ich dachte … vielleicht … möchtest du mit mir noch etwas trinken gehen …«

Was bildete er sich eigentlich ein? Dass ich hier saß und darauf wartete, bis er mir das mit Nadine beichtete?

»Ich habe genug andere Sorgen«, sagte ich.

»Ein Grund mehr, oder?«

»Wenn du mir irgendwas von Nadine erzählen willst, kannst du das auch jetzt machen.«

»Nadine? Glaubst du, es geht um Nadine?«

»Worum geht es denn sonst?«

»Um …«, er zögerte, »um Rum oder Whisky. Um Wodka oder Gin. Lass uns ins *Chase* gehen, neue Geschmacksvariationen testen und reden.«

Das *Chase* war eine Cocktailbar ganz in der Nähe. Und ich liebte Cocktails.

»Ist das zu weit für dich? Soll ich zu dir in die Zellerau kommen? Wo wohnst du denn genau?«

Oh Schreck, er dachte, ich wäre zu Hause. Also, in meinem angeblichen Zuhause.

»Weißt du, ich bin noch in der Chocolaterie und tüftele an meinem Rezept für die *Schwanenpraline*.«

»Ach, deshalb brennt noch Licht.«

Beobachtete er mich etwa?

Aber der Gedanke, ihn zu sehen, gefiel mir. Trotz allem. Wir verabredeten, dass er mich in einer halben Stunde abholte. Hektisch überlegte ich, was ich anziehen sollte, bis mir einfiel, dass es ihn womöglich misstrauisch machte. Wer hatte schon Wechselklamotten am Arbeitsplatz. Besser, ich blieb so, mit zerdrückten Haaren und dem Duft nach Schokolade im Pullover.

Auf dem Weg zur Bar sprachen wir kaum. Ich fühlte mich unerwartet beschützt neben ihm, dabei hatte ich noch nie Schutz gesucht. Lag es daran, dass er mehr als einen Kopf größer war als ich? Oder dass er mir die Tür öffnete, den Regenschirm hielt, seinen Arm anbot? Sein

Duft verzauberte mich wieder, aber ich konnte ihn nicht unbeschwert genießen. Bei jedem Wort und jeder Geste wartete ich darauf, was er mir sagen wollte.

Das *Chase* sah von außen unscheinbar aus, aber innen glitzerte es und war größer als gedacht. Silberne Lampenschirme spiegelten sich im Chrom der riesigen Bar. Die Ledersofas an den Wänden waren fast alle belegt. Alessandro steuerte auf eine leere Nische zu, in der ein Sofa mit einem kleinen Tisch stand.

Ich aber hatte nur Augen für den Barmixer. Also, nicht für den Kerl, sondern für das, was er machte: einander fremde Zutaten so miteinander in Einklang zu bringen, dass ein neuer, ein besserer Geschmack entstand. Er warf den Cocktail-Shaker gekonnt mit kleinen Umdrehungen von einer Hand in die andere. Und in der Luft lag der klare und kühle Geruch von Minze.

»Lass uns erst mal an der Bar was aussuchen«, sagte ich zu Alessandro. »Vielleicht finde ich hier genau die Zutat, die ich für die *Schwanenpraline* brauche.«

»Soll die nicht ohne Alkohol sein?«

»Na, du bist aber gut informiert.«

Er grinste und reichte mir die Getränkekarte.

»Diese Minze, die riecht irgendwie anders als sonst.«

»Ich werde sie probieren«, sagte er, »in einem Mojito.«

Er bestellte seinen Drink und fragte den Barkeeper nach der Pflanze hinter der Theke, von der er die Blätter abgezupft hatte.

»Hemingwayminze«, erklärte dieser.

»Cooler Name. Was ist an der denn anders als sonst?«, fragte ich.

»Keine Ahnung. Jedenfalls enthält sie wenig Menthol, das ist wichtig.« Er riss ein Blatt von der Pflanze ab und reichte es mir. Es schmeckte grün – und erdig. Wie der Duft warmer Erde nach einem Sommerregen. Und ein klein wenig wie Alessandro.

»Für die Praline vielleicht – Cranberry?«, las Alessandro die Karte vor.

»Zu rot.«

»Maracuja, Kokosnuss, Erdbeeren, Grapefruit, Grenadine, Banane, Ginger Ale, Mandelsirup, Apfelsaft.«

»Alles auf einmal könnte etwas zu viel sein.« Ich grinste. Über nichts redete ich so gerne wie übers Essen. Trotzdem hätte ich gerne gewusst, weswegen er mich hergebeten hatte.

»Über Obstsäfte habe ich auch schon nachgedacht, oder Nüsse, Mandeln. Kokosnuss mag ich sehr gerne.«

Auf der Karte stand auch der Sex-on-the-Beach-Cocktail, den Nesrin als Trüffel für *Le Maître* hergestellt hatte. Orangensaft, Pfirsich, Cranberrys, Wodka. Genau die Zutaten, die sie in die weiße Ganache gerührt hatte. Aus Cocktails Pralinen zu machen war also ganz einfach.

Ich suchte mir eine Choco Colada aus. Schokoladensirup, Kokosmilch, brauner und weißer Rum, Sahne und ein Hauch Kaffeelikör.

Der Barkeeper steckte einen Papierschirm in ein Glas voll blauer Flüssigkeit.

»Wenn da jetzt ein Schwan drauf schwimmen würde«, sagte Alessandro.

»Blau kommt als Lebensmittelfarbe nur bei Kindern gut an.«

»Ich mochte immer Schlumpfeis«, sagte er und grinste.

»Sag ich doch – bei Kindern!«

Die Frau, die den *Swimmingpool* in Empfang nahm, war mindestens fünfzig. Wir konnten unser Kichern gerade unterdrücken, bis sie gegangen war.

Wir setzten uns mit unseren Getränken in eine Nische. Die Praline, die meinen Cocktail zierte, stammte eindeutig aus dem Supermarkt. Sie war mit billigem Marzipan gefüllt und viel zu süß.

»Da werde ich dem Chef wohl mal einen Besuch abstatten«, sagte ich und legte das angebissene Stück auf meine Serviette.

»Wieder eine Möglichkeit, Werbung zu machen!«, sagte Alessandro, und ich hatte den Eindruck, er wollte noch etwas anfügen, aber dann schwieg er und rührte in seinem Drink, der aus einem farblosen, mir unbekannten Schnaps, Limetten und eben dieser wunderbaren Hemingwayminze bestand.

»Du weißt ja, dass ich in der Werbung arbeite.« Er probierte seinen Drink. Mit einem zufriedenen Brummen bot er mir sein Glas an.

Es war ein ganz eigener Duft, erdig, grün und minzig, ohne an Kaugummi zu erinnern.

Alessandro räusperte sich. Erwartungsvoll sah ich ihn an. Kam jetzt die große Beichte? Er starrte nur auf seine Hände. Der Mojito schmeckte noch intensiver, als er duftete. Als ich Alessandro das Glas zurückgab, berührte er meine Finger und zuckte zurück.

»Lecker! Eine weiße Mojito-Trüffel wäre bestimmt

leicht nachzumachen«, versuchte ich, die Stimmung aufzulockern. »Weiß mit grünen Streifen.«

»Grün«, wiederholte er und trank einen großen Schluck. »Weißt du, Lea ... was ich dir sagen wollte.«

Er hob den Blick und sah mich an. Die Sorgenfalte zwischen seinen Augenbrauen war wieder da.

Mir wurde flau.

»Ich mache doch Werbung.« Wieder zögerte er.

»Ich hätte es dir viel früher sagen müssen. Ich ... ich weiß auch gar nicht, warum ich es nicht getan habe.«

Wieder schwieg er. Was war nur los? Wenn nicht Nadine – dann jemand anderes? Ein Kuss bedeutete schließlich nichts, auch wenn er sich ganz anders angefühlt hatte.

»Was?«, fragte ich leise.

»Ich arbeite ...«, er beendete den Satz nicht.

»Du arbeitest. Das ist gut. Das machen wir alle. Wo arbeitest du denn?«, versuchte ich ihm zu helfen.

»In München.«

Er ergriff meine Hand, drückte sie fest.

»Sie ist heute da gewesen, oder?«

Ich verstand ihn immer noch nicht. Die Einzige, die mir einfiel, war meine Mutter.

»Was ist denn?«

»Also, was ich dir sagen muss, ist: Ich arbeite ... bei *Le Maître*.«

»Wie ... was?« Die angejazzte Musik war so laut, ich musste mich verhört haben.

»Du arbeitest bei Sébastien?«

Er nickte, trank sein Glas leer, winkte der Bedienung,

um einen neuen Drink zu bestellen. Ohne richtig zu begreifen, was er gesagt hatte, starrte ich ihn an.

»Als Werbegrafiker. Anne und ich planen einen Relaunch, ein neues Design für *Le Maître*.«

Er kannte meine Mutter?

»Eigentlich hätte es mir gleich auffallen können. Das Bild auf dem alten Firmenschild ist das Gleiche wie auf ihrem Medaillon.«

Wieso hatte er mir das die ganze Zeit verschwiegen? Und was verschwieg er mir noch? Ich ließ seine Hand los, lehnte mich zurück, musste Abstand zwischen uns beide bringen.

»Ich hatte überhaupt keine Lust, im Urlaub über die Arbeit zu reden. Im Gegenteil dachte ich die ganze Zeit, wie süß deine kleine Chocolaterie ist. Wie eine Kindheitserinnerung. *Le Maître* war mir schon immer zu pompös, aber das ändern wir ja jetzt, ich darf nur nicht darüber reden.«

Wir. Es war nicht Nadine. Es war viel schlimmer. Und mit jedem Wort, das er sagte, wuchs meine Enttäuschung. Mein Entsetzen.

»Aber mit mir hättest du doch die ganze Zeit reden können«, rief ich. »Wie konntest du mir so etwas verschweigen?«

»Ich wollte, dass du deine Mutter kennenlernst, ohne Geschichten von mir im Ohr zu haben. Damit du dir eine eigene Meinung bilden kannst.«

Was für ein Lügner. Damals, als ich ihn das erste Mal traf, hätte er mir gleich sagen sollen, wer er ist: ein Angestellter der bekanntesten Chocolaterie Deutschlands.

Ich trank einen Schluck und musste an seinen Blick denken, als ich ihm das Foto meiner Mutter gezeigt hatte. Wie er uns verglichen hatte. *Anne und ich*. Sie war so viel schöner als ich. Und er sprach von ihr immer als »Anne«. Nie als »deine Mutter« oder »Frau Miller«.

»Es tut mir leid, Lea, wirklich. Aber ich denke immer noch, dass es so richtig war. Du hast sie ganz unvoreingenommen kennengelernt. Ohne meine Lobeshymnen im Kopf.«

Als ich sie im *Blumenladen* getroffen hatte …

»Ist der Champagner dort für dich gewesen?« Ich war fassungslos, mein Herz blieb fast stehen. Konnte das sein? War er derjenige gewesen, auf den sie gewartet hatte?

»Ich hatte ihr gesagt, dass ich mit der neuen Designplanung fertig sei und ihr alles zeigen wolle. Um sicher zu sein, dass sie kommen würde. Wenn sie Champagner bestellt hat, wollte sie es wohl feiern. Ich hatte keine Ahnung davon.«

»Da lag ein grüner Ordner vor ihr«, erinnerte ich mich.

Er nickte. »Alles wird grün werden. So wie der Mojito.« Er hob das Glas, um mit mir anzustoßen.

Ich ließ meinen Drink stehen. Am liebsten wäre ich davongerannt, hätte erst einmal Ordnung in meine Gedanken gebracht. Ich verstand einfach nicht, was das alles sollte. Mich überkam ein komisches Gefühl. Eifersucht? War ich eifersüchtig auf meine Mutter? Hatte sie Interesse an Alessandro? Nein. Wenn ich an meine Mutter und Sébastien dachte, wusste ich, dass sie ihn nicht betrog. Sie liebten sich, das war offensichtlich.

»Ich bewundere deine Mutter. Sie ist so voller Elan und Ideen.«

Aber er, er bewunderte diese Frau, die ich so viele Jahre lang verflucht und gehasst hatte. Er hatte mit ihr gearbeitet, mit ihr gesprochen, gelacht, während ich ...

Plötzlich begriff ich: Ich war eifersüchtig auf Alessandro. Weil er hatte, was mir verwehrt geblieben war. Weil er sie besser kannte als ich. Aber wieso machte mir das bei ihm etwas aus und bei Sébastien nicht?

»Sie hat alles im Griff, egal, wie viele Dinge gleichzeitig auf sie einstürmen. Und sie ist zuverlässig.«

»Zuverlässig?«

»Ja. Ich konnte erst gar nicht glauben, dass sie eine Tochter haben soll, um die sie sich nie gekümmert hat. Das passt so gar nicht zu ihr.«

Er nahm meine Hände und drückte sie behutsam.

»Weißt du denn jetzt, was damals geschehen ist?«

»Es ist eine verworrene Geschichte. Sie sagt, dass meine Großeltern ihr den Umgang mit mir verboten und sie keinen Sorgerechtsstreit gewollt hätte, um mich zu schützen.«

»Deine Großeltern haben dich deiner Mutter weggenommen?«

»An Weihnachten besuche ich meine Oma. Dann will ich mit ihr darüber reden. So etwas kann man nicht am Telefon klären.«

Ich atmete tief durch und sah ihm in die Augen. Er hatte doch immer gesagt, er wolle mir helfen. Ich musste nur meinen Ärger und meine Eifersucht beiseiteschieben.

»Erzähl mir von meiner Mutter.«

Alessandro arbeitete seit gut einem Jahr bei *Le Maître*. Beim Einstellungsgespräch hatte Anne ihn gefragt, wie er sich ein neues Design vorstellen könne, und spontan habe er grün gesagt. Einfach nur »grün«. Das hatte ihr wohl gut gefallen. Anne stellte ihn ein, und seitdem arbeiteten sie gemeinsam an neuen Farben, Logos, Regalen, Vitrinen, Verpackungen. Auch die Schokoladenprodukte sollten grün werden, sprich: aus biologischem Anbau und fair gehandelt.

»Es ist unser Geheimprojekt, auch wenn Malineau schon länger mit Bio-Schokolade arbeitet. Es muss auch nicht sofort umgesetzt werden, schließlich ist *Le Maître* noch nicht lange in den neuen Räumen. Sie will es ihm bald zeigen, das wird eine ganz große Show. Er hat keine Ahnung.

Anne ist weniger eine Managerin, die sich nur um Auftrittstermine und die Fernsehshows kümmert, als die eigentliche Chefin des Ladens. Alle Fäden laufen bei ihr zusammen. Malineau ist ein netter Kerl, aber vom Geschäft hat er wenig Ahnung.«

Anne sei morgens die Erste im Büro und abends die Letzte, voll bepackt mit Aktenordnern, die sie noch mit nach Hause nehme. Sie sei sehr gut strukturiert und verlange von ihren Mitarbeitern viel, das stimmte. Aber das war es wohl auch, was er an ihr so bewunderte. Leistungsbereitschaft, Ehrgeiz. Erfolg.

Aber mir wurde es mit jedem Wort zu viel. Ich konnte seine Lobhudeleien nicht mehr ertragen und erzählte ihm vom Abend im *Werneckhof* und wie spät sie am nächsten Morgen aufgestanden sei.

»Die absolute Ausnahme. Sie kann sich das leisten, für sie gelten eben andere Regeln.«

Er deutete auf mein leeres Glas.

»Möchtest du noch etwas anderes ausprobieren?«

»Nein. Ich muss das erst mal verdauen.«

»Verstehe. Deine Mutter ist echt eine tolle Frau. Sie hat aus Sébastien einen Star gemacht! Das hat jetzt zwar nichts mit dir zu tun …«

»Eine echt tolle Frau?« Sie, die sich jahrelang nicht um mich gekümmert hatte? Es reichte. Ich stand auf und schnappte mir meine Jacke.

»Siehst du, deswegen habe ich dir nichts gesagt«, verteidigte er sich.

»Hör auf, Alessandro. Ich muss nachdenken.«

Ich konnte ihm ansehen, wie sehr ihm alles leidtat. Er folgte mir, öffnete wieder die Tür und spannte den Schirm auf. Er war mir so nah, dass es mir fast den Atem nahm.

»Lea«, sagte er, als wir am Vierröhrenbrunnen angekommen waren und sich unsere Wege trennten. »Wegen Nadine.«

»Ja?« Mich konnte nichts mehr schocken. Ich machte den Reißverschluss meiner Jacke zu und schlug den Kragen hoch. Es wehte ein kalter Wind.

»Nadine ist eine Kollegin. Mehr nicht. Und ich flirte vielleicht mit den Kundinnen, aber das bedeutet nichts. Das musst du mir glauben.« Er sah mich eindringlich an.

»Ich habe keine Freundin.« Er ging einen Schritt auf mich zu, hob seine Hand, als ob er mich anfassen wollte, ich wich zurück.

»Dann lass ich dich mal über alles nachdenken.« Er nickte mir zu und lief zur Straßenbahn, die gerade auf den Platz fuhr.

Ich wandte mich um und ging, ohne mich umzudrehen. Auf der Alten Mainbrücke starrte ich wieder ins glitzernde Wasser des Mains, als ob ich dort eine Antwort finden könnte. Aber natürlich geschah nichts. Und ich blieb zurück mit meinen Zweifeln und Fragen.

Wenn ich von Anfang an gewusst hätte, dass Alessandro für diesen Fernseh-Heini, den ich damals nicht leiden konnte, arbeitete, ich hätte bestimmt kein Wort mit ihm gewechselt.

Niemals. Sein Duft wäre das Einzige gewesen, das mich interessiert hätte.

Es wäre sowieso vieles anders gekommen, denn ohne ihn wäre der Flyer der *Schwanenpraline* im Altpapier gelandet. Ohne ihn hätte ich Manon nicht kennengelernt und mir die Website von Sébastien nicht angesehen.

Ohne ihn hätte ich meine Mutter nicht gefunden. Hätte sie nicht so einfach getroffen. Ohne ihn …

Warum nur hatte er so ein Geheimnis daraus gemacht?

22

Die Espressomaschine surrte. Nach jeder Nacht auf der unbequemen Couch wurde mein Koffeinbedarf größer. Dabei musste ich fit sein, Stella fehlte noch immer. Ein Attest ihres Arztes bestätigte, dass Mattis Windpocken hatte und seine Mutter ihn bis Montag pflegen musste. Ich simste Genesungwünsche, bekam jedoch keine Antwort. Auch Herlind muffelte schweigend vor sich hin.

Aber mir war sowieso nicht nach reden. Zu sehr ging mir der gestrige Abend noch durch den Kopf, musste ich über Alessandro nachdenken. Sobald ich im Laden war, beobachtete ich das *Fiurelli*, als wäre ich ein Stalker. Aber ich konnte einfach nicht wegschauen.

Das Restaurant lag dunkel da. »Aus familiären Gründen« geschlossen. Merkwürdig. Ich konnte mich nicht erinnern, wann Paolo in den letzten Jahren jemals zugemacht hätte. Einfach so, an einem Donnerstag.

Abends musste ich zum Waschsalon in die Annastraße. An der Ampel vor der Residenz kam mir Tommaso entgegen. Gebeugt wie ein alter Mann stand er in seiner dunklen Winterjacke da. Als er mich grüßte, fielen mir dunkle Ringe unter seinen Augen auf. Auf einmal durchzuckte mich ein Schreck – war das Restaurant etwa zu, weil … ich wagte es kaum zu denken.

In möglichst einfühlsamen Ton grüßte ich Tommaso und fragte ihn, wie es seiner Mutter gehe.

Er lächelte. »Besser«, sagte er und wies mit dem Kopf Richtung Rotkreuzklinik. »Vor lauter Freude hat mein Vater heute zugemacht, aber das darf sie nicht wissen, sonst regt sie sich nur wieder auf.«

Ich atmete erleichtert aus. Die Fußgängerampel zeigte Grün, ich blieb stehen.

»Was für ein Glück. Ich dachte schon, als ich gesehen habe, dass das Restaurant geschlossen ist …«

»Nein. Es ist alles in Ordnung.«

Ich hob die schwere Reisetasche von einer Schulter auf die andere. Hoffentlich fragte er nicht, was ich da quer durch die Stadt trug.

»Die Antibiotika schlagen gut an, und die Ärzte haben sie endlich zu einer Reha überreden können. Zuerst wollte sie nicht, die Reha wird viel länger dauern, als Alessandro sich Urlaub nehmen kann, und unbezahlten Urlaub hat seine Chefin abgelehnt.«

Ich sah ihn an, aber er redete einfach weiter. Er wirkte nicht so, als ob er wüsste, wer seine Chefin ist.

»Sie wollte ihm schon seinen normalen Urlaub erst gar nicht gewähren, weil sie gerade einen ganz wichtigen Auftrag bearbeiten. Viel erzählt er ja nicht, dafür dürfen wir dann seine schlechte Laune aushalten, ohne zu wissen, warum. Er hat dir bestimmt auch nicht erzählt, dass er für einen Schokoladenfabrikanten arbeitet.«

Sébastien als Fabrikanten zu bezeichnen gefiel mir. Doch Tommaso fuhr fort, ohne dass ich eine Chance hatte, etwas zu sagen.

»Du kennst ihn bestimmt, es geht um diesen Fernseh-Chocolatier, Sébastien Malineau.« Erwartungsvoll sah er mich an.

»Doch«, sagte ich vorsichtig, »das hat er mir erzählt. Nur leider erst gestern. Was ziemlich blöd ist, weil seine Chefin – meine Mutter ist.«

»Frau Miller?« Er musterte mich. Kannte er meine Mutter?

»Hat er es gewusst?«, fragte Tommaso.

»Anfangs nicht.« Ich erläuterte ihm das Missverständnis zwischen seinem Bruder und mir.

»So ist er immer«, er trat von einem Fuß auf den anderen, »er will einen immer vor irgendetwas beschützen. Ich kann das nicht ausstehen.«

»Er ist der Ältere von euch beiden, oder?«

»Ja«. Er kratzte sich an seiner beginnenden Halbglatze. »Auch wenn ich mittlerweile älter als er aussehe. Wie mein Vater – das Klischee eines dicken italienischen Kochs.«

Er streckte mir die Hand entgegen.

»Ich muss weiter, Lea.«

»Grüß deine Eltern von mir und sag ihnen, wie sehr es mich freut, dass es deiner Mutter besser geht.«

Er nickte. Dann schob er die Hände in die Manteltaschen und eilte davon.

Eines wusste ich jedenfalls von Alessandro. So redselig wie sein Bruder war er nicht. Meine Ampel sprang auf Grün, und ich setzte meinen Weg fort.

Wieder zurück versteckte ich die Tasche voller frisch

gewaschener Shirts in der Werkstatt. Bis jetzt hatte noch keiner mitbekommen, dass ich nicht bei Tante Lotte wohnte, und ich hoffte, das würde so bleiben. Von unterwegs hatte ich mir eine Pizza mitgebracht. Als ich sie aufwärmte, roch es nach Tomaten und Oregano in meiner Schokoladenküche, und ich fühlte mich auf einmal ganz elend. So würde es sein, wenn ich verlieren würde, versagen. Keinen Bissen konnte ich essen. Tränen stiegen mir in die Augen. Vergeblich versuchte ich, sie zu unterdrücken. Ich warf mich aufs Sofa und ließ ihnen freien Lauf. Deckte mich mit dem Schlafsack zu und wäre am liebsten ganz weit weg gewesen.

Da klingelte mein Telefon. Alessandro.

Ich ignorierte es und zog den Schlafsack über den Kopf. Als es aufhörte zu klingeln, atmete ich erleichtert auf.

Wenn es jemanden gab, den ich auf keinen Fall sprechen wollte, dann ihn. Was dachte er sich eigentlich? Dass ich hier sitzen, mir die Augen ausheulen und darauf warten würde, dass er auf seinem weißen Pferd angeritten kam? Mit seinem Duft, der Sehnsüchte weckte? Und diesem Blick, der mir durch und durch ging? Ich war doch kein Teenager mehr, der nach einem Kuss an die große Liebe glaubte.

Das Telefon läutete erneut. Ich hob es vom Boden auf, um das Gespräch wegzudrücken, doch ohne zu wissen, warum, nahm ich es an.

»Hallo Lea«, sagte er.

Ich antwortete nicht.

»Es tut mir leid«, flüsterte er, und mir wurde auf einmal ganz warm. Ich brauchte Bewegung, schlug den Schlafsack zurück und stand auf.

»Hallo Alessandro«, antwortete ich. Meine Stimme zitterte, als ich seinen Namen sagte. Das Büro war zu klein für meinen Bewegungsdrang, ich lief durch den Gang in den Laden und sah nach draußen. Noch immer war das *Fiurelli* dunkel.

Ich wollte ihn gerade nach seiner Mutter fragen, als sich die dunkle Restauranttür öffnete und – ich hielt den Atem an – er hinaustrat, mit dem Handy am Ohr.

»Bei dir wird gerade eingebrochen. Da ist eindeutig ein weißer Pulli im hinteren Bereich des Ladens zu sehen.« Seine Stimme hörte sich an, als würde er grinsen. Er ging auf die Chocolaterie zu. Ein Auto kurvte über den Platz, und er wich ihm aus.

»Ich … äh … ich … wollte heute Abend endlich an der *Schwanenpraline* weiterarbeiten.«

Die Ausrede hatte ich schon das letzte Mal benutzt, hoffentlich fiel es ihm nicht auf.

Er kam näher, eine Stufe, die nächste, dann blickte er gespannt durch die Glastür. Mit dem Telefon am Ohr ging ich auf ihn zu. Mein Herz klopfte, und ich hoffte, er hörte nicht, wie schnell ich atmete.

»Brauchst du einen Vorkoster?«, fragte er und legte die Hand an das Fenster.

Und ich sah ihm in die Augen, und der letzte Rest meines Ärgers verflog. Anscheinend benahm ich mich doch wie ein dummer Teenager. Ich stellte mich an die Tür und legte meine Hand auf seine, nur getrennt durch das Glas.

»Lea«, hörte ich durch die Tür und nah an meinem Ohr.

Ich drehte den Schlüssel im Schloss und machte die Tür langsam auf. Sein intensiver Duft stieg mir in die Nase. Er steckte das Telefon ein und betrat die Chocolaterie.

Wir standen dicht voreinander.

»Hast du mir verziehen?«, fragte er.

Mein Atem beschleunigte sich. Ich legte die Hände auf seine Brust und schaute zu ihm hoch. Er beugte sich zu mir, unsere Lippen fanden sich, weiche Lippen, die nach Rotwein schmeckten, und nach Brot. Dann umarmte er mich, mein Herzschlag ging immer schneller, er küsste mich wieder, drängte mich zur Theke.

Auf einmal hielt er inne.

Ich öffnete die Augen und bemerkte, dass er nicht mich anschaute, sondern über meinen Kopf hinweg in den Flur.

Und vom Flur aus ins Büro – in dem mein Schlafsack auf dem Sofa lag.

Ich streckte den Arm aus, um die Bürotür zu schließen. Aber ich kam nicht dran.

»Schläfst du hier?«, fragte er verwundert.

»Nein!«, rief ich und versuchte zu lächeln. Aber ich konnte es nicht. Ein Schluchzen stieg in meiner Kehle auf, das ich nicht unterdrücken konnte.

Er schlang die Arme um mich und drückte mich fest an sich. Ich weinte mein Elend heraus, bis sein Hemd klatschnass war. Er sagte kein Wort, streichelte mir über den Kopf, und allmählich beruhigte ich mich.

Dann führte er mich aufs Sofa, strich mir zart die

Locken aus dem Gesicht und sah mich mit seinen espressofarbenen Augen an.

Ich versuchte zu lächeln, dann nickte ich. »Meine Tante ist dement und lebt im Heim.«

»Verstehe«, sagte er, streckte die langen Beine aus und massierte sein rechtes Knie. »Du gibst so schnell nicht auf, oder?«

»Wie ein Kampf fühlt es sich aber auch nicht an. Eher als ob ich mich verstecken würde.«

»Das kenne ich«, sagte er und nahm mich in den Arm. »Ich muss dir was erzählen.« Er küsste mich erneut, ich lehnte mich zurück, mein Kopf sank auf die Armlehne, aber dann löste er sich von mir.

»Ich liebte Basketballspielen«, sagte er, »und ich war gut darin. Klingt jetzt angeberisch, aber ab der U14 war ich jede Saison Freiwurfkönig. Wenn alle nervös wurden unter den Blicken der anderen, wurde ich innerlich ruhig und konzentrierte mich. Ich liebte es, die anderen auszutricksen, ich war schnell und wendig. Der Champ schlechthin. Nie krank. Nie verletzt. Immer auf dem Weg nach oben. Von Würzburg hatte ich es bis nach Berlin geschafft. *The happy one.*«

Seine Hand zitterte auf einmal. Noch nie hatte ich ihn so lange am Stück reden gehört. Ich sagte kein Wort, hatte Angst, ihn zu unterbrechen.

»Ich war im Ballbesitz, ein Gegner stand zwischen mir und einem Mitspieler. Als ich mich drehte, um den Ball weiterzugeben, machte er einen Schritt rückwärts, stolperte und fiel mit dem gesamten Gewicht gegen mein verdrehtes Knie. Ich habe gehört, wie es riss.«

»Au!«, rief ich aus. Aber er sah mich nicht an, war ganz in seiner Geschichte versunken, während er sein Knie knetete. Abrupt hörte er auf.

»Die Ärzte nannten es *unhappy triad*: ein Riss des vorderen Kreuzbandes, ein Riss des Innenmeniskus und des Innenbandes. Drei auf einmal. Und ich kam damit nicht zurecht.« Er atmete tief aus.

»Die unglückliche Triade«, wiederholte ich und ergriff seine Hand. Meine Finger wirkten darin fast wie die eines Kindes.

Seine Hand war groß und trotzdem schlank. Lange Finger.

»Ich hatte Höllenschmerzen, die viel zu lange anhielten. Irgendwas lief bei der Behandlung falsch. Ich schluckte Schmerzmittel, als wären es Vitamine.«

Er ließ meine Hand los und stand auf. Ging in dem kleinen Raum hin und her wie ein eingesperrter Löwe in einem Käfig.

»Ich wurde abhängig. Und hörte auf zu spielen. Ich … ich schaffte es einfach nicht. *The happy one* lag am Boden.« Er setzte sich wieder zu mir.

Was bedeutet es, abhängig von Schmerzmitteln zu sein? Ich konnte es mir nicht vorstellen. Ich würde ihn später danach fragen. Nicht jetzt.

Ich streichelte ihm über die Wange, dort, wo die Haut über den Bartstoppeln ganz weich war. Er lehnte den Kopf gegen meine Hand. Ich beugte mich vor, langsam, abwartend, bis sich unsere Lippen berührten. Zart, ganz zart küssten wir uns, kamen einander immer näher, bis mein Knie seins berührte. Ich zuckte zurück. Vorsichtig berührte ich es mit den Fingerspitzen. Durch die Jeans waren die Narben nicht zu spüren.

»Und dann?«, fragte ich.

Er lehnte sich zurück.

»Mein Vater wollte, dass ich das *Fiurelli* übernehme. Aber ich nicht. Auf keinen Fall. Also bin ich nach München, habe bei einem Onkel gewohnt und studiert. Und nie mehr irgendeine Tablette genommen.«

Er lächelte scheu. »Ich wollte dir nichts mehr verschweigen. Ich dachte nur – weil es dir so schlecht geht –, dass du wissen sollst, dass es immer irgendwie weitergeht.«

»Danke«, flüsterte ich und küsste ihn erneut.

Er verstand, wie es sich anfühlt, wenn man glaubt, nicht tiefer fallen zu können. Er verstand mich. Ich war auch nicht mehr wegen seiner Geheimniskrämerei sauer. Er hatte es gut gemeint. Sich Gedanken über mich gemacht.

Plötzlich schrillte eine Trillerpfeife wie auf dem Sportplatz. Verwirrt schaute ich mich um.

Alessandro zog grinsend sein Telefon aus der Hosentasche.

»Eine Nachricht meiner Mutter. Ich muss gehen.«

Zärtlich nahm er mein Gesicht in seine Hände und küsste mich zum Abschied. Nur widerstrebend lösten wir uns voneinander.

Mit hochgezogenen Schultern rannte er zum Restaurant. Schneeflocken verfingen sich in seinen Haaren.

Nur für den Moment zu leben sei die Voraussetzung für Glück, so sagen viele. Und wenn es danach ging, so hätte ich sehr glücklich sein müssen.

Aber ich war es nicht.

23

Wie würde es sein, wenn sein Urlaub zu Ende war? Wann war er zu Ende? Vor lauter Angst, wie die Antwort lauten würde, hatte ich ihn nicht danach gefragt. Anne und das neue grüne Design konnten bestimmt nicht lange warten.

Er war schon lange gegangen, aber noch immer sah ich ihm nach, blickte immer noch zum *Fiurelli* hinüber, betrachtete den kleinen Platz und die kahlen Bäume. Umdrehen konnte ich mich nicht. Denn dort wartete das Elend der leeren Regale auf mich. Ich sah die nicht bezahlten Rechnungen vor mir, hörte den grauen Herrn Steigerwald, der mir mit Konsequenzen drohte, Stella, wie sie die Messer schwang, und Herlind, die mit dem Kreuzfahrtkatalog winkte. Vor meinem geistigen Auge verwandelte die Chocolaterie sich in eine Pizzeria und Frau Obermüller in ein grinsendes Sparschwein.

Würde ich es wirklich schaffen? Oder hielt ich an etwas fest, das schon lange Vergangenheit war? Da draußen wartete doch bereits etwas Neues auf mich: ein Job bei *Le Maître*, der größten Chocolaterie Deutschlands, einem wahren Schokoladenparadies. Dort konnte ich aus den seltensten Schokoladensorten ausgefallene Trüffeln komponieren, ohne dass mir permanent die Angst im Nacken saß. Ohne das unternehmerische Risiko. Früher, als ich noch angestellt gewesen war, in der Konditorei oder in der Schokoladenmanufaktur, wollte ich vor allem eins: lernen. Um meine eigene Chocolaterie aufzumachen. Deshalb hatte ich sogar einen Ausflug in die Patisserie gemacht. Jetzt musste ich mich um die Buchhaltung kümmern, und es fühlte sich nicht an, als wäre ich die geborene Kauffrau. Ich war eine Chocolatière. Nicht mehr, aber auch nicht weniger.

Aufgeben. Loslassen. War es das, was nun folgen sollte? Eine neue Chance, ein neues Kapitel? Leben bedeutet Veränderung, und für mich schien die Zeit jetzt gekommen. Alessandro hatte damals auch mit dem Basketballspielen aufgehört und etwas anderes gemacht.

Mit ansehen, wie die Chocolaterie vor sich hinkrebste, mit schlechterer Schokolade billigere Pralinen herstellen, Produkte fremder Firmen anbieten, grellfarbene Sonderangebotsschilder aufstellen – das wollte ich nicht. Konnte ich nicht. Der Traum von der eigenen Chocolaterie war ausgeträumt.

Meine Mutter und Sébastien boten mir, was ich mir immer gewünscht hatte: die Möglichkeit, mich kreativ in der Schokoladenküche auszutoben, ohne die lästige Buchhaltung.

Und Alessandro arbeitete dort.

Jetzt war er gekommen. Der Moment, in dem ich wusste, was ich tun musste.

Die Chocolaterie aufgeben. Den Traum meines Vaters aufgeben. Um die Zukunft musste ich mich kümmern. Und nicht um die Vergangenheit.

Am nächsten Tag ließ ich die Milch anbrennen, schnitt mir beim Hacken gebrannter Mandeln in den Finger und vergaß, die Engelsfiguren zu schminken, bevor ich sie mit weißer Schokolade ausgoss. Sogar Herlind bemerkte, dass ich mit meinen Gedanken woanders war. Als Alessandro am Morgen kurz vorbeischaute, zwinkerte sie mir zu und glaubte wahrscheinlich, er wäre der Grund für meine Geistesabwesenheit.

Der Gedanke ans Aufgeben war so neu, dass ich ihm nicht traute. Ich schob ihn hin und her, als ob ich ihn verkosten musste. Die Verantwortung gegenüber Herlind und Stella auf der einen Seite. Ungeahnte, kreative Möglichkeiten auf der anderen.

Selbstbestimmung auf der einen, ein festes Gehalt auf der anderen Seite. Meine Heimatstadt Würzburg auf der einen und München auf der anderen Seite. Hing ich etwa an den Weinbergen und der Festung wie die Obermüller? Ich hatte Würzburg schon einmal verlassen und das hektische Leben in Frankfurt sehr gemocht.

Es war Freitag, da war im *Fiurelli* immer viel los, Alessandro hatte leider keine Zeit für mich. Und ich prüfte meine Bücher. Schaute mir die Arbeitsverträge von Stella und Herlind an. Ich rechnete und erstellte Tabellen und plante. Am Schluss hielt ich eine Übersicht über die derzeitige Haushaltslage der Chocolaterie als Argumentationshilfe in den Händen.

Einer wichtigen Frage schien ich jedoch auszuweichen, und ich traute mich erst, mich ihr zu stellen, als ich auf meinem Handy die Nummer von Sébastien aufrief.

Denn ich würde nicht nur bei ihm arbeiten, auch

wenn er *der* Chocolatier war, sondern auch bei meiner Mutter. Wer war sie wirklich – die organisierte Geschäftsfrau oder die Mutter, die ihr Kind aufgab? Oder waren es zwei Seiten der gleichen Medaille? Jetzt freute ich mich darauf, sie jeden Tag zu sehen. Aber konnte ich dieser Freude trauen? Was, wenn sie mich wieder enttäuschen würde so wie damals?

Dann drückte ich auf seine Nummer. Sébastien ging dran, ich hörte im Hintergrund einen Trompeter, doch sofort wurde die Musik leiser. Anne war nicht da, aber das war vielleicht auch ganz gut so. Ich wollte mich gerne mit ihm alleine unterhalten. Nach etwas Small Talk brachte ich das Gespräch auf den Grund meines Anrufes.

»Ich überlege, dein Angebot anzunehmen. Aber auf Fernsehshows habe ich keine Lust.«

»Das wäre auch eine Verschwendung deines Talentes. Aber vielleicht hättest du Interesse an der Entwicklungsabteilung? So eine begnadete Meisterin wie dich können wir in unserem Team immer gebrauchen. Herr Kürn wird, nachdem er an der Weltmeisterschaft teilgenommen hat, bestimmt weiterziehen. Der ist ehrgeizig, will ins Ausland. Vielleicht möchtest du ja dann meine persönliche Assistentin werden. Keine, die zum Lächeln da ist, sondern eine, die ebenfalls an Meisterschaften teilnimmt.«

»Das kann ich bestimmt nicht.«

»O doch, da bin ich mir sicher. Und eines möchte ich klarstellen, Lea: Bei deinem Können würde ich dich auch einstellen, wenn du nicht die Tochter von Anne wärst!«

Vor Freude über das unerwartete Lob wurde mir ganz warm. Ich wollte mich gerade bedanken, als er noch anfügte: »Natürlich ist eure persönliche Beziehung ein Risiko für mich. Keiner weiß, wie sich das entwickeln wird. Ich nicht und du auch nicht. Aber ich habe Vertrauen in euch beide. Ich bin überzeugt, dass wir das schon hinkriegen. Überlege es dir, und sag mir dann Bescheid.«

Aufgeregt beendete ich das Gespräch. Entwicklungsabteilung! Genau das, was ich mir wünschte. Und die Sache mit meiner Mutter und mir – vielleicht sah ich auch zu schwarz. Dann würde ich sie doch viel häufiger sehen und sie richtig kennenlernen. Sie war es, meine Mutter, nach der ich mich immer gesehnt hatte. Ich würde den ganzen Tag Pralinen entwickeln, und ich würde Alessandro nicht verlieren.

Am nächsten Morgen trugen die Autos weiße Mützen. Selbst die kahlen Bäume waren weiß verziert, und es rieselte Sternenstaub, wenn ein Vogel auf einem Ast landete. Den Weg vor der Chocolaterie musste ich freischaufeln. Es machte mir richtig Spaß, in der Eiseskälte den lockeren Schnee zu einem Haufen zu schichten, auch wenn das weiße Märchenland dadurch zerstört wurde.

Die ersten Autos fuhren langsam auf die Parkplätze. Herlind schimpfte zwar übers Schneeschieben und ihre Kreuzschmerzen, war aber trotzdem gekommen, um mich beim Samstagsgeschäft zu unterstützen. Ein scheinbar ganz normaler Tag.

Die Ruhe vor dem Sturm. Denn wenn ich Herlind und

Stella erst von meinem Entschluss erzählt hatte, gab es kein Zurück mehr.

Am besten teilte ich es Herlind nach der Arbeit mit. Bis dahin konnte ich mir meine Worte genau überlegen. Schade, dass Stella heute nicht arbeitete. Sie hatte ich sowieso enttäuscht. Wir hatten anfangs so viel Spaß gehabt. Und jetzt? Aber ich konnte nicht auf sie warten. Ich musste es hinter mich bringen.

Durch die winterlichen Verkehrsverhältnisse kam das Samstagsgeschäft später in Gang, aber es lief gut. Ein schlechter Tag, um aufzugeben. Was ich auf keinen Fall gebrauchen konnte, waren Tränen oder einen Streit. Ich war die Inhaberin der Chocolaterie, ich traf die Entscheidungen. Das sagte ich mir immer wieder. Aber es beruhigte meine Nerven keineswegs.

Fünf Uhr. Es schneite in dicken Flocken, die Menschen hüllten sich in Mützen und Schals und mussten die Fenster ihrer Autos freikratzen. Schokoladenhungrige Kunden kamen kaum noch, der Schnee trieb alle nach Hause.

Herlind wollte um fünf gehen, so wie sonst auch. Jetzt, jetzt musste ich es ihr endlich sagen.

Ich eilte ins Büro, schnappte mir die Zettel aus dem Drucker und ging zu ihr. Sie ordnete gerade die Zellophantüten, die im Regal an der Wand gestapelt waren, und wandte mir den Rücken zu. Und als ich ihren gebeugten, breiten Rücken betrachtete, der mir so vertraut war, und ihr Kölnisch Wasser roch, versagte meine Stimme. Ich streckte das Blatt Papier ihrem Rücken entgegen. Meine Hand zitterte.

»Ich mache zu«, sagte ich. Sie sah mich immer noch nicht an und zog seelenruhig ihre Schürze aus.

»Ich mache zu!«, wiederholte ich lauter.

»Jetzt schon? Ich dachte, du wolltest bis um acht offen lassen?«, fragte Herlind und drehte sich endlich um.

»Die Chocolaterie!! Mache ich zu! Für immer!«, schrie ich sie an, als ob ich mein Unglück der ganzen Welt ins Gesicht schreien müsste. Ich ließ die Hand, in der ich das Papier mit den Geschäftszahlen hielt, sinken. Tränen liefen mir übers Gesicht.

Herlind setzte sich auf einen Stuhl.

»Das meinst du nicht ernst, oder?«

Ihr Handy lag auf der Theke, sie drückte bereits die Tasten.

»Stella, du musst sofort vorbeikommen. Dann nimm ihn halt mit. Lea gibt auf.«

Ich stand wie gelähmt in der Mitte des Ladens und lehnte mich an einen Tisch. Es war so still, dass ich Schritte über mir hörte. Als ob der Nachmieter auf mir und meinen Träumen herumtrampeln würde.

Fünf Minuten später stürmte Stella mit Mattis an der Hand in die Chocolaterie. Der Kleine war blass und hatte rote Flecken im Gesicht.

»Bist du wahnsinnig geworden?«, rief sie.

Ich stand einfach nur da, konnte mich nicht rühren. Herlind schloss die Tür ab und stellte sich neben Stella. Als Mattis neugierig die Trüffeltüten in den Regalen untersuchte, nahm Stella ihn auf den Arm. Es wirkte, als würde sie sich mit einem Schutzschild bewaffnen.

»Ich … ich habe mich entschlossen«, stotterte ich.

»Ich … ich habe mich entschlossen …« Meine Stimme versagte. Auf dem Boden fielen mir Kratzer im Linoleum auf.

»Was hat die in ihrer Hand?«, fragte Mattis mit seiner süßen Kleinkindstimme. Wieder schossen mir die Tränen in die Augen. Ich starrte auf meine Hand, die nicht mehr zitterte, sondern sich in die Kopien gekrallt hatte. Ich musste etwas sagen, aber was?

»Wir schließen.« Die nackte Wahrheit. Mehr fiel mir nicht ein.

»Wir?«, Stellas Stimme überschlug sich, »Du schließt! Nicht wir. Du gibst auf. Einfach so.«

»Ohne mich seid ihr besser dran. Die Rettung ist ein Hirngespinst, hat sogar meine Mutter gesagt, und die kennt sich aus.«

»Sie hatte dich jahrelang im Stich gelassen! Wie kannst du der trauen?«, rief Herlind.

»Vorbei!«, schluchzte Stella, »vorbei.« Sie versteckte sich hinter Mattis, ihre Schultern bebten.

»Super, Lea, ehrlich«, sagte Herlind kopfschüttelnd. »Ich bin über fünfzig, mich stellt niemand ein.«

Es war unerträglich.

»Mama, warum weinst du?«, fragte Mattis. Ich drehte mich um und starrte die von Herlind geordneten Tüten an.

»Seid doch froh, dass ich jetzt die Sache beende und nicht erst dann, wenn wir jede Menge Zeit und Kraft umsonst reingesteckt hätten. Manchmal ist ein Ende mit Schrecken eben besser.«

»Nein, jetzt komm mir nicht mit dem blöden Spruch!«,

schrie Stella, rannte zur Tür und ruckelte so lange daran, bis Herlind aufschloss.

»Und dafür habe ich meinen Samstag geopfert!«, rief Herlind, dann eilten sie hinaus.

Es raschelte.

Die Kopien waren mir aus der Hand geglitten.

24

Was hatte ich getan? Wie in Zeitlupe drehte ich mich um und starrte die turtelnden Schwäne auf dem alten Emailleschild an. Jetzt war meine Chocolaterie ebenso Geschichte wie die meines Vaters. Aber er musste das Ende wenigstens nicht miterleben.

Ich dagegen war selber verantwortlich. Meinen Plan vom perfekten Gespräch konnte ich vergessen, alles war schiefgegangen. Wir hatten uns gestritten, ich hatte geheult.

Ich war eine Versagerin.

Ein Kunde rüttelte an der Tür. Schließlich war es erst kurz vor sechs. Ich gab ihm mit Zeichen zu verstehen, dass wir geschlossen hatten, und er zuckte bedauernd die Schultern. Ich fand es auch schade, aber mit verheulten Augen verkaufte ich keine Schokolade. Wozu auch.

Der Mann eilte über den Platz ins *Fiurelli*. Da wollte ich auch hin, holte nur noch meine Jacke. Auf einmal hämmerte Stella an die Ladentür. Ich öffnete sofort.

»Wie lange bekommen wir denn noch Lohn? Wir haben doch Kündigungsfristen! Herlind will am Montag Urlaub nehmen. Ich auch. Wann machst du zu?«

Das letzte Wort wurde wieder von Tränen verschluckt. Sie roch nach Babyöl wie immer. Doch sie wartete keine

Antwort ab und schnappte sich Mattis' Rucksack. Mit lautem Krachen warf sie die Tür hinter sich zu.

Auf dem Weg zum Dom warteten Herlind und Mattis. Sobald die drei verschwunden waren, rannte ich über den kleinen Platz und rutschte auf dem glatten Kopfsteinpflaster aus. Ich rappelte mich mühsam auf und stolperte weiter.

Im *Fiurelli* war wenig los. Alessandro bediente gerade den Mann, der bei mir Pralinen kaufen wollte, und lächelte mir zu. Meine Knie zitterten. Erst jetzt fiel mir der Schnee auf meiner Jeans auf, und ich klopfte ihn ab. An der Theke trafen wir uns, er legte den Arm um mich und küsste mich auf die Wange.

»Hast du geweint?« Er wischte meine Tränen ab.

»Ach, ich … ich bin draußen ausgerutscht, das ist alles.« Ich versuchte zu lächeln. »Ich habe eine gute Nachricht für dich«, flüsterte ich ihm ins Ohr.

»Ja?«

»Kannst du Pause machen?« Ich deutete mit dem Kinn auf die leeren Tische.

»Komm mit!« Er zog mich in die Küche. Ich nickte Fredo zu, der gerade kräftig in einem Topf rührte, dem Duft nach wieder in seinem berühmten Fischrisotto. Am liebsten wäre ich mit Alessandro alleine gewesen, aber egal.

»Wie lange bist du eigentlich noch in Würzburg?«, fragte ich und unterdrückte das Zittern in meiner Stimme.

»Montag muss ich wieder arbeiten.« Er griff nach meiner Hand und drückte sie fest. »Fredo und ich planen gerade ein Überraschungsdessert für die Tageskarte. Mit Pralinen von dir! Wenn du einverstanden bist. Du wirst natürlich als Chocolatière genannt.«

»Oh.« Eine tolle Idee, den Absatz ein klein wenig zu steigern. Ob Paolo davon wusste? Aber es war ohnehin zu spät.

»Lea«, er zog mich an sich und küsste mich auf die Wange, »besuchst du mich in München?«

»Natürlich. Denn genau darüber wollte ich mit dir reden.«

Er blickte mich erwartungsvoll an. Mit den Tränen kämpfend nahm ich das wenige, das von meinem Mut übrig geblieben war, zusammen und antwortete: »Wir werden uns oft sehen. Ich werde die Chocolaterie schließen.«

»Du wirst was? Aufgeben?«

»Ja.« Meine Mundwinkel zitterten, gleich würde ich wieder weinen, ich spürte es.

Fredo schob einen Teller zwischen uns: eine kleine Portion Tiramisu, einen Löffel Mousse au Chocolat und daneben eine Lebkuchentrüffel. Alles wunderbar verziert.

»Und jetzt?«

»Ich nehme das Angebot von Sébastien an und arbeite für ihn. Und meine Mutter. Genau wie du.«

Ich probierte ein bisschen von dem Tiramisu, es war sehr cremig und schmeckte köstlich.

»Du willst alles aufgeben – für Anne?«

»Sie haben mir einen Job angeboten. In der Entwicklungsabteilung, den ganzen Tag Pralinen erfinden und Geschmacksnuancen testen, was für ein Traum.«

Die Mousse au Chocolat war die perfekte Ergänzung zu der Muskattrüffel, die Fredo ausgesucht hatte.

»Aber wieso wunderst du dich? Du bist doch ihr größter Fan.«

»Das stimmt.« Er guckte wie im Chase, bevor er sich endlich durchgerungen hatte, mir von seiner Arbeit zu erzählen.

»Nun rück schon raus, was ist los«, ermunterte ich ihn.

Er lächelte gequält. »Diese Geschichte mit dir. Die passt zu … Gerüchten, von denen mir Nadine vorhin erzählte. Anne … sei eine Alkoholikerin.«

»Eine Alkoholikerin?« Der Löffel fiel mir klirrend aus der Hand.

»Vielleicht hat sie deshalb das Sorgerecht nicht bekommen.«

»Du meinst, sie war mit Anfang zwanzig bereits Alkoholikerin? So ein Blödsinn!« Ich sah sie vor mir, wie sie eine weitere Flasche öffnen wollte und Sébastien sie ihr mit Gewalt wegnehmen musste. Oder der Champagner im *Blumenladen*, mitten am Tag. Aber glauben konnte ich es trotzdem nicht.

»Außerdem arbeite ich für Sébastien und nicht für sie.«

Ich merkte, wie ich wieder an einer Locke zwirbelte und konnte doch nicht aufhören.

»Ja, aber willst du wirklich die Chocolaterie so überstürzt schließen?« Er trat einen Schritt zurück.

»Du weißt doch gar nicht, wie lange ich schon finanzielle Probleme habe!«, rief ich.

Er schüttelte den Kopf. »Ich habe damals Monate gebraucht, um mich zu entscheiden. Und es war ein Fehler. Ich hätte nicht aufgeben sollen. Andere haben nach solchen Verletzungen noch viele erfolgreiche Jahre.« Er sah mich an, als wäre es das erste Mal. »Und du – an einem Tag siehst du ein Bild deiner Mutter, und am nächsten lässt du alles stehen und liegen und besuchst sie. Dann bekommst du ein Stellenangebot und entlässt ohne Vorwarnung deine Mitarbeiter.« Er schüttelte den Kopf. »Du hast mich so beeindruckt. Für deinen Traum deine Wohnung aufzugeben und in der Chocolaterie zu schlafen. Diese Leidenschaft, dieser Wille. Und jetzt soll alles umsonst gewesen sein?«

Was wollte er nur, wieso freute er sich nicht? Wollte er nicht, dass ich mit ihm zusammenarbeitete?

»Verstehst du denn nicht?«, sagte ich. »Es war alles umsonst. Ich habe kein Geld mehr, und ich kann mir keines mehr leihen. Ich habe einfach kein Talent fürs Geschäftliche. Also wozu lange jammern. Wenn etwas vorbei ist, kommt etwas Neues.«

»Vielleicht hat sich deine Mutter damals auch so entschieden. Dein Vater trennte sich von ihr, sie zog aus und führte ein neues Leben, ein anderes, ohne einen Blick zurückzuwerfen. Ohne zu jammern.«

Wie konnte er nur? Ich griff zum Dessertteller und schmiss ihn laut klirrend auf den Boden.

»Na, dann werde ich dir wohl besser auch nicht hinterherjammern, oder?«

25

Wütend schlug ich die Tür der Chocolaterie hinter mir zu. Mein Nachmieter tanzte über mir Tango, die zerknitterten Aufstellungen von Haben und Soll lagen vor der Theke. Ich trampelte mit den Schuhen, die voller Schnee, Salz und Splitt waren, auf ihnen herum, bis ich am ganzen Körper zitterte. Ich schaffte es gerade noch bis zum Sofa, als ein Schluchzen in meiner Kehle aufstieg, wie ich es noch nie gehört hatte. Ich weinte, schluchzte, schrie, und nachdem keine Tränen mehr übrig waren, schlief ich erschöpft ein.

In der Nacht erwachte ich frierend. Alles war nass, teils von den Tränen, teils durch meine Schuhe. Zitternd streifte ich sie ab, meine Füße waren eiskalt. Mit den Zähnen klappernd rubbelte ich sie trocken und schlüpfte in den Schlafsack, aber es nutzte nichts. Mir war immer noch kalt. Und mein Magen knurrte. Den ganzen Tag hatte ich nichts gegessen bis auf ein Müsli. Meine Tasche mit den frischen Sachen lag im Lager, schnell holte ich sie, streifte die Socken über die kalten Füße und zog die Joggingschuhe an. Und jetzt einen heißen Tee.

Der Schokoladengeruch in der Küche war unglaublich intensiv. Sofort spürte ich, dass Riechen heute nicht reichen würde. Ich musste zum letzten Mittel greifen.

Bereits im Laden steckte ich mir eine Buttertrüffel in den Mund, ließ sie langsam zergehen, atmete auf. Ich füllte Kirschwassertrüffeln, Lebkuchen-Marzipan- und Mousse-au-Chocolat-Pralinen in eine Schale. Ein paar herbe Trüffeln brauchte ich auch noch, eine sofort.

Zögernd traute ich mich, aus dem Fenster zu sehen. Der kleine Platz war verlassen, im *Fiurelli* brannte kein Licht mehr.

Durch die Schokolade wurde mir wärmer. Früher hätte ich mich mit dem Foto meiner Eltern getröstet. Aber ich brauchte keines mehr.

Zwei Uhr zeigte mein Handy an, viel später, als ich gedacht hatte. »Wenn du wach bist, ruf mich bitte an«, simste ich Anne, schluckte die letzten Schokoladenreste hinunter und atmete tief durch. Es war ein ungewohntes Gefühl, meine Mutter anrufen zu können, wenn es mir schlecht ging. Mir einen Rat oder Trost zu erhoffen. Ich wusste nicht, was mich erwartete, oder was ich erwarten durfte.

Stella klagte stets, dass ihre Mutter kontrollieren würde, ob die Fenster geputzt oder Staub gewischt sei. Neles Mutter jammerte, weil sie noch keine Enkel hatte. Meine Oma hatte früher immer allen in der Nachbarschaft geholfen, aber mit meinen Sorgen war ich doch selten zu ihr gegangen.

Und Anne? Wie würde sie sein – als Mutter? Eine, die meine Kleidung kontrollierte? Die anspruchsvoll war? War sie die gute Seele des Betriebs? Wohl eher nicht. Sie war eine taffe Geschäftsfrau, sie konnte sich garantiert durchsetzen und, ohne mit der Wimper zu zucken, Leute entlassen. Sie war eine Frau, die Alessandro bewunderte und von der es hieß, sie sei eine Alkoholikerin. Aber könnte sie dann erfolgreich *Le Maître* leiten? Nein, das war Unsinn.

Das Zittern ließ langsam nach, und ich stellte mir vor, in Sébastiens Experimentierstube neue Trüffeln zu erfinden. Den ganzen Tag nichts anderes als Schokolade schmelzen, Variationen testen und zauberhaft verzieren. Und ich würde an einem Wettbewerb wie der *Spirit of Chocolate* teilnehmen.

Da klingelte mein Handy. Anne. Als ich zu reden begann, kamen wieder Tränen. Mühsam schluckte ich sie hinunter, entschuldigte mich über die späte Störung, hörte jedoch, dass sie noch nicht geschlafen hatte.

»Sag Sébastien, dass ich sein Angebot annehme.«

»Oh, du kommst zu uns!«, rief Anne, und Sébastien murmelte verschlafen irgendetwas im Hintergrund.

»Die Chocolaterie ist Geschichte. Es ist aussichtslos, die Schulden sind so hoch und die Einnahmen viel zu gering. Und die Bank hat einen neuen Kredit abgelehnt. Ich habe es heute meinen Mitarbeiterinnen gesagt, es war schrecklich.« Ich schluchzte erneut auf. »Ich bin eine Versagerin.«

»Nein, das bist du nicht.«

Wieder Gemurmel von Sébastien.

»Sébastien freut sich, soll ich dir sagen. Und, Lea: Für das Insolvenzverfahren brauchst du einen guten Anwalt, und die Kanzlei, mit der ich zusammenarbeite, ist die beste.«

Ich musste schlucken. Anwälte und Insolvenzverfahren – das klang so endgültig. Sich zu entscheiden war die eine Seite. Etwas anderes war es, das Ganze dann auch durchzuziehen, und das nachts um drei.

»Komm morgen zu uns, krieg einen klaren Kopf und triff dich am Montag mit dem Anwalt.«

»Und da ist noch etwas …« Ich wollte mit ihr über Alessandro reden. Aber wie sollte ich ihr erklären, wie er mich verletzt hatte, ohne sie zu verletzen? Es waren Gerüchte, nichts als Gerüchte.

»Ach, nichts. Nach München zu fahren ist eine gute Idee, ich muss hier raus. Vielen Dank für eure Hilfe, Anne.«

So kam es, dass ich am nächsten Morgen meine Geschäftsunterlagen einpackte, Geld aus der Kasse nahm und es auf einem Zettel vermerkte. An die Tür hängte ich ein Schild *Vorübergehend geschlossen*. Zweimal überprüfte ich, ob ich abgeschlossen hatte.

Der Zug war leer und schaukelte mich in einen unruhigen Schlaf. Immer wieder schreckte ich auf, sah die weinende Stella vor mir, Herlind, wie sie enttäuscht die Lippen zusammenkniff. Dann träumte ich von Alessandro, wie er Anne küsste und mir zurief, ich sei eine Versagerin.

Ich drehte mich hin und her, fror, obwohl ich meine dicke Jacke nicht ausgezogen hatte, und fühlte mich so schlapp, als hätte ich einen Marathonlauf hinter mir.

Erst kurz nach Ingolstadt wurde ich wach. Ich streckte mich, kaufte einen Kaffee und fühlte mich fast ein wenig erleichtert, weil ich endlich eine Entscheidung getroffen und das Grübeln ein Ende hatte. Ich war aufgeregt, weil etwas Neues beginnen würde.

Der Schnee hatte ganz Bayern in eine Winterlandschaft verwandelt. Kinder fuhren Schlitten. Ich musste an Mattis mit seinen Windpocken im Gesicht denken, und meine Aufbruchsgefühle verflüchtigten sich. Wegen mir würde er kein Playmobilschiff zu Weihnachten bekommen.

Ich hatte alles falsch angepackt und war viel zu blauäugig gewesen. Zu hohe Ausgaben, zu geringe Einnahmen, vom ersten Tag an. Und ich hatte immer gehofft, es würde besser werden. Ich war einfach so überzeugt von meiner Schokolade, den Trüffeln und Pralinen gewesen, dass ich mir gar nichts anderes vorstellen konnte, als dass die Kunden sie mir aus den Händen reißen würden.

Jetzt musste ich Kündigungen schreiben, Arbeitszeugnisse, musste alles verkaufen. Ob Stella jemals wieder mit mir reden würde? Und was Nele und Paula sagen würden? Beide hatten immer meinen Mut bewundert und selber damit geliebäugelt, ein eigenes Geschäft aufzumachen. Neles Traum war ein Cupcake-Laden.

Vor einer Woche war ich bei der *Spirit of Chocolate* gewesen. Hatte Manon kennengelernt und Sébastien. Und Anne gefunden.

Eine Woche war das erst her. Wahnsinn. In dieser einen Woche war so viel passiert. Ich war in die Chocolaterie umgezogen, hatte den Kuss meines Lebens bekommen, mich verliebt und wieder zerstritten.

Ich seufzte und schloss die Augen. Es tat so weh, an Alessandro zu denken. Heute war sein letzter Tag in

Würzburg, wir würden in Zukunft im selben Betrieb arbeiten. Wenn ich nur wüsste, ob ich mich nach ihm sehnte oder froh war, ihn los zu sein. Sobald ich an ihn dachte, war ich einfach nur wütend. Der Gedanke an die Gerüchte über Anne saß wie ein Stachel in mir, der sich jetzt am Morgen, halbwegs wach, immer tiefer bohrte. Alessandro hätte mir das nicht erzählen sollen. Er war ein Idiot. Ein gefühlloser Idiot, mit dem ich nie mehr reden würde.

26

Sébastien Malineau wartete am Bahnsteig direkt unter einer riesigen Reklame für Supermarktschokolade und lächelte mich an. Er umarmte mich und nahm mir meine Tasche ab. Auf dem Weg mussten wir an einem Süßwarenstand vorbei, der nicht nur Lebkuchenherzen, sondern auch Pralinen verkaufte. Als Sébastien ihn neugierig musterte, kicherte die Verkäuferin. Erst jetzt fiel mir auf, dass die anderen Reisenden ihn anstarrten, er das aber gar nicht zu beachten schien. Es wirkte befremdlich, und mir war augenblicklich klar, dass ich auf keinen Fall Teil seiner Promiszene werden wollte.

Sein Wagen stand vor dem Bahnhof im Halteverbot. Auf dem Rücksitz fiel mir die Papiertüte einer Konditorei auf. Schnell linste ich hinein: Petit Four, kleine Tortenstücke mit den ausgefallensten Verzierungen.

»Man muss seine Konkurrenz kennen, oder?« Er lächelte verschmitzt.

Irgendjemand im Haus stritt sich sehr laut. Je höher wir die Treppe erklommen, desto lauter wurde es. Und am lautesten war es – vor der Wohnung. Wir schauten uns fragend an, und Sébastien schloss auf.

»Du bist so ein verlogenes Miststück!«

Es klang wie Manon. Ich zog die nassen Schuhe aus

und öffnete die Tür zum Wohnzimmer. Und da standen Anne und Manon wie zwei Preisboxer in der Mitte des Raumes. Manon, noch im Mantel und mit geröteten Wangen, und meine Mutter mit abschätzigem Blick.

»Mesdames!«, rief Sébastien und eilte auf Manon zu. Er begrüßte sie mit zwei Küsschen, nahm ihr den Mantel ab und fragte sie, ob sie etwas trinken wolle.

»Wenigstens einer, der weiß, wie man Gäste behandelt«, sagte Manon und zupfte ihr dunkles Kostüm zurecht. Offensichtlich war sie zu einem Geschäftstermin in München. Anne trug einen Wollpullover und eine Hose mit Chanel-Logo. Ich umarmte sie, spürte, dass sie am ganzen Körper zitterte, und hielt sie lange fest.

Dann küsste ich Manon auf beide Wangen und wollte mich setzen. Sie aber hielt mich davon ab und zog mich zu sich, sodass wir dicht vor Anne standen.

»Wie konntest du nur ein so kleines und verängstigtes Mädchen alleine lassen?« Manon versuchte, mich nach vorne zu schieben, als wäre ich immer noch das kleine Mädchen und keine zweiunddreißig Jahre alt. Ich schüttelte ihre Hand ab und setzte mich.

Manon stemmte die Hände in die Hüften. »Es hat mir damals das Herz gebrochen, wie sie am Grab ihres Vaters stand. Und wer fehlte und kümmerte sich nicht um sie?«

Meine Mutter zog die Augenbrauen hoch. »Du wirst es nicht wissen, aber mir wurde verboten, mich um meine Tochter zu kümmern.«

»Verboten?«, fragte Manon mit hochgezogenen Augenbrauen.

»Von den Winters.«

»Du bist ihre Mutter! Dir konnten sie gar nichts verbieten. Wie du die Geschichte doch immer so zurechtbiegst, damit du gut dabei wegkommst. Aber darin warst du schon immer eine Meisterin!« Manon klang gehässig, ich erkannte sie nicht wieder.

»Mesdames«, bemühte Sébastien sich, sie zu beschwichtigen, »jetzt setzen wir uns, probieren diese meisterlichen kleinen Törtchen und trinken Tee. Der beruhigt.«

Er entzündete Kerzen und legte Musik auf, die mich an Stellas Entspannungs-CDs erinnerte. Meine Mutter setzte sich neben mich, Manon auf den Sessel gegenüber.

»Was machst du hier?«, fragte ich Manon. Es klang unhöflicher als beabsichtigt, und ich hoffte, mein Lächeln würde es wieder wettmachen.

»Oh, Lea, ich habe es zu Hause nicht mehr ausgehalten. Ich musste Anne sehen!«

Jetzt war es meine Mutter, die den Arm um mich legte. »Dann kannst du wieder gehen. Wie ich aussehe, weißt du ja jetzt.«

»Das stimmt. Für eine Drogenabhängige siehst du ziemlich gut aus.« Manon nahm von Sébastien die angebotene Teetasse entgegen.

»Drogenabhängige?«, riefen wir drei wie aus einem Munde.

»Aufputschmittel. Kokain oder so.« Manon verhehlte den Triumph in ihrer Stimme nicht, während sie scheinbar unbeeindruckt in ihrer Tasse herumrührte.

Ich wusste überhaupt nicht mehr, wem ich glauben sollte. Alkohol, Drogen, was wurde Anne denn noch alles angehängt?

»Lea, ich habe sie damals gesucht. Für dich! Ihr Vater rückte nicht mit der Sprache raus. Ich habe sie dann in einer Entzugsklinik gefunden. Er hatte schnell verstanden, wie sie es geschafft hatte, nachts in Frankfurts Discos zu tanzen, dann eine Stunde durch den Spessart nach Hause zu fahren und die brave Mutter zu spielen.«

Anne stieß die Tasse weg, die Sébastien ihr gerade anbot, sodass der Tee auf die Untertasse schwappte.

»Spiel dich nicht als Anklägerin auf, du bist doch an allem schuld!«, rief meine Mutter. »Markus schwärmte immer von der lebenslangen Monogamie der Schwäne, aber dann war er genauso wie alle anderen. Er hat mich betrogen! Mit dir! Du Miststück!«

»Anne!«, mahnte Sébastien.

Erst jetzt fiel mir auf, wie sehr Manon von Markus geschwärmt hatte. In Nürnberg hatte ich nur auf die Fakten geachtet. Jetzt erinnerte ich mich an die Art, wie sie über ihn gesprochen hatte: bewundernd und voller Trauer.

Hatte sie ihn geliebt?

»Markus war dir immer treu!«, rief Manon und sprang auf. »Wir waren nur Freunde! Ich bin …«

»Wer's glaubt!«, unterbrach Anne sie und schlug betont lässig die Beine übereinander. »Übrigens, zu deinen lächerlichen Ideen über meinen angeblichen Drogenmissbrauch: Ich brauche wenig Schlaf, vier oder fünf Stunden reichen mir völlig! Schlafen ist was für Schwächlinge.«

»Nun lasst uns doch erst mal Tee trinken und dann in Ruhe weiterreden«, sagte Sébastien und biss demonstrativ in ein rosafarbenes Gebäckstück mit roten Ornamenten.

Manon setzte sich und nippte an ihrem Tee.

»Misch dich nicht ein, Sébastien. Du hast Markus doch nicht leiden können«, zischte meine Mutter.

»Da ging es um Schokolade und nicht um Gefühle.«

»Ach, immer dieses Getue, als ob Schokolade so etwas Besonderes wäre. Mit der richtigen Strategie könnte man auch eine TV-Show rund ums Toilettenpapier machen, glaube mir!«

Ich atmete tief durch und nahm ebenfalls ein Törtchen.

»Du warst auf der Beerdigung?«, fragte ich Manon und biss ein kleines Stück ab. Der kunterbunte Zuckerguss war zu dick, der Kuchen trocken, die Creme fad, und ich ließ den Rest liegen.

»Natürlich! Was denkst du denn von mir. Wie ein Mensch stirbt, hat nichts damit zu tun, ob man ihm seine letzte Ehre erweist.« Sie setzte sich entrüstet auf. »Markus war ein gebrochener Mann, nachdem sie ihn verlassen hatte.«

»Ich dachte …«, sagte ich, aber Anne fuhr sofort dazwischen: »Das stimmt nicht! Er hat mich rausgeworfen!«

»Da hat er aber was ganz anderes erzählt.«

Und die beiden schrien sich schon wieder an.

»Jetzt mal ganz ruhig«, rief ich mehrmals, aber sie beachteten mich nicht.

»Ist das nach so langer Zeit noch wichtig?«, fragte Sébastien. »Ändern kann man sowieso nichts mehr.«

»Ich habe Markus geliebt«, rief Anne, »wirklich geliebt. Und sie hat ihn mir weggenommen. So ein Schmerz vergeht nie. Und als er starb – da brach alles in mir zusammen. Ich war krank, das stimmt. An meiner Seele. Jahrelang. Dich zu versorgen, Lea, dich zu lieben und zu beschützen, das hätte ich nicht gekonnt. Und sie ist daran schuld!«

»Was für eine Schauspielerin«, murmelte Manon und stand auf. »Sébastien, danke für den Tee, aber ich sollte gehen. Mir glaubt hier sowieso keiner.«

27

Die Tür fiel ins Schloss, und außer ihrem Maiglöckchenduft blieben von Manon nur ihre Vorwürfe zurück.

»Musstest du ihr auch noch den Mantel hinterhertragen?«, keifte Anne.

»Erklär du mir lieber, was damals wirklich passiert ist«, sagte Sébastien und blieb an der Theke zwischen Küche und Wohnzimmer stehen.

»Markus hat mich mit ihr betrogen, und dann hat er mich rausgeworfen«, antwortete sie und spielte wieder mit dem Medaillon an ihrer Kette. »Ich hatte einen Nervenzusammenbruch. Und im Sanatorium wurden auch Drogenabhängige behandelt. Mir so etwas zu unterstellen ist eine Frechheit!« Bei den letzten Worten hob sie triumphierend ihr Kinn.

»Ich verstehe Manon nicht«, sagte ich. »Was sollte das eben?«

»Ach, eigentlich könnte sie einem leidtun«, sagte Anne, »sie hat weder Mann noch Kind oder eine große Karriere, nur Falten, und die nicht zu knapp. Und den ganzen Frust hat sie jetzt in diese Lügengeschichte gesteckt.«

»Wenn sie Papa geliebt hat, müsste sie dann nicht ein schlechtes Gewissen haben, weil sie eure Ehe zerstört hatte? Was wollte sie hier?«

»Es ging ihr hauptsächlich um dich, Lea!«, sagte Sébastien.

Meine Mutter hatte das Schwanenmedaillon in den Mund gesteckt, ließ es aber los, als sie merkte, dass ich sie beobachtete.

»Warum hast du mich nicht mitgenommen?«, fragte ich.

»Mitgenommen?« Wieder ergriff sie die Kette.

»Normalerweise nehmen Mütter ihre Kinder doch mit. Egal, wohin.« Ich stand auf und lief durchs Zimmer.

»Markus wollte, dass du bei ihm bleibst.«

An die Zeit, als sie weg war und mein Vater noch lebte, konnte ich mich nicht erinnern. Manchmal glaubte ich, ihn weinen gesehen zu haben. Aber dann verschwand das Bild wieder.

»Und als er dann starb, ließen Winters mich nicht mehr zu dir«, sagte sie aufgebracht. »Wer weiß, was sie dir alles über mich erzählt haben. Nie meldeten sie sich oder schickten Fotos. Je länger es dauerte … desto unerträglicher wurde der Schmerz. Dir zuliebe habe ich auf dich verzichtet. Weil es für dich das Beste war. Du kanntest mich doch gar nicht mehr. Und, wer weiß, vielleicht – hättest du mich gehasst, auch wenn ich gar nichts für all das konnte. Und das hätte ich nicht ertragen.«

Tränen schimmerten in ihren Augen. Sie schlug die Hände vors Gesicht und schluchzte auf. Ich schaute zu Sébastien, der immer noch abwartend dastand. Dann legte ich die Arme um sie und drückte sie an mich.

»Ich habe dich vermisst«, flüsterte ich, »jeden Tag

meines Lebens. Ich dachte, du würdest mich nicht mögen, hättest mich schon lange vergessen.«

»Wie sollte ich mein Kind vergessen? Das geht doch gar nicht«, sagte sie leise, »und man hört nie auf, es zu lieben.«

Sie hatte es gesagt. Sie liebte mich. Mein Verstand zuckte zurück, mahnte zur Vorsicht, glaubte ihr nicht. Aber meine Gefühle sprachen eine andere Sprache.

Als Anne sich einigermaßen beruhigt hatte, kochte Sébastien frischen Tee, und ich erzählte von den letzten Wochen, den Problemen mit meiner Vermieterin, der Kündigung, den Übernachtungen im Büro, dem vergeblichen Bemühen um einen Kredit. Sie sagten nicht viel dazu, meinten, alles werde sich finden.

Um Missverständnissen vorzubeugen, gab ich zu, dass ich einen meiner zukünftigen Kollegen bereits kennen würde.

»Alessandro Fiurelli. Sein Vater besitzt das italienische Restaurant gegenüber meiner Chocolaterie.«

Anne nickte. »Einer unserer Designer.«

»Ich habe ihn schon lange nicht mehr gesehen«, sagte Sebastien. »Was macht der eigentlich die ganze Zeit?«

Anne schüttelte leicht den Kopf, sodass nur ich es sehen konnte. Dabei hatte Alessandro sehr genau betont, dass Sébastien nichts von dem Relaunch in Grün ahnte, und ich würde es ihm ganz bestimmt nicht verraten.

»Seine Mutter ist krank. Er war die letzten Wochen in Würzburg, um die Familie zu unterstützen«, antwortete ich daher.

»Ein netter Kerl«, sagte Sébastien.

Mehr brauchten sie nicht zu wissen.

Danach planten die beiden den abendlichen Restaurantbesuch. Ich war immer noch aufgewühlt, und am liebsten wäre ich laufen gegangen. Doch als ich im Bad die Wanne erblickte, wusste ich, was jetzt das Richtige für mich war.

Auf dem Fensterbrett standen einige Flaschen mit Badezusätzen. Ein Chanel-N°-5-Schaumbad, eine Flasche mit einem Lavendelölbad. Das Verbenen-Badesalz gefiel mir am besten.

Während das Wasser einlief, verbreitete sich schnell der Zitronenduft. Ich legte die Finger auf die türkis- und goldfarbenen Mosaiksteine, die zwischen den weißen Kacheln glitzerten. Jeder fühlte sich anders an, teils glatt, teils rau, als wären sie handgearbeitet.

Im warmen Wasser entspannte sich mein Körper. Müde schloss ich die Augen und dachte nach. Ein Mosaikstein kam zum anderen, und langsam war das Bild zu erkennen. Mein Vater hatte meine Mutter aus dem Haus geworfen und sich um mich gekümmert. Er wollte das so. Nur dass dieser betrunkene Autofahrer im Spessart dazwischenkam und meine Großeltern mich bei sich aufnahmen. Als Ersatz, schoss es mir durch den Kopf. Meine Mutter fügte sich in ihr Schicksal und begann ein neues Leben.

Als Kind hatte ich gedacht, ich sei schuld an allem. Ich hätte irgendetwas falsch gemacht. Anne enttäuscht. Und dass deshalb nie eine Postkarte von ihr kam, zu Weihnachten, zum Geburtstag, kein Besuch, nichts. Wenn ich nicht gehorchte, sagte mein Opa oft: »Wenn du brav bist, kommt die Mama und holt dich.«

Und ich hatte mir vorgenommen, mich zu bessern. In der Schule nicht zu träumen, der Oma beim Putzen zu helfen, dem Opa im Schrebergarten. Strebte nach etwas, das nicht eintrat. Die Belohnung für die nach Farben sortierten Socken und die Hände voller Dornen vom Distelnausrupfen. Festzustellen, dass meine Großeltern für alles verantwortlich waren, daran hatte ich zu knabbern. Ich musste mit Oma sprechen. Immer war da diese Hoffnung auf ein Wiedersehen mit meiner Mutter gewesen, und sie hatte es verhindert.

Meine Brust fühlte sich an, als würde dort ein harter Klumpen stecken, sobald ich daran dachte. Ich ließ mich tiefer ins Wasser gleiten, bis mein Kopf versank, die Geräusche dumpf wurden, die Gerüche verschwanden.

Aber all die Wärme um mich herum löste den harten Klumpen nicht auf.

28

»Alles wird gut«, sagte Sébastien am nächsten Morgen auf dem Weg zum Anwalt. Konnte einer international tätigen Wirtschaftskanzlei meine kleine Chocolaterie wichtig sein? *Law firm* stand auf dem goldenen Schild. Die Büroräume, in denen die Kanzlei residierte, waren noch beeindruckender als die in *The Seven*.

Als ich der Fachanwältin für Insolvenzrecht meine Unterlagen übergab, fühlte es sich an, als ob ich einem Arzt mein sterbendes Baby überreichen würde. Ihr dunkler Hosenanzug wirkte wie ein Arztkittel, ihr Kugelschreiber, mit dem sie sich ständig Notizen machte, wie ein Stethoskop und das Lächeln wie ein Placebo.

Ich wusste, es war alles vergebens, und hoffte auf ein würdevolles Ende meiner Chocolaterie.

Oder ein Wunder.

Wieder auf der Straße ging es mir eigenartigerweise besser. Das Übertragen der Verantwortung an jemand anderen, und sei es nur für kurze Zeit, befreite mich von einem Teil meiner Sorgen. Ein Lächeln schlich sich auf mein Gesicht. Beschwingt verzichtete ich auf die U-Bahn und lief durch die vor Kälte erstarrte Stadt. Die Gullis dampften, Tauben kuschelten sich dick aufgeplustert aneinander, und die frische Luft roch nach Frost.

Einfach mal alles vergessen, das war es, was ich brauchte. Und dazu verhalf mir doch immer eine mehrstündige Schokoladenorgie. Zurück im *Le Maître* spähte ich durch das kleine Fenster in der Tür der Experimentierstube. Keiner da, mit dem ich mich gemeinsam austoben konnte. Sébastien hatte eine wichtige Besprechung wegen seiner Expansion nach Dubai und wollte sich danach um mich kümmern. Und alleine konnte ich auf keinen Fall da rein, es war schließlich sein Allerheiligstes.

In der gläsernen Werkstatt füllte Nesrin wieder Mandelganache in die Trüffeln. Sie fragte, ob ich helfen wolle, aber das war nicht das, was mir vorgeschwebt hatte.

Sie zeigte mir ihre Vorräte, und ich wählte eine Schokolade aus, deren Geschmack dunkel und geheimnisvoll war wie die Vergangenheit meiner Mutter. Die Sahne verstärkte das Aroma, und ich fügte nichts mehr hinzu außer einem Spritzer Wodka.

Dann schuf ich eine weiße Ganache, süß und prall wie das Leben, das noch vor uns lag. Das Vanillearoma der weißen Schokolade verfeinerte ich mit einigen Tropfen Rosenöl. Ich ließ die Füllungen leicht fest werden, dann spritzte ich sie gleichzeitig in eine ovale Halbkugel. Wie beim Yin-und-Yang-Zeichen würde ich später noch kleine Punkte in der entgegengesetzten Farbe darauf tupfen.

Das vielfältige Aroma der Schokolade beruhigte meine Nerven, und meine Sorgen verschwanden im Duft von Kakao. Alles würde sich entwickeln, so wie die Pralinen vor mir auf dem Tisch. Ich füllte eine Kugel nach der anderen und verlor mich darin.

Ich schreckte hoch. Nesrin hatte mir auf die Schulter getippt und fragte jetzt, ob ich Lust hätte, mit ihr etwas essen zu gehen. Da erst merkte ich, wie die Zeit vergangen war. Die Pralinen mussten fest werden, bevor ich sie weiterverarbeiten konnte. Eine Pause kam genau richtig.

Unterwegs erzählte sie vom alten *Le Maître*, einem kleinen Laden in der Kaufingerstraße. Oft hätten die Kunden auf der Straße Schlange gestanden. Und obwohl es jetzt viel größer und luxuriöser sei, gebe es einige aus der alten Belegschaft, die dem plüschigen Café und den verkratzten Glasvitrinen nachtrauerten. Aber ihr würde es in der neuen Werkstatt viel besser gefallen als in der alten.

Sie schlug eine Sushi-Bar vor, in der riesige Fotos japanischer Landschaften die Wände schmückten. Durch eine Glaswand konnte man den Köchen bei der Zubereitung der Sushis zusehen. Wir reihten uns vor dem Mitnahmetresen ein. Im Hintergrund lief das Radio, der Wetterbericht kündigte weiteren Schnee an und meldete Staus auf dem Mittleren Ring. Dann erklangen Gitarren, und ein Mann sang »Monday, Monday«, es klang nach Sonne und San Francisco, und Nesrin summte leise mit.

Mit einem Mal stieg mir ein Geruch in die Nase, der nicht zu Fisch und Reis passte.

Orange und Basilikum und ein kleiner Hauch Koriander.

»Monday, Monday, so good to me«, sang Nesrin.

Was so ein Duft doch alles auslösen konnte. Da wirkte jeder Mann wie Alessandro. Jeder große Mann mit breiten Schultern in einer dunkelbraunen Lederjacke.

Jeder Mann mit breiten Schultern in einer dunkelbraunen Lederjacke, der sich gerade zur Seite drehte und nicht nur Alessandro ähnlich sah – sondern leibhaftig vor mir in der Schlange stand.

Ich hielt die Luft an.

Er lächelte eine blonde Frau an. Mit diesem Lächeln, bei dem sich seine stets zusammengezogenen Augenbrauen entspannten. Ich konnte nur ihr Profil erkennen, rosafarbenen Lippenstift, eine kleine Stupsnase. Nadine? Nein, eine andere. Sie küsste ihn auf die Wange, und mir blieb fast das Herz stehen.

Als er sich in meine Richtung umwandte, hockte ich mich schnell hin und tat so, als müsste ich meine Schuhe zubinden. Dabei hatten sie Klettverschlüsse.

So viel dazu, dass er sich für niemand anderen als für mich interessieren würde. War ich für ihn bereits Geschichte, versunken in den Tiefen des Mains?

»Monday, Monday, can't trust that day«, sang schmelzend die Männerstimme.

Jetzt traf mich sein fragender Blick. Panik überkam mich, ich vergaß alles andere – Nesrin, die Sushi-Bar – und rannte an Häusern und Straßen entlang. Erst als ich zur Isar gelangte und es nicht mehr weiterging, blieb ich stehen. Sie hatte eine andere Farbe als der Main, grünstichiger. Keine Schiffe. Am Ufer wuchsen Weiden, ihre Äste hingen fast bis ins Wasser.

Wieso war ich weggelaufen? Er war es doch, der meine Entscheidungen nicht akzeptieren wollte. Okay, ich hatte ihm einen Teller vor die Füße geworfen. Aber war das ein Grund, sich vor ihm zu verstecken?

Nein. Ich würde ihn in Zukunft jeden Tag sehen, ich sollte mich daran gewöhnen.

Ein Schwan schwamm unter den Ästen hervor.

Verfolgten sie mich? Wieso waren auf einmal überall Schwäne?

Noch immer hatte ich dieses Lied im Ohr, dieses »Can't trust that day«, es kam mir bekannt vor, aber ich wollte keine weiteren Erinnerungen. Ich wollte diejenige sein, mit der Alessandro in der Schlange stand, diejenige, die er so eindringlich ansah. Die ihn küsste.

Wenn er nur nicht so ein Idiot wäre.

Es dauerte, bis ich *The Seven* wiederfand. Trotz seiner Größe. Nesrin steckte bereits wieder ihre Haare unter die Haube, als ich in der gläsernen Werkstatt ankam.

»Tut mir leid«, sagte ich, »es war nur … da war …«

»Alessandro?«, fragte Nesrin und lächelte mich verständnisvoll an.

Ich nickte und versuchte zu grinsen.

»Sein Vater hat ein Restaurant gegenüber meiner Chocolaterie. Wir sind ein paarmal miteinander ausgegangen. Ich habe mich einfach nur erschrocken.«

Nesrin zog sich ihre Schürze an, und ich half, sie zuzubinden.

»Das war Julia aus der Finanzabteilung«, sagte sie. »Sie probiert schon seit dem ersten Tag, ihn rumzukriegen. Bis jetzt erfolglos.«

Aber es hatte nicht so ausgesehen, als ob es so bleiben würde. Oder war es wie im Restaurant nur wieder ein bedeutungsloser Flirt gewesen?

Vor mir lagen die Pralinen. Schwarz und weiß, so wie Alessandros Haare und die blonden Haare dieser Julia.

Nesrin wusch sich die Hände und wies mit dem Kopf nach hinten. »Ich hab dir Sushi mitgebracht.«

»Danke.« Der Appetit war mir vergangen.

»Sébastien möchte immer, dass jeder neue Mitarbeiter ein Praktikum hier unten macht.« Nesrin band sich ihre Schürze um. »Um den Unterschied zwischen Pralinen und Trüffeln zu kennen und sämtliche Fachausdrücke zu verstehen. Alessandro war einer der wenigen, die nicht nur am Naschen interessiert waren.«

Daher hatte er also sein Wissen, mit dem er mich so beeindruckt hatte. Von Nesrin.

»Wundert mich gar nicht, dass er mit der Gastronomie Erfahrung hat.« Nesrin schaltete das Licht der gläsernen Werkstatt ein. »Deine Mutter rief übrigens an, sie erwartet dich.«

Vielleicht hatte die Anwältin sich bereits bei Anne gemeldet. Aber ich wusste, dass die Chocolaterie nicht zu retten war. Ich hatte zu viele Fehler gemacht.

Nadine trug heute kein Rosa, sondern Dunkelblau, ein Parfüm mit ausgeprägter Jasmin-Note und sprach konzentriert in ihr Headset. Hörte sich wie Spanisch an. Leise ging ich an ihr vorbei und wollte an Annes Tür klopfen, als Nadine den Finger hob und mir bedeutete zu warten.

Ich setzte mich auf das helle Ledersofa. Julia hieß sie also, dieses Fotomodell mit den geröteten Wangen und dem Porzellanteint und einem dicken grauen Strickschal um den Hals. Wie diese Julia sich im Gedränge an Alessandro gelehnt hatte.

»Frau Müller telefoniert gerade«, riss Nadine mich aus meinen trüben Gedanken. Stöhnend legte sie die Füße auf ein Bänkchen. Mir fiel auf, dass sie Gesundheitslatschen trug und ihre Knöchel sehr dick waren.

»Wann ist es denn so weit?«, fragte ich, obwohl ich bestimmt schon letzte Woche danach gefragt hatte.

»Termin ist am siebten Februar«, antwortete sie, »aber ich fühle mich, als ob es morgen bereits losgehen würde.«

Ich grinste unbeholfen. Mit Schwangerschaften kannte ich mich überhaupt nicht aus. Sie stibitzte sich eine der Pralinen, die zum Probieren auf der Theke standen, und brummte wohlig.

»Haben Sie nicht frei vor der Geburt?«, fragte ich neugierig.

»Mutterschutz beginnt sechs Wochen vor dem Termin, also am sechsundzwanzigsten Dezember. Ich habe noch Urlaub und werde Mitte Dezember aufhören. Das reicht.« Sie stopfte sich die restliche Praline in den Mund.

»Sie können jetzt reingehen, Anne hat aufgelegt.«

Ich stand auf, zog meinen Pulli zurecht, damit er etwas ordentlicher aussah.

»Gehen Sie, Ihre Mutter wartet nicht gerne.«

Der Hosenanzug meiner Mutter besaß ein ähnliches Grau wie der Strickschal von Alessandros Blondine, so eine Art Anthrazit, und sie trug schwindelerregend hohe Schuhe.

»Hier, das ist für dich.« Sie hob eine Mappe von einem

Stapel und drückte sie mir in die Hand. Hatte die Anwältin bereits das Insolvenzverfahren eingeleitet?

»Dein Arbeitsvertrag. Sébastien ist wirklich sehr großzügig, was das Gehalt angeht«, sagte sie lächelnd.

An meinen Arbeitsvertrag hatte ich noch gar nicht gedacht. Und über mein Gehalt hatten wir nicht gesprochen. Ich lebte wirklich in meiner eigenen Welt und dachte immer nur an Schokolade und nicht an Verträge und Zahlen und Geld. Auf dem Papier stand eine Zahl, die viel höher war, als ich jemals gedacht hatte.

»Wow«, sagte ich und musste mich setzen. Dann blätterte ich den Vertrag erneut durch, nicht dass ich irgendetwas verwechselt oder übersehen hatte. »Alles wird gut«, hatte er heute Morgen gesagt und es ehrlich gemeint. Mir fiel eine Last von den Schultern. Mit diesem Gehalt konnte ich meine Schulden bezahlen und trotzdem neu anfangen.

»Das meint ihr nicht ernst, oder?«

»Doch!« Sie strahlte. »Ach, Lea, was für ein Tag. Wie ich mich freue! Wir zwei, für immer vereint.«

Sie setzte sich neben mich, drückte mich an sich, und ich fühlte mich für einen Moment richtig glücklich.

»Dein Nachbar Alessandro ist auch wieder da!« Sie sah mich erwartungsvoll an. Hatte er ihr etwas erzählt? Konnte ich mir nicht vorstellen.

»Ist es normal, in der Schwangerschaft so dicke Knöchel zu bekommen?«, lenkte ich mit dem Erstbesten ab, das mir einfiel.

»Ach, hat Nadine dir ihr Leid geklagt? Das braucht man nicht ernst zu nehmen. Eine Schwangerschaft ist keine Krankheit. Früher haben die Frauen noch bis zum letzten Tag auf dem Feld gearbeitet!«

»Und du?«

»Ich war in der Uni. Jeden Tag, obwohl ich am Schluss ständig zum Arzt musste. Und morgen hast du Geburtstag! Wie du siehst, ich habe ihn nicht vergessen!«

Da mein Geburtstag wenige Tage vor dem Todestag meines Vaters lag, fehlte mir meistens die Lust, ihn zu feiern.

»Mein Baby wird zweiunddreißig. Ich bin eine alte Frau, Lea!« Sie fasste sich an den Hals, als ob sie ihn nach Falten abtasten wollte.

»Nie und nimmer. Deine Einundfünfzig sieht dir kein Mensch an, glaub mir!« Jedenfalls wirkte sie jünger als Herlind, und die war ein Jahr älter.

»Ich habe noch am Morgen deiner Geburt gelernt. Und nicht rumgestöhnt wie Nadine. Allenfalls darüber, dass du dir so viel Zeit gelassen hast. Termin war der 11.11. Am Rosenmontag gezeugt und am Karnevalsanfang geboren, das wäre es doch gewesen.«

»Ich kann Fasching nicht leiden«, sagte ich und grinste, »In Würzburg ist das eine große Sache – auf die fränkische Art. Groß in aller provinzieller Bescheidenheit.«

»Oh, ich liebe Karneval«, schwärmte sie. »Da haben dein Vater und ich uns kennengelernt! Wir waren unzertrennlich. Natürlich war es ein Schock, schwanger zu werden, ich war erst achtzehn. Im ersten Semester. Markus war schon fast dreißig und von Anfang an begeistert, Vater zu werden.«

Die Tür wurde schwungvoll geöffnet, und Sébastien trat ein.

»Wer wird hier Vater?«, fragte er.

»Niemand«, sagte Anne, »also, jetzt unterschreib endlich!« Sie hielt mir einen goldenen Kugelschreiber hin. »Sonst bist du nicht versichert, wenn irgendetwas passiert. Salmonellen in der Ganache oder so.«

»Was du dir alles vorstellst!«, meinte Sébastien.

Sie küsste ihn auf die Wange.

»Deine Pralinen waren eine tolle Bewerbung«, sagte Sébastien, »Diese weißen Litschi-Trüffeln! Und das Satsuma-Marzipan mit der Kokosglasur! Die müssen wir unbedingt auch anbieten.«

»Alles wird gut«, hatte er gesagt, und ich unterschrieb.

29

Sébastien zeigte mir die ganze Firma und redete ohne Unterlass über die Organisation und die verschiedenen Aufgabenbereiche. Alessandro versteckte sich hinter zwei großen Computerbildschirmen, und Julia lächelte Sébastien in der Finanzabteilung herausfordernd an. Er aber sprach von Absatzmärkten, Werbestrategien und der Steuergesetzgebung und beachtete sie nicht.

»Doch jetzt genug vom schnöden Geld«, sagte er, als wir mit dem Aufzug in sein Büro fuhren. »Jetzt trinken wir einen Kaffee, und dann kümmern wir uns um eine Hochzeitstorte, okay?«

Eine Hochzeitstorte hatte ich seit Jahren nicht mehr verziert. In meiner Chocolaterie musste ich ganz aufs Backen verzichten. Selbst wenn nur sehr wenig Mehl in die Luft gelangte, konnte es den Guss der Pralinen zerstören. Und für eine Lüftungsanlage hatte mir das Geld gefehlt.

»Gerne!«, antwortete ich.

Sein Büro lag ganz oben. Man konnte die Frauenkirche sehen, die roten Dächer der Altstadt, die schneebedeckten Berge. Sehr beeindruckend. Beim Kaffee kam er in Plauderlaune und erzählte von seinen Anfängen in Belgien.

»Und wie hast du meine Mutter kennengelernt?«,

fragte ich und probierte ein fliederfarbenes Macaron. Es war mit Blaubeercreme gefüllt und schmeckte köstlich.

»Im Flugzeug von Los Angeles nach Frankfurt. Ihr Vater war gerade gestorben, als sich Ray Miller von ihr trennte. Klein und verletzlich saß sie neben mir, die Augen hinter dunklen Brillengläsern versteckt. Ich hatte bei einem amerikanischen Wettbewerb mitgemacht und einen Publikumspreis gewonnen. Um sie aufzuheitern, erzählte ich ihr davon. Alleine über Schokolade zu reden macht die Menschen oft schon glücklich. Der Preis brachte sie auf die Idee mit den Kochshows. So fing alles an.«

Ob es ihm etwas ausmachte, dass er erst jetzt von ihrer ersten Ehe erfahren hatte? Ich betrachtete sein zerknautschtes Gesicht. Die Zeiten, in denen sein schiefes Grinsen auf mich arrogant wirkte, waren eindeutig vorbei.

Er rührte einen Löffel Zucker in seine Tasse. »In den letzten Tagen habe ich mich gefragt, ob die tollen Ideen, die Anne scheinbar spontan versprühte, eigentlich von Markus stammten. Entschuldige, ich habe es mir nicht gemerkt, aber wie lange war er da schon tot?«

»Mein Vater starb im November 1986.«

Er ließ den Blick aus dem Fenster schweifen. »1986. Fünfzehn Jahre später traf ich sie. Fünfzehn Jahre, in denen sie studierte und sich um Rockbands kümmerte. Ein ganz anderes Aufgabengebiet. Ich dachte immer, sie wäre aus Liebe zu mir aus dem Musikgeschäft ausgestiegen. Jetzt aber sieht alles anders aus.« Er drehte sich um und verschränkte die Arme vor der Brust.

»Ich weiß nicht, wie es dir geht, aber ich kann das

so schnell nicht akzeptieren. Offenheit ist für mich ein essenzieller Grundpfeiler einer Beziehung. Von mir weiß Anne alles, bis hin zum Nägelkauen in der Kindheit.«

Darüber, dass auch Sébastien sich betrogen fühlen könnte, hatte ich noch gar nicht nachgedacht.

»Sie scheint kein einfacher Mensch zu sein«, antwortete ich.

»Umso mehr erstaunt es mich, dass du so schnell zu ihr ziehst. Aber das ist wohl der Eifer der Jugend.«

»Ich bin nicht wegen Anne zurückgekommen, sondern wegen dir und der Möglichkeit, für dich zu arbeiten.« Aber natürlich spielte die Nähe zu Anne eine Rolle. So wie die Verzierung auf einer Praline.

»Ach«, er strahlte mich an. »Du schmeichelst mir altem Kerl nur.«

»Stimmt. Eigentlich will ich dich vom Sockel stoßen und selber Chefin werden«. Ich lachte, und er fiel dröhnend ein.

»Eine feindliche Übernahme?«, scherzte er. »Dann streng dich mal an!«

Sein Telefon klingelte. Er sah aufs Display und bat mich, schon in die Experimentierstube vorzugehen. Er käme gleich nach.

Dort brannte bereits Licht. Durch das kleine Fenster in der Tür konnte ich den jungen Mann mit dem Hipsterbart erkennen, der den Wettbewerb in Nürnberg gewonnen hatte.

Als ich die Tür öffnete, blickte er überrascht auf.

»Hallo, ich bin Lea Winter.« Ich nickte ihm freundlich zu.

Interessiert betrachtete ich die Pläne, die Sébastiens Assistent ausgebreitet hatte und auf denen ein Schwan abgebildet war.

»Sébastien hat mir angeboten, bei eurer Hochzeitstorte mitzumachen.« Was ich angesichts des Schwanes nicht mehr glauben wollte. Wobei – wenn ich jetzt noch an der *Schwanenpraline* teilnehmen wollte, dann im Auftrag von *Le Maître*.

»O nein, da irren Sie sich. Das ist meine Torte.« Er rollte die Pläne zusammen.

Schwungvoll öffnete sich die Tür, und Sébastien kam herein.

»Herr Kürn, haben Sie Frau Winter bereits erklärt, worum es geht?«

»Nein, und ich weiß auch gar nicht, was die hier will.«

»*Die* arbeitet seit heute für uns, und wer weiß, vielleicht hat sie genau die Idee, die uns fehlt!«

Mit verkniffenem Mund musterte Herr Kürn mich von oben bis unten.

»Sind Sie nicht die Tochter von Frau Miller? Die Chocolatière aus Würzburg?«

Ich nickte. Hier wusste anscheinend jeder, wer ich bin.

Seine Mundwinkel bewegten sich langsam nach oben.

»Katharina Wagners erste Inszenierung war in Würzburg. 2002, der *Fliegende Holländer*.«

Ich verstand gar nichts.

»Katharina Wagner«, betonte Herr Kürn, »die Urenkelin von Richard Wagner.«

»Und was hat das mit der Torte zu tun?«

»Das Brautpaar lernte sich bei einer Aufführung von Lohengrin in Bayreuth kennen.«

Jetzt fiel es mir wieder ein. Anne hatte letzte Woche etwas von einer opernmäßigen Torte erzählt, über deren Details sie mir nichts verraten wollte.

Sébastien drückte mir einen Katalog mit Hochzeitstorten in die Hand. Mehrstöckige Meisterwerke aus Sahne und Zuckerguss zierten die Seiten. Torten, die wie griechische Säulen oder Gitarren aussahen, Schokoladenskulpturen, Träume aus Beeren und Blumen.

»Die Braut wünscht sich eine Torte mit Motiven aus Lohengrin«, erklärte Herr Kürn. »Das wird eine ganz große Show!«

»Einen Schwan?« Ich konnte es immer noch nicht glauben.

»Da in der Oper der Held, ein Schwanenritter, mithilfe eines Schwans anreist, könnte es sich durchaus um einen Schwan handeln.« Der Sarkasmus war unüberhörbar.

»Bei Opern kenne ich mich nicht aus«, erwiderte ich.

»Dann müssen wir in Lohengrin gehen«, schwärmte Sébastien, »Das wird dir gefallen! Anne und ich haben eine wunderbare Inszenierung von Kent Nagano in der Bayerischen Staatsoper gesehen.«

Ich lächelte verkrampft. Wagner, das klang nach schwerer Kost. Aber wenn dort ein Schwan auftauchte, warum nicht.

»Nesrin hat mir erzählt, dass *Le Maître* beim Wettbewerb der Schwanenhotels teilnimmt?«, fragte ich.

»Selbstverständlich«, antwortete Herr Kürn und strich sich über seinen Bart. »Wie ich gehört habe, können Sie das nicht mehr. Sie haben Ihre Chocolaterie in den Ruin getrieben!«

»Also …« Ich schnappte nach Luft.

»Es reicht!«, mahnte Sébastien, bevor mir eine passende Antwort einfiel. »Wir haben eine Torte zu entwerfen.«

Kürn plusterte seine Backen auf und atmete langsam und geräuschvoll aus. Dann entrollte er die Kopie eines dickbauchigen Schwanes mit breiten, gespreizten Flügeln und einem viel zu kurzen Hals. Auf seinem Rücken stand ein Brautpaar. Alles in allem eher romantisch als naturgetreu. Nahe am Kitsch.

»Der Schwan wird einen Meter hoch«, betonte er und erklärte ausführlich, dass zwischen die Biskuitschichten verschiedene Füllungen kämen, die er noch entwerfen müsse. Für die äußere Hülle plante er Zuckerfondant. Blattgold für den Schnabel, und die Vertiefungen der Federn sollten alles abrunden.

»Aber sprach die Braut nicht von einem innovativen Entwurf?«, warf Sébastien ein. »So ähnlich wie das Bühnenbild?«

»Da ging es hauptsächlich um Ratten. Die wollen wir auf keiner Hochzeit haben, oder? Ich habe mich an einer alten Inszenierung orientiert.«

Eine Ratte als Torte wäre jedenfalls mal etwas anderes. Dieser Entwurf war langweilig und konventionell.

»Ihren Aztekenkopf bei der *Spirit of Chocolate* fand ich echt bewundernswert, Herr Kürn. Vielleicht sollte die Torte auch in diese Richtung gehen – naturalistischer. Schwäne sind so majestätische Vögel! Der lange Hals, das scheinbar bewegungslose Schweben auf dem Wasser.

Und warum nicht eine Ratte als Witz unter den Bauch des Schwans hervorgucken lassen? Wenn die Kundin sich das gewünscht hat?«

»Ah, Lea, wunderbar. Neue Ideen! Darauf habe ich gewartet.« Sébastien strahlte, aber Herrn Kürn schien das gar nicht recht zu sein. Vielleicht war es besser, wenn ich ihn nicht gleich am ersten Tag verärgerte.

»Doch ich habe keine Erfahrung bei der Entwicklung solcher Plastiken«, sagte ich daher, »ich könnte helfen, die Füllungen zu entwerfen. Weiße Schoko-Mousse, Kokosfrischkäse mit Mandarinenjelly oder Marshmellow-Buttercreme?«

Sébastien grinste immer breiter.

»Bestens. Herr Kürn, Sie verschaffen dem Schwan mehr majestätische Würde, und Lea, du kümmerst dich ums Innenleben. Ende nächster Woche kommt das Brautpaar zu einer Besprechung. Heute und morgen ist die Experimentierstube besetzt, aber danach sind deiner Fantasie keine Grenzen mehr gesetzt, Lea!«

Ich ging zurück zu Nesrin, um die am Morgen angefangenen Pralinen fertigzustellen. Mir war auch bereits eine Idee gekommen. Ich umhüllte eine runde Schüssel mit Alufolie, stellte sie mit dem Boden nach oben auf die Arbeitsfläche und spritzte unregelmäßige, ineinander verwobene Schokoladenfäden darauf. Sobald das Geflecht erkaltet war, würde es einen Korb darstellen, in den ich die Yin-Yang-Praline legen wollte.

Bald darauf holte meine Mutter mich ab. Das letzte Mal hatten wir dieses sündhaft teure Kleid gekauft. Eine dunkle Vorahnung machte sich in mir breit. Hoffentlich glaubte sie nicht, sie müsste die verpassten Geburtstage wettmachen und mir weitere teure Geschenke kaufen.

Wieder gingen wir durch den Shop zur Straße. Herr Kürn lief hinter uns her und flüsterte Anne irgendetwas ins Ohr. »Schaffen Sie das denn überhaupt?«, verstand ich.

Sie zischte ihn an und legte den Zeigefinger auf die Lippen.

»Sollte nicht besser Sébastien …?« Er wurde immer leiser. Ich schaute mich im Laden um. Eine Gruppe kichernder Asiatinnen fotografierte sich mit ihren Handys vor einer Vitrine mit goldenen Schokoladenherzen. Als sie zur Seite gingen, entdeckte ich, dass Trauringe in den Schokoladenherzen steckten.

Auf einmal winkte Anne einem Mann vor einem kunstvoll aufgeschichteten Berg von Pralinenschachteln zu und ließ Herrn Kürn ohne Abschiedsgruß stehen.

»Herbert!«, rief sie.

»Anne!«, erwiderte der fremde Mann, und meine Mutter lächelte ihn hingebungsvoll an. Er roch nach abgestandenem Bier, trug aber einen Maßanzug.

»Herbert.« Sie reichte ihm die Wange. »Was machst du hier?« Er küsste sie leidenschaftlicher als gemeinhin üblich.

»Ach, nur was für meine Frau kaufen«, murmelte er, um dann wesentlich lauter Annes Aussehen zu loben. Weil er mich nicht beachtete, streckte ich ihm die Hand hin.

»Lea Winter. Ich bin ihre Tochter.«

»Von Anne? Nein!«, sagte er und starrte mich mit offenem Mund an. Ich hakte mich bei meiner Mutter ein.

»Ihr seht euch gar nicht ähnlich«, stammelte er. Anne lächelte.

»Wann hast du sie denn bekommen, im Kindergarten? Du bist doch höchstens Mitte dreißig, meine Liebe.«

Eine leichte Röte überzog ihr Gesicht.

»Du schmeichelst mir, Herbert.«

»Ich dachte erst, Sie wären die junge Dame aus der gläsernen Werkstatt.«

»Herbert ist der Chef der größten Brauerei in München, ach, was sage ich, in ganz Deutschland.« Sie strahlte ihn an.

»Schnapfinger! Merken Sie sich den Namen, wir machen gute Geschäfte miteinander. Also, Anne, du siehst, ich bin erstaunt. Wenn mir jemand erzählt hätte, dass du eine Tochter hast, hätte ich nur gelacht und gesagt, dass man dir die Schwangerschaft gar nicht angesehen hat.« Er tätschelte mir die Wange. Am liebsten hätte ich mich weggeduckt. »Oder erlaubt ihr euch da gerade einen Scherz, und sie ist eine Tochter von Sébastien?«

»Ach, Herbert. Du bist so ein Charmeur!« Sie nahm eine sehr große Pralinenschachtel. »Die geht natürlich aufs Haus.«

»Jeder hält mich für alt, nur weil ich eine so große Tochter habe. Die Leute sind schrecklich, oder?«, sagte Anne zu Sébastien, der ihr vor dem Haupteingang die Tür zu seinem Wagen aufhielt.

»Mon bijou.« Seine Stimme klang warm und einfühlsam. »Wie du es schaffst, seit dem Tag, an dem wir uns kennenlernten, keine Minute zu altern, das wird mir immer ein Rätsel bleiben.« Er nahm ihre Hand und küsste sie.

Dann wartete er, bis eine Frau mit einem Kind an der Hand die Straße überquert hatte, und fuhr los. Anne lästerte über Herrn Schnapfinger, der schon wieder dicker geworden sei. Dann flüsterte sie Sébastien ins Ohr, dass Herr Kürn alles vorbereitet habe. Aber meine Mutter war offensichtlich niemand, der Geheimnisse für sich behalten konnte, denn ich konnte jedes Wort verstehen.

Stella hatte immer geheim gehalten, mit welcher Torte sie mich überraschen würde. Dieses Jahr brauchte sie sich nicht den Kopf zu zerbrechen. Ob sie schon beim Domcafé unterschrieben hatte, so wie ich bei Sébastien?

An einer Ampel mussten wir neben einem Cabrio halten, und ich fragte mich, wie man bei dieser Kälte freiwillig mit offenem Verdeck fahren konnte.

»Was für einen Wagen fährst du, Lea?«, fragte Sébastien.

»Gar keinen«, antwortete ich. Was für eine komische Frage.

»Oh, ich liebe neue Autos«, sagte meine Mutter, »Den Duft nach Leder und so ganz leicht nach Plastik. Herrlich.«

»Vermisst du es nicht? Mit einem Auto wärst du ungebunden und könntest fahren, wann und wohin du willst.«

»Nein«, antwortete ich. »Ich kann Autos nicht ausstehen.«

»Und so ein schicker Flitzer wie dieses BMW-Cabrio

dort drüben? Was meinst du, wenn im Frühling die ersten Sonnenstrahlen auf deiner Haut bitzeln und der Fahrtwind die Locken zerzaust …«

»Jedes Mal, wenn ich in einem Auto sitze, muss ich an meinen Vater denken.«

»An Markus?«, fragte Sébastien. Die Ampel zeigte Grün, und er fuhr weiter.

»Du weißt doch, irgend so ein besoffener Idiot hat ihn beim Überholen nicht gesehen. Er hatte keine Chance, ich habe Fotos gesehen, scheußlich.«

»Fotos?«, fragte meine Mutter mit schriller Stimme.

»Ich weiß, meine Großeltern sagten auch immer, ich sei zu klein gewesen, um den Anblick verarbeiten zu können. Wochenlang habe ich sie genervt, weil ich unbedingt wissen wollte, was passiert war. Es nicht glauben konnte. Bis sie mir die Fotos gezeigt haben. Der Fiat war völlig eingedrückt und lag auf dem Dach, mitten im Wald. Den Artikel konnte ich noch nicht lesen. Vergessen konnte ich den Anblick jedoch nie mehr!«

Sie starrte mich mit weit aufgerissenen Augen an, öffnete den Mund und schloss ihn wieder. Dann schien sie sich gefangen zu haben.

»Ein Foto«, flüsterte sie.

»Jedenfalls habe ich keinen Führerschein und auch nicht vor, einen zu machen.«

Anne duschte lange, trank viel und redete wenig. Ein ums andere Mal umarmte sie mich und sagte mir, dass sie mich liebe und wie sehr sie Markus vermisse. Sie sprach nicht von ihm, war still und in sich gekehrt.

Sébastien verließ noch einmal kurz das Haus und kam mit den Zutaten für ein einfaches Abendessen wieder. Er kochte Tagliatelle, bat mich, eine Zwiebel, ein paar Champignons und Pfifferlinge klein zu schneiden. Dann zauberte er mithilfe eines intensiven Trüffelöls eine köstliche Soße daraus.

Ich erzählte von dem Gespräch mit der Anwältin, Sébastien lustige Anekdoten von der Aufzeichnung seiner Weihnachtsshow vor ein paar Wochen, und wir gingen früh schlafen.

Am nächsten Morgen leuchteten Kerzen und ein goldschimmerndes Geschenk auf dem Frühstückstisch. Anne umarmte und küsste mich, als ob sie mich nie mehr loslassen wollte. Dann drängte sie mich auszupacken.

Es waren zwei CDs: eine schrill-bunte von Crazy Ray und eine schwarze Box mit einem stilisierten Schwan: *Lohengrin* von Richard Wagner.

Ich grinste Anne und Sébastien an. Gestern Abend hatte ich befürchtet, sie würden mir ein Auto schenken. Die CDs waren perfekt.

Als Sébastien die Oper auflegte, schlug er vor, mit ihm am Nachmittag zur Produktionsfirma seiner Fernsehshow zu fahren, die neuen Sendungen würden vorbereitet. Am Vormittag könne ich machen, was ich wolle, er werde mich dann abholen. Anne schlug einen Besuch bei einer Kosmetikerin vor oder eine ausgedehnte Shopping-Tour. Ich lachte, es klang wie eine Strafe.

Natürlich wollte ich mit in die Chocolaterie kommen.

Dann erklang die Musik. Wunderbar zarte Streicher,

ein Ton voller Sehnsucht und Melancholie. So, wie ich mich fühlte, wenn ich an meinen Vater dachte. Oder an Alessandro. Wir setzten uns aufs Sofa und lauschten dem ersten Stück, bis mein Herz fast zersprang und Anne die Tränen kamen.

Sébastien nahm sie in den Arm, und ich stoppte die Musik, aber sie weinte und weinte und konnte nicht mehr aufhören. »Markus«, wimmerte sie und hielt wieder das Schwanenmedaillon an ihrer Kette fest.

Auch mir stiegen die Tränen in die Augen.

»Willst du dann wirklich …«, flüsterte Sébastien.

»Ja, ja, ich schaff das …«, antwortete meine Mutter.

Dann räusperte sie sich.

»Auf dich wartet heute noch eine Überraschung!«

»Noch eine? Waren das nicht genügend Überraschungen in letzter Zeit?«, versuchte ich so vergnügt wie möglich zu antworten.

Sie strich mir über die Wange und flüsterte: »Mein kleines Mädchen.«

Auf dem Weg in die Chocolaterie erhielt ich die ersten Geburtstagsgrüße: eine SMS von Nele mit lauter Herzchen. Ob Stella oder Herlind sich melden würden? Kurz darauf rief Paula an und brachte ein Ständchen. Außerdem fragte sie, wann sie abends vorbeikommen könne, sie werde auch einen Prosecco mitbringen. Sie klang sehr enttäuscht, als ich ihr erzählte, dass ich gar nicht da sei, sondern in München bei meiner Mutter. Aber ich lud sie für nächsten Sonntag zum Frühstücken ins *Café Wunschlos Glücklich* ein.

Das schrieb ich auch Nele und Stella. Dann würde ich meinen Freundinnen alles erzählen.

Auch wenn Stella wahrscheinlich nicht kommen würde.

Die gläserne Werkstatt war leer. Eine Verkäuferin erklärte, dass Nesrin sich krankgemeldet habe.

Da wusste ich, was ich zu tun hatte. Von wegen Kosmetikerin! Die Rezepte fand ich in einem Ordner im Schrank, und durch die tägliche Routine standen sämtliche benötigten Zwischenstadien im Kühlraum.

Es dauerte noch eine Stunde, bis die Chocolaterie geöffnet wurde. Zeit genug, um meine Yin-Yang-Pralinen fertigzustellen. Ich löste die Gitterschalen von der Alufolie und platzierte die Pralinen darin. Sah richtig schick aus.

Als die Tür quietschte, drehte ich mich um und – Alessandro stand vor mir. Der Gitterkorb in meiner Hand zerbrach.

»Nesrin ist krank«, sagte ich ruppig und hoffte, er würde sofort wieder gehen.

»Ich wollte auch dich sprechen.« Er stellte sich neben mich. Sein Duft streifte meine Nase. Am liebsten hätte ich sie mir zugehalten. Ich füllte erneut eine Spritztüte mit Schokolade und zeichnete einen neuen Korb auf die Alufolie.

»Es gibt keinen Grund, weswegen wir uns aus dem Weg gehen sollten, oder?«, sagte er langsam.

»Glaubst du?«, fragte ich mit lauter Stimme. Ein Tropfen Schokolade ging daneben. Mist.

»Ich will dich nicht sehen!«

»Lea«, sagte er etwas leiser, »ich wollte dir doch nur alles Gute zum Geburtstag wünschen.«

Tränen tropften auf die Alufolie, Tränen, keine Schokolade, und ich schluckte heftig.

»Ich weiß, dass du gesehen hast, wie mich Julia geküsst hat. Aber da ist nichts. Versprochen. Für mich bist nur du wichtig, Lea. Niemand sonst.«

Dann ging er.

30

Und ich wünschte mir, er käme wieder. Es war komisch, ich war immer noch sauer auf ihn, auf seine Gerüchte und Küsse und Lügen, aber ich wünschte, er käme wieder.

Ich sollte mir endlich über meine Gefühle klar werden.

Beim Tropfen der weißen und dunklen Schokolade auf die Alufolie vergaß ich alles um mich herum. Da waren nur noch die Schokolade und ich. Filigrane Bögen zarter Schokolade, wie so vieles Schöne im Leben leicht zerbrechlich. Schwarz und weiß miteinander verwoben. Lebensfäden. Manche brachen ab, andere bildeten sich neu. Dickere Tropfen stabilisierten. Ich fertigte einen Korb nach dem anderen an, bis ich auf einmal Stimmen hörte. Jemand tippte mir auf die Schulter.

»Lea?«

Meine Mutter. Sie roch anders als sonst, das Chanel N° 5 mischte sich mit – Schokolade? Und mit noch etwas, einem Duft, der mich beunruhigte.

Sie strahlte mich an.

»Ich möchte dir noch etwas schenken. Etwas ganz Persönliches. Es … ist ein Andenken an deinen Vater.«

Der letzte Korb war gerade fertig. Ich stellte die Spritztüte in einen hohen Becher. Kam jetzt die Torte? Ich grinste innerlich. Ihre Geheimniskrämerei war mir schließlich aufgefallen. Ein Andenken an meinen Vater?

Ich stellte mir ein Foto auf der glasierten Torte vor oder eine Torte in Form eines seiner Pokale.

Sie nahm meinen Arm, und ich folgte ihr aufgeregt.

Der Gang war erfüllt vom bitteren Duft schwarzer Schokolade. Und es lag noch dieser andere Duft in der Luft, ganz schwach nur. Mein Herz schlug stärker, meine Schritte wurden langsamer, sie ließ mich los und eilte voraus. Die Tür zur Experimentierstube stand offen.

Jetzt erkannte ich den Duft.

Himbeeren.

Was ich sah, wirkte merkwürdig vertraut: meine Mutter, inmitten von Schokolade und Marzipan. Sie hielt ein altes Buch in der Hand, leicht zerfleddert und voller Notizzettel. Einer schwebte gerade auf den Boden. Das alte Rezeptbuch meines Vaters?

Ich ging hinein. Der Geruch nahm mir den Atem, dieses Gemisch aus Schokolade, Himbeeren und Chanel N° 5. Das hatte ich schon einmal gerochen, was war nur gewesen, beim letzten Mal …

… Stimmen. Sie hatten mich geweckt. Die Stimmen, Vater, Mutter, klangen anders als sonst. Ich schlich aus meinem Kinderzimmer in die Küche.

An der Tür blieb ich stehen. Mein Vater räumte nicht auf, wie es seine Art war, sondern saß am Tisch, den Kopf in die Hände gestützt. Neben ihm lagen ein Blatt Papier und ein Stift. Und auf der anderen Seite meine Spielzeugpistole. Dabei war Fasching lange vorbei.

Auf dem Tisch aus schwarzem Granit kühlten Pralinen ab. Eine Schüssel mit Schokoladenresten war umgefallen, aus einer anderen roch es verführerisch nach Marzipan und Himbeeren.

Meine Mutter hielt das Rezeptbuch in der Hand und redete immer schneller, immer lauter. Als sie den Kopf wendete, versteckte ich mich unter dem Stuhl.

Hoffentlich hatte sie mich nicht gesehen.

»Traust dich ja doch nicht, Markus!«, schrie sie. »Du Feigling. Vor allem, dass du nicht abwiegen kannst, mit Zuckerguss überdecken oder in Schokolade ertränken, hast du Angst.«

Mein Vater weinte, ja, er weinte, jetzt erkannte ich das Geräusch.

»Aber mich kannst du nicht einsperren. Ich bin frei, frei wie ein Vogel. Sogar Schwäne können fliegen. Sie brauchen vielleicht lange. Aber dann sind sie nicht mehr aufzuhalten.«

Als sie mir den Rücken zuwandte, richtete ich mich vorsichtig auf.

Der Kopf meines Vaters sank tiefer. Ich konnte die kleine kahle Stelle am Scheitel sehen.

»Geh nicht«, sagte er stockend.

»Warum sollte ich bleiben?«, fuhr meine Mutter unbeirrt fort. »Als ob ich nicht merken würde, was zwischen Manon und dir läuft.«

»Da läuft nichts«, murmelte er. Wie traurig seine Stimme klang.

»Nein? Und warum schließt ihr euch in der Küche ein?«

Er redete leise, ich verstand »Überraschung« und »Wettbewerb«.

»Ich scheiß auf eure Wettbewerbe. Ihr haltet euch für wichtiger als den Papst und seid letztendlich doch nichts anderes als simple Bäcker.«

»Ich bin gar nichts«, sagte er.

Da ergriff er die Spielzeugpistole.

»Ja!«, rief meine Mutter triumphierend, »Jetzt kommt langsam Bewegung in die Sache!«

»Bleib bei mir, Anne.« Es klang so merkwürdig, wie er das sagte und dabei die Waffe anstarrte. Mir lief es kalt den Rücken runter.

»Was für eine Show. Wer sich umbringen will, der macht das auch. Du willst mich erpressen, das ist alles. Aber ich komme nicht zurück.«

Die Waffe war klein und schwarz. Meine Spielzeugpistole hatte einen längeren Lauf. Mein Opa hatte mir erklärt, was der Lauf ist, als er mir die Waffe seines Vaters gezeigt hatte. Der war Soldat gewesen, im Krieg. Mein Opa hatte mir erklärt, dass ich die Waffe nie anfassen dürfe, weil die immer noch funktionieren würde.

Die Pistole in Vaters Hand war die, die ich nicht anfassen durfte.

Meine Mutter schrie ihn immer noch an, beschimpfte ihn mit Wörtern, die ich noch nie gehört hatte.

Endlich legte er die Waffe weg. Dafür nahm er das scharfe Messer in die Hand. Er schnitt eine der Pralinen auf, es kam eine weiße Füllung mit einem roten Kern zum Vorschein.

»Hier steckt mein Herz drin«, sagte er, »es schlägt für dich, mein Schwan, vergiss das nie.«

Sie lachte wieder. Er aber richtete sich auf, ergriff abermals die Waffe und hielt sie sich an die Schläfe. Ein Knall ertönte, ein Schlag, der mich umwarf.

Als ich mich wieder aufrappelte, lag sein Kopf zwischen den Pralinen. Rote Flüssigkeit tropfte auf den weißen Boden, es roch merkwürdig, metallisch und nach Rauch, ein bisschen wie Stinkbomben. Meine Mutter starrte ihn an. Sie griff sich an den Hals und sagte kein Wort.

Und die Welt blieb stehen.

Als sie sehr nah an mir vorbeiging, umhüllte mich eine Wolke ihres Parfüms. Mir fiel auf, dass sie auf ihre Fußspuren starrte. Sie waren rot.

Dann wurde alles schwarz …

… Ich blickte auf. Dort stand sie, viele Jahre später, inmitten von Himbeeren und Schokolade. Auf dem Boden waren rote Flecken. Sie aber merkte davon nichts, sondern hielt mir erwartungsvoll ein Tablett voller Pralinen hin, dunkel umhülltes Marzipan, in dem ein roter Kern steckte.

»Die Schwanenpraline. Für dich. Von deinem Vater«, sagte sie.

»Papa hat sich erschossen«, sagte ich mit krächzender Stimme.

31

»Lea?« Meine Mutter sah mich mit hochgezogenen Augenbrauen an.

Anne.

Mutter würde ich sie nie mehr nennen.

Zum ersten Mal fielen mir die Falten und ein verbissener Zug um ihren Mund auf.

»Möchtest du probieren?«, fragte sie. Das Medaillon an ihrem Hals glitzerte. Der Duft nach Himbeeren erfüllte den ganzen Raum, dazu die Mandelsüße des Marzipans und die bittere Note der Schokolade, alles überlagert vom üppig aufgetragenen Parfüm. Ich konnte es kaum ertragen.

»Du hast gesagt, er würde sich nicht trauen.«

Vorsichtig tastete ich mich vorwärts, ich hatte das Gefühl, mein Vater würde hier liegen, hier, gleich rechts. Ich wagte kaum, dort hinzusehen, einzig der Anblick des Buches neben einer Flasche Himbeermark fesselte mich.

»Das war ein anderer Unfall auf dem Foto«, flüsterte ich. Langsam entzifferte ich die auf dem Kopf stehenden Buchstaben: *Schwanenmedaillon, für meine geliebte Anne.*

»Er lag … Sein Kopf …« Ich deutete auf das Pralinengitter.

»Markus …« Ihr Blick wurde leer, und wie immer wanderte ihre Hand zum Schwanenmedaillon.

»Du … hast gesagt … er soll abdrücken.«

Sie sackte etwas in sich zusammen.

»Immer und immer wieder hast du auf ihn eingeschrien, es werde ihn keiner vermissen.« Meine Stimme gewann an Kraft. »Du hast ihn umgebracht.«

»Das stimmt nicht«, schrie sie, »das bildest du dir alles nur ein. Nichts von dem, was du sagst, ist wahr. Nichts! Ich war nicht dabei, als dein Vater starb!«

»Spar dir deine Lügen! Das sind doch nur Ausflüchte! Ich weiß, was ich gesehen habe, und meine Großmutter wird wohl entscheiden können, ob Markus durch eine Kugel oder einen Autounfall starb!«

Ich zückte mein Handy wie eine Waffe und wählte Omas Nummer.

»Aber ich leugne gar nicht, dass er sich umgebracht hat. Deine Großeltern haben dir diese Lüge mit dem Unfall erzählt, nicht ich. Wer weiß, was sie dir noch alles erzählt haben.« Anne stellte den Teller mit den Pralinen ab.

Es knackte. Oma wollte mir überschwänglich zum Geburtstag gratulieren, aber ich unterbrach sie.

»Sag mir die Wahrheit. Starb mein Vater durch einen Unfall – oder hat er sich mit Opas alter Wehrmachtspistole in den Kopf geschossen.«

»Küken, woher … hat deine Mutter … du musst uns verstehen, wir wollten dich beschützen … es war so grausam …«

»Ich war damals dabei. Und ich erinnere mich wieder daran. Die Frage ist: Wo war Anne?«

»Das weiß ich nicht.«

Mit knappen Worten erzählte ich ihr von meiner Erinnerung. Sie stöhnte.

»Dann hatte dein Großvater recht. Er hat es immer vermutet, sogar mit der Polizei gesprochen. Das fehlende Rezeptbuch hatte ihn stutzig gemacht.«

Ich fixierte die Frau, die sich meine Mutter nannte, und steckte das Telefon wieder in meine Hosentasche.

Sie hatte ihm nicht geholfen, ihm nicht die Waffe aus der Hand geschlagen, ihn nicht geliebt.

»Du Mörderin!«, rief ich. Wütend ballte ich die Hände, als wollte ich sie schlagen. Alles spannte sich in mir an.

»Du Mörderin!!« Mit einem Wisch fegte ich die Pralinen vom Tisch, es klirrte und schepperte. Die Zutaten und Schüsseln folgten, aber es befreite mich nicht von dieser unbändigen Wut, und ich ging mit geballten Fäusten auf Anne zu …

… da stürzte sich Sébastien zwischen uns und stellte sich wie ein Schutzwall vor sie.

»Sie hat meinen Vater umgebracht!«, schrie ich und trommelte auf seine Brust.

»Sébastien, glaub ihr nichts. Sie bildet sich das alles nur ein.«

»Ich bilde mir gar nichts ein. Woher hast du das Rezeptbuch? Hättest du nicht einfach nur abhauen können? Warum musste Markus sterben, warum?«

»Jetzt seid beide endlich still und beruhigt euch.« Er bedeutete uns, uns hinzusetzen. Zaghaft nahm ich Platz, wobei ich Anne nicht aus den Augen ließ. Das Rezeptbuch lag neben mir auf dem Tisch, und ich ergriff es. Ich spürte, wie ich am ganzen Körper zitterte.

»Worum geht es? Und bitte: Eine nach der anderen!«

Ich fasste meine Erinnerung in knappen Worten zusammen. Es fiel mir nicht leicht, alles geriet durcheinander.

»Du wirfst Anne vor, deinen Vater in den Selbstmord getrieben zu haben?«

Ich nickte und wartete darauf, dass er Anne befragen würde, aber es kam nichts. Sie beobachtete Sébastien, wie er durch den Raum tigerte.

»Warum machst du die Praline?«, fragte ich Anne schließlich. »Ausgerechnet du? Und dann – diese Praline?«

»Für dich. Zum Geburtstag«, antwortete sie und sackte auf dem Stuhl in sich zusammen. Sie saß so da wie mein Vater, an jenem Abend. »Ich wollte dir etwas von deinem Vater schenken. Dieses Rezept, es ist sein Erbe, sein Vermächtnis. Er könnte noch einmal einen Wettbewerb gewinnen, mit dir und mit diesem Rezept.«

Tränen rollten über ihr Gesicht.

Im Rezeptbuch waren überall gezeichnete Schwäne. Ganz hinten, das letzte Rezept: *Schwanenmedaillons, für meine geliebte Anne.* Eine kleine Kugel Himbeermarzipan wurde mit weißem Marzipan ummantelt und in mehrere Lagen dunkler Bitterschokolade gehüllt. Und mit einem weißen Schwan verziert.

Beim Blättern stieß ich zwischen den Rezepten auf tagebuchähnliche Einträge.

Anne liebt mich nicht, sie ist so abweisend.

Wo ist sie? Nicht hier. Das ist nur ihre Hülle, aber ihre Gedanken …

Ich ertrug es nicht und schlug es zu.

Wieso hatte ich das alles vergessen? Das Blut, seinen gebrochenen Blick, meine Angst?

»Ein Autounfall. Auf die Idee konnten auch nur deine Großeltern kommen. Sébastien kann bezeugen, wie sehr ich mich darüber gewundert habe, dass du keinen Führerschein hast. Ich wollte dir ein Auto zum Geburtstag schenken.«

»Das Einzige, das ich von Anfang an wollte, war die Wahrheit. Kein Cocktailkleid, keine High Heels und ganz bestimmt kein Auto. Nur die Wahrheit!«

»Und die Wahrheit ist, dass ich nicht da war!«

Mit erhobenen Fäusten rannte ich auf sie zu. Sébastien ging wieder dazwischen und hielt mich an den Armen fest. Eindringlich blickte er mich an.

»Wir müssen die Polizei rufen«, rief ich. »Sie muss dafür büßen.«

»War er denn zurechnungsfähig, oder hatte er getrunken?«, fragte Sébastien.

»Ich habe keine Ahnung, ich war nicht dabei«, sagte Anne.

»Mich hatte das nur so überrascht, als du mir gestern erzählt hast, er habe sich umgebracht. Das passte gar nicht zu ihm«, sagte er.

»Nein? So schwach, wie er war?«

»Schwach?«, wiederholte ich ungläubig. Mein Riese, der mich auf den Schultern trug?

»Wenn er bei Wettbewerben verlor, redete er tagelang weder mit mir noch mit sonst irgendjemandem. Nur mit Manon! Was habe ich ihn am Anfang bewundert. Mein feuriger Liebhaber, der mich mit Schokolade verführte und sich leidenschaftlich für eine Sache einsetzte. Dabei weinte er nachts, wenn seine Ideen für nicht marktreif eingestuft wurden. Chili in der Schokolade, wie bei den Azteken! Keiner glaubte, dass das deutsche Publikum so etwas essen würde. Heute ist das modern, oh, wenn er das miterlebt hätte. Aber nein, er musste viel zu früh aufgeben. Und vor lauter Ärger darüber, dass es in der Fabrik um Kostensenkung ging, bei den Lohnkosten wie bei den Rohstoffen, ist er gegangen. Hat mich in dieses Kaff verpflanzt!«

Sie sank noch mehr in sich zusammen.

Aber ich wollte ihr einfach nicht glauben. Ich umklammerte das Rezeptbuch, hoffte, dort der Wahrheit auf die Spur zu kommen. Ihn endlich kennenlernen zu können.

»Woher hast du das Buch?«, fragte ich.

»Aus dem Nachlass, woher sonst.«

»Aber hast du letzte Woche nicht behauptet, du wüsstest nicht, wo es ist? Und meine Oma sagt, dass es fehlte, als mein Vater starb. Mein Opa hat es gesucht.«

»Die alte Frau hat offensichtlich Alzheimer genauso wie du. Natürlich war das Buch im Nachlass, von deinem Großvater eingepackt und nach Frankfurt geschickt. Meine Bücher, meine Kleider, alles, was ich hatte zurücklassen müssen, als Markus mich aus dem Haus warf.«

»Er hat dir die Sachen nicht gleich hinterhergeworfen?«, fragte Sébastien. »Ich würde es nach einer Trennung nicht aushalten, deinen Geruch immer in der Nase zu haben.«

»Er hat es nicht ausgehalten«, murmelte ich und

schlug das Buch auf. In ungelenker Kinderschrift stand sein Name da. Und darunter, wesentlich schwungvoller, eine Skizze des Firmenschildes. Ich strich zärtlich mit den Fingern darüber und wollte weiterblättern, als Anne mit wenigen Schritten bei mir war und mir das Buch aus der Hand reißen wollte.

»Das geht dich nichts an.«

»Nein?« Ich hielt es fest. Erst als das Papier zerriss, ließ ich los.

»Und du bist genauso schwach wie er«, triumphierte sie. »Du bist ihm so ähnlich, Lea. Der gleiche Dackelblick, die gleiche Versessenheit auf Schokolade und genauso geschäftsuntüchtig wie er. Kein Durchhaltevermögen. Gleich aufgeben, nicht kämpfen. Du entlässt deine Mitarbeiter direkt vor Weihnachten, wer macht so etwas. Pass nur auf, dass du nicht so endest wie er – mit dem Kopf in der Kuvertüre. Eine menschliche Praline.« Sie lachte schrill.

Ich starrte sie an.

»Also warst du da!«

»Nein, du hast davon erzählt, eben gerade.«

»Aber nicht so detailliert. Du hast ihn umgebracht.«

»Nein, verdammt noch mal, nein.« Aus dem Lachen wurde ein Schluchzen.

»Hat keiner von euch mal an mich gedacht?«, fragte ich.

»Das verstehst du nicht. Wir haben uns geliebt! Und dann – konnte ich es ihm nicht mehr sagen. Er drückte ab und – ließ mich zurück. Ohne eine Chance, etwas zu ändern.«

Sébastien nahm sie in die Arme, sie weinte hemmungslos. Ihre Augen waren rot unterlaufen.

Auf einmal wurde sie völlig ruhig. »Damals, was weißt du schon. Das Leben war mir so wichtig. Markus war wichtig, unendlich wichtig. Aber du, du warst es nicht.«

Ich sprang auf. Ein Weinkrampf durchzuckte ihren Körper, und sie brach zusammen.

»Lea, geh«, sagte Sébastien tonlos, »es ist genug.«

»Sébastien, aber …!«, rief ich. Er drehte mir den Rücken zu und hielt Anne fest in seinen Armen.

»Lea!« Sein Ton wurde schärfer.

Und ich wandte mich um. Was hatte ich hier noch verloren?

32

Ich schnappte mir das Rezeptbuch und rannte in die Werkstatt. Dort ergriff ich meine Jacke und stopfte das Buch in die Tasche. Als ich durch den Laden eilte, gafften mich alle an, als hätten sie jedes Wort gehört. Ich rannte auf die Straße. Weiter, immer weiter. Da war die Schrannenhalle, der Viktualienmarkt. Menschen, die die Stände für den Weihnachtsmarkt aufbauten, sie mit Lichterketten und bunten Sternen dekorierten, mit dem Versprechen auf Lachen, Glück. Familie. Eine Kirche. Laster standen im Weg, Leitern, auf denen Arbeiter mit Tannenzweigen hantierten. Da! Das Schild einer U-Bahn-Station. Eine Treppe, die nach unten führte. *Marienplatz*.

Die lange und schräge Rolltreppe brachte mich tief ins Innere eines Bergwerkes aus orangefarbenen Tunneln. Spiegel warfen mein Zwillingsbild in die Menge. Ich rempelte jemanden an, torkelte weiter. Einer rief: »Am frühen Morgen schon besoffen?«, ein anderer lachte.

Endlich ein Schild *Richtung Hauptbahnhof*.

Noch eine Treppe nach unten, tiefer hinein in den Schlund des Berges.

Nur wenige warteten auf dem Bahnsteig. Eine Durchsage erklang, ich erfasste den Sinn nicht, es war mir egal. Alles war egal.

Ich war egal. »Nicht wichtig«, das hatte Anne über

mich gesagt. Meine Mutter, die mich in sich getragen hatte. Sie quetschte mich hinaus in eine Welt, in der sie sich nur für sich selber interessierte.

Und ich war alleine. Da war niemand mehr, keine Stella, keine Herlind. Keine Wohnung, die auf mich wartete. Sébastien hatte sich von mir abgewandt, und meine Oma wohnte Tausende von Kilometern entfernt.

Ich war wie mein Vater, ich war schwach. Ich hatte versagt. Alles auf eine Karte gesetzt, meine Freunde verjagt, die Chocolaterie verloren. War dem falschen Idol nachgerannt. Und hatte das Schrecklichste der Welt gesehen.

Meinen Vater. In einer Lache aus Blut. Und meine Mutter, die ihm nicht half, die höhnisch gelacht hatte. Meine Mutter, die keine Reue zeigte, die alles leugnete, die falsch war und voller Lügen.

Anne. Anne Miller.

Eine Fremde.

Worte drangen an mein Ohr. Eine Frau zog ein kleines Mädchen vom Rand des Bahnsteigs und schimpfte, weil es auf die Schienen hätte fallen können.

Wie einfach. Sich fallen lassen, endgültig und alles vergessen. Ich machte einen Schritt vorwärts. Mich würde keine Mutter zurückreißen. Ich hatte keine Eltern mehr.

Die Zeit verrann, jede Minute, jede Sekunde. Jetzt. Aber was war das Jetzt, wenn es kein Gestern mehr gab, auf das man sich verlassen konnte? Von einem Morgen ganz zu schweigen.

Meine Knie wurden weich. Mein Herz ein harter Stein.

Anstatt starr dazustehen, hätte ich damals etwas unternehmen sollen. Aufspringen, ihm die Waffe entreißen. Oder etwas sagen. Ihn an mich erinnern. Ich war genauso schuldig am Tod meines Vaters.

Was hatte ich getan?

Nichts.

So wie jetzt. Ich stand nur da. Konnte nichts tun. Ich starrte auf die braunen Schienen und spürte ihr Vibrieren. Wieder die Durchsage. Die Schienen zitterten stärker.

Noch ein Schritt. Die Gleise. Ich konnte nicht mehr. Der Stein in meiner Brust zog mich abwärts. Mein Fuß schwebte über dem Abgrund. Alles würde vorbei sein.

Vorbei.

Da! Orange und Basilikum. Ich drehte mich um und schwankte, als der Zug mit einem irrsinnigen Sog an mir vorbeifuhr, aber mein Fuß fand einen festen Halt.

Alessandro?

Die Leute starrten mich an, nein, nicht mich, den Zug. Sie gingen an mir vorbei, und ich suchte Alessandro. War er das, dort im Tunnel? Die dunkle Jacke? Konnte das sein? Ich zögerte, Schritte eilten davon, zu schnell für mich. Wenn ich alle, die mich enttäuscht hatten, doch einfach vergessen könnte. Einschmelzen könnte wie Schokolade und etwas Neues gestalten. Ein neues Leben. Ohne den Ballast der Erinnerung. Mein Gehirn hatte das doch schon einmal geschafft.

Die Bahn stand noch da, die letzten Fahrgäste eilten hinein. Als ich einstieg, ertönte ein Piepsen, und die Türen schlossen sich. Ich musste mich an einer Stange festhalten und schwankte, bis die Bahn ein gleichmäßiges Tempo erreicht hatte.

Den Stein in meiner Brust spürte ich immer noch.

»Geht es Ihnen gut?«, fragte eine Frau. Sie hielt ein Mädchen in einer rosafarbenen Jacke an der Hand. Das Mädchen, das sich vorhin zu weit an die Schienen herangewagt hatte.

Ich nickte.

»Sie sind ganz bleich, setzen Sie sich besser.«

Ich schüttelte den Kopf. »Es geht schon, wirklich. Danke.«

Das Mädchen kuschelte sich an ihre Mutter, und als es mich von unten eindringlich ansah, fühlte ich, dass sie wusste, was ich vorgehabt hatte.

An der Haltestelle Hauptbahnhof stieg ich aus. Eine einzige Baustelle, es dauerte, bis ich den ICE nach Würzburg fand. Aber ich war in Sicherheit. Warum sollte ich mich in einem Kopfbahnhof vor den Zug werfen?

Die Frau aus der U-Bahn stieg nach mir ein. Sie hob die Kleine in den Zug. Das Mädchen war vier oder fünf Jahre alt und erinnerte mich an Mattis. Die Mutter bugsierte den Koffer ächzend in den Zug und wandte sich nach links. Ich ging in die andere Richtung.

Der Großraumwagen war gut gefüllt, viele Plätze reserviert. Neben einem Typen, der nach Schnaps stank, war noch ein Platz frei. Für die zwei Stunden bis Würzburg musste es gehen.

Wie komisch, dass mir der Gestank etwas ausmachte. Dass ich an die Zeit dachte, die vor mir lag, sie bemessen konnte. War Zeit wieder wichtig?

Orangen und Basilikum. Alessandro.

Für eine Sekunde hatte ich gehofft, er wäre es gewesen. Eine Sekunde, die über Leben und Tod entschieden hatte. Wie bei meinem Vater.

Jetzt gab es keine Hoffnung mehr. Nur Wünsche. Begehren. Keine Erwartungen. Die Erinnerung an einen Kuss, an ein Lächeln.

Langsam verließ der Zug den Bahnhof. Es schneite, die weißen Flocken bedeckten die grauen Eisreste und den Dreck zwischen den Schienen.

Ich schloss die Augen und hörte Anne, wie sie meinen Vater anschrie, ich hörte den Knall. Sofort riss ich die Augen auf und betrachtete den Schnee, der auf die Vororte fiel, der alles bedeckte, immer dichter fiel. Winter. Die Jahreszeit, die mir den Namen gegeben hatte, der immer von Kälte sprach.

Der steinerne Druck in meiner Brust nahm mir den Atem, ich schloss erneut die Augen, versuchte, ruhig zu atmen, ein, aus. Sofort tauchten wieder die Bilder vor meinem inneren Auge auf. Dieser ganz bestimmte Geruch in der Chocolaterie, Schokolade, Himbeeren, Chanel N° 5. Er war der Auslöser gewesen, er hatte mein Gehirn dazu gebracht, dieses vergessene Stück Erinnerung wieder hervorzukramen.

Alles hatte ich mit angesehen, alles. Aber wieso hatten sie mich nicht bemerkt? Besaß ich nicht auch einen unverwechselbaren Duft? Wieso hatte er meinen Vater nicht abgehalten?

Was war danach passiert? War ich ins Bett gegangen? Hatte ich mich versteckt? Geweint? Was war am nächsten Tag geschehen, wer hatte meinen Vater gefunden, und wann? War ich morgens schlaftrunken nach einem Albtraum, der die pure und schreckliche Wahrheit darstellte, in sein Bett gekrochen? Hatte ich mich gewundert, dass es kalt und leer war? Und war dann in die Küche gegangen? Hatte ich ihn gefunden?

Auf einmal stand die Frau mit dem kleinen Mädchen in der rosafarbenen Jacke neben mir. Erst jetzt fielen mir die vielen kleinen Himbeeren im Muster auf. Sie deutete auf die reservierten Plätze auf der anderen Seite des Ganges, das Mädchen setzte sich. Die Frau wollte den schweren Koffer ins Gepäcknetz hieven, schaffte es aber nicht. Ich sprang auf, gemeinsam verstauten wir ihn. Sie lächelte und bedankte sich.

Himbeeren. Bei deren Duft mir immer schlecht wurde, wenn Stella ihre Himbeersahnetrüffeln machte. Meine Beklemmung nahm zu, und ich musste aufstehen, mich bewegen, den Gang auf und ab laufen. Wieder ballte ich die Fäuste, die Wut kehrte zurück. Nie würde ich Anne das verzeihen können.

Und ich wollte sie nie mehr sehen. Es würde ohne sie weitergehen, irgendwie. Und ohne *Le Maître*.

In meiner Tasche lag das Rezeptbuch. Ich öffnete sie. Es roch nach Annes Parfüm und all den anderen Düften aus der Experimentierstube. Hastig schloss ich sie wieder, atmete tief durch.

Den Geheimnissen in der Schokolade auf die Spur kommen. Das hatte mein Vater damals gesagt, ohne selbst ahnen zu können, was für ein Geheimnis darin verborgen lag.

33

Endlich war ich wieder in Würzburg. Mit letzter Kraft öffnete ich die Tür zu meinem Laden, schloss sie hinter mir wieder ab und sank auf den Boden.

Da hing das alte Schild mit den beiden Schwänen, und als ich es ansah, löste sich der Druck in meiner Brust ein wenig, und ich begann zu weinen. Leise und still, bis nichts mehr in mir war. Ich blieb auf dem kalten Boden sitzen, war weder müde noch wach, hungrig oder durstig, traurig oder wütend. Ich fühlte mich einfach leer.

Irgendwann versiegten die Tränen, und ich beruhigte mich. Ich stand auf, dehnte meinen von der Kälte steif gewordenen Körper. Waren das Spinnweben auf dem Schild? Mit wackeligen Beinen stieg ich auf den Hocker. Behutsam strich ich über das Emailleschild und wischte die Spinnfäden ab.

Ein Schauer lief mir über den Rücken.

Nie wieder wollte ich vergessen, was ich damals gesehen hatte. Es zu verdrängen hieß nicht, den Schmerz zu besiegen. Es hieß, den Schmerz jeden Tag zu fühlen. Aber ich wollte keinen Schmerz mehr empfinden. Ich musste überleben, musste mich durchkämpfen.

Meine Hände zitterten, als ich das Licht einschaltete, um das Geschäft zu öffnen. Ich kochte einen starken Kaffee, schloss die Tür wieder auf, und die Kasse. Erst jetzt fiel mir auf, dass ich im Zug schwarzgefahren war. Das Schild *Vorübergehend geschlossen* warf ich in den Müll genauso wie den leeren Bocksbeutel, der vor dem Schaufenster lag. Mit dem Besenstiel hackte ich auf die Eisplacken auf dem Fußweg, die Bewegung tat gut, genauso wie der kalte, frische Wind. Allmählich kehrte wieder Leben in mich zurück.

»Hallo, Lea!«, rief jemand laut.

Ich hob den Kopf. Tommaso winkte und eilte zu mir.

»Hallo. Wie geht es dir?«

»Gut«, murmelte ich. Meine Augen schmerzten, als ich ihn ansah, schnell senkte ich den Blick. »Ganz schön starker Wind heute«, versuchte ich eine Begründung für meine rot verweinten Augen zu liefern.

»Mmh.« Er atmete tief durch. »Machst du wieder auf?«, fragte er und knetete seine Finger.

Ich nickte.

»Na, dann … ist es gut, also, ich freu mich, ich muss wieder zurück. Mach' s gut, Lea!«

»Du auch«, sagte ich. Er schlitterte über den Parkplatz, und ich war froh, dass er ging. Es fiel mir schwer zu reden. Trotzdem war es schön gewesen, ihn zu sehen. Wie Paolo wohl reagieren würde? Bestimmt hatte er schon die Sektkorken knallen lassen und den neuen Pizzaofen bestellt. Zu früh gefreut.

Als ich die Stufen zum Laden frei fegte, hielt ich kurz inne und schaute den Tauben nach, die in den mittlerweile wolkenlosen Himmel flogen.

Auf einmal kamen Stella und Mattis ums Eck.

»Na, das ist ja eine Überraschung«, sagte sie erstaunt

und sah mich eindringlich an. »Mattis, gib Lea die Hand, sie hat heute Geburtstag.«

Ich ging in die Hocke, zupfte Mattis an seinem Winnie-Puuh-Schal, und er grinste mich an.

»Alles Gute!«, sagte Stella und umarmte mich steif.

»Willst du reinkommen?«, fragte ich.

»Nein, Mattis ist müde und quengelig.«

Ihr Sohn klaubte lockeren Schnee von den parkenden Autos und machte Schneebälle. Schon traf mich ein Schneeball an den Beinen. Kichernd versteckte er sich hinter einem Auto. Von wegen müde.

»Mattis, lass das!«, sagte sie sofort. Er formte bereits den nächsten Ball.

»Sieht gar nicht so aus, als ob du zusammenpackst«, wandte sie sich wieder an mich.

»Nein! Ich bleibe. Meine Mutter … Es geht nicht anders.« Ich griff zum Besen. »Gefällt es dir im Café am Dom?«

Sie schaute mich verblüfft an.

»Ich habe dich gesehen, als du von deinem Bewerbungsgespräch gekommen bist.« Ich prüfte, ob es noch weitere vereiste Stellen gab, und fegte weiter.

»Es tut mir leid, Lea. Ich muss doch für Mattis sorgen. Und dieses Hin und Her ist mir zu unsicher.«

Ich nickte. Wenn ich ein Kind hätte, wäre es auch das Wichtigste auf der Welt. Wichtiger als jeder Streit und jeder Mann.

Sie kramte in ihrer Tasche und holte einen Briefumschlag heraus. »Hier ist meine Kündigung. Am ersten Dezember fange ich dort an, und bis dahin nehme ich mir meinen restlichen Urlaub. Im Domcafé kriege ich in der Probezeit keinen Urlaub. Auch nicht an Weihnachten. Meine Schwester wird sich dann um Mattis kümmern, ich habe schon alles organisiert.«

»Natürlich.« So war Stella. Sie dachte immer einen Schritt voraus.

»Ohne mein Gehalt fällt es dir bestimmt auch leichter, die Miete zu bezahlen«, versuchte sie mich zu trösten.

Ich nickte. Ich hatte einen Kloß im Hals, und Tränen stiegen mir in die Augen. »Ohne dich wird es in der Werkstatt verdammt einsam.« Ich wischte mir über die Augen.

Sie zog ein Taschentuch aus ihrer Jackentasche.

»Ach, Lea, es tut mir alles so leid. Und ins *Wunschlos Glücklich* komme ich am Sonntag natürlich!«

Wir umarmten uns, dann nahm sie Mattis' Hand und ging. Ich sah den beiden lange nach. Als Mitarbeiterin hatte ich sie verloren, aber vielleicht noch nicht als Freundin.

Ich streute Salz und Splitt auf den Weg und leerte den Briefkasten. Geburtstagspost von meinem früheren Chef aus der Schokoladenmanufaktur. Und was für eine: eine dünne weiße Tafel Schokolade mit bunten Herzstreuseln, auf der in rosa Zuckerschrift *Herzlichen Glückwunsch, Lea* stand.

Ein gutes Gefühl, dass er mich nicht vergessen hatte.

Als ich sie vorsichtig ins Büro trug, klingelte das Telefon. Herlind.

»Was ist passiert?«, fragte sie ohne Begrüßung. Offensichtlich hatte Stella sie sofort angerufen.

»Ich … später, nicht am Telefon«, stammelte ich.

»Aha. Na, dann werde ich wohl vorbeikommen. Und dann will ich wissen, was diese Frau mit dir angestellt hat, ist das klar?«

Sie legte auf, und ich stellte erstaunt fest, dass ich erleichtert war, den Nachmittag nicht alleine durchstehen zu müssen.

Endlich, der erste Kunde. Der Stammkunde mit der Schiebermütze freute sich, dass wieder auf war. Er hätte gestern umsonst vor der Tür gestanden. Ich nuschelte etwas von unglücklichen Umständen. Ich scherzte sogar, wie froh ich sei, dass er nicht zur Konkurrenz gegangen sei. Und dann wollte er die weihnachtliche Gewürzschokolade kaufen.

»O, die ist ausverkauft!« Wir hatten nur die Hälfte der üblichen Menge herstellen können.

»Na, dann muss ich wohl doch zur Konkurrenz!« Missmutig stapfte er hinaus und stieß dabei fast mit Herlind zusammen.

Sie sagte nichts, nahm mich in den Arm und strich mir über den Rücken.

»Du bist ja ganz blass. Hast du was gegessen?«, fragte sie und packte bereits eine Tupperdose mit selbst gemachtem Nudelsalat aus. »Ist noch von gestern übrig geblieben.«

»Danke, Herlind, aber ich kann nichts essen.« Schon beim Gedanken daran wurde mir schlecht.

»Na, dann kommt er ins Kühlfach. Aber sag, was hat deine Mutter gemacht, warum hat sie dich vergrault?«

Ich schüttelte den Kopf. »Später. Das ist keine Geschichte für zwischendurch, glaub mir.«

»Dann bleib ich jetzt hier. Du siehst einfach schrecklich aus. Willst du nicht heimgehen und schlafen?«

»Nein, nein, es ist so viel zu tun, ich kann jetzt sowieso nicht schlafen.«

Als sie mich erneut umarmte, ja fast erdrückte, bemerkte ich, dass etwas fehlte, aber mir fiel nicht ein, was.

In der Werkstatt trank ich einen weiteren Kaffee. Meine Oma schickte eine SMS und bat um einen Rückruf. Ich vertröstete sie, dann prüfte ich die Vorräte.

Bitter- und Vollmilchschokolade gingen zur Neige, aber von der weißen Kuvertüre war noch reichlich vorhanden. Die Gewürze reichten. Sahne musste ich dringend frisch kaufen, von der Butter war nur noch ein Rest da.

Ich begann mit der Gewürzschokolade und erwärmte dafür Bitterschokolade und Butter.

War die Schokolade nicht in Ordnung? Der Geruch war anders als sonst. Aber Schokolade wird kaum schlecht. Es musste die Butter sein. Doch sie war goldgelb, trocken und sauber. Schließlich hatte ich sie im Kühlschrank in einer luftdichten Dose aufbewahrt. Ich probierte eine Messerspitze und erwartete fast, dass sie ranzig schmeckte, aber da war einfach nichts.

Die Kuvertürechips fühlten sich an wie immer, sahen aus wie immer. Wir hatten sie ordnungsgemäß gelagert. Die Kühlanlage war nicht ausgefallen, das würde mir das Display der Steuerungseinheit anzeigen.

Was war es nur?

Da die Schokolade bereits geschmolzen war, verarbeitete ich sie wie gewohnt und verfeinerte sie mit Zimt und Nelkenpulver. Der Geruch änderte sich kaum. Ich gab mehr Zimt dazu, mehr Nelken. Sie schmeckte fade. Dabei hatte ich doch schon lange keinen Schnupfen mehr, meine Nase war frei.

Ich verdoppelte die Gewürzmenge und strich die flüssige Schokolade hundertgrammweise auf dem Granit aus. Etwas anderes blieb mir gar nicht übrig.

Die restliche Bitterschokolade verfeinerte ich mit Orangenlikör und Sahne. Wieder roch es nach nichts. Also musste es an der Schokolade liegen. Mit zitternden Händen probierte ich und war entsetzt, wie sehr sie mich enttäuschte. Lag es an der Schokolade, die ich bei Sébastien probiert hatte? War ich anspruchsvoller geworden? Blieben deswegen die Kunden weg? War meine Ware – langweilig? Ohne Geschmack?

Trotzdem arbeitete ich weiter, schnupperte nicht mehr, verließ mich auf die Waage. Während ich die Orangenganache in Halbkugeln spritzte, überlegte ich, zu welcher Bank ich noch gehen konnte, ob Werbeflyer eine gute Idee wären und wie sie aussehen sollten. Ich kochte Mokka für die Mokkataler und trank eine Tasse davon, ich erwärmte Vollmilchschokolade, fügte ihr Nougat und den Mokka bei. Ich rührte und rührte, bis mir die Hände zitterten, und rührte weiter.

»Wow, warst du fleißig.«

Erschrocken fuhr ich herum. Ich hatte Herlind nicht kommen hören.

»Erzählst du mir jetzt, wieso du ständig deine Meinung änderst?«

Das konnte ich nicht. Noch nicht. Ich schüttelte einfach nur den Kopf.

»Es ist acht. Ich habe vorne abgeschlossen und gehe dann. Und morgen wie immer?«

»Danke, Herlind.« Ich versuchte zu lächeln, es misslang. Jetzt wusste ich auch, was vorhin gefehlt hatte: ihr Duft nach Bergamotte.

»Morgen reden wir aber. Und ich will genau wissen, wie du dir die Rettung der Chocolaterie vorstellst. Denn sonst muss ich mir wie Stella einen neuen Job suchen!« Sie schlug die Tür hinter sich zu.

Ich stellte die gefüllten Trüffeln zur Seite und räumte auf. Jetzt musste ich eigentlich mit den ersten Versuchen für die *Schwanenpraline* beginnen, aber ich konnte mich nicht überwinden. Abermals roch ich an der Gewürzschokolade und den Orangentalern. Wie sollte ich meine Chocolaterie retten oder einen Wettbewerb gewinnen, wenn ich nichts zustande brachte? Ich hob den Kopf, schnupperte hier, schnupperte da, nichts. Dann öffnete ich den Putzschrank, roch am Kalkreiniger. Wieder nichts.

Resigniert ließ ich mich auf den Boden gleiten.

Ich hatte das Allerwichtigste verloren, das, was mich ausmachte. Meinen einmaligen Geruchssinn.

Auf einmal klopfte es.

34

Wer auch immer es war, er störte. Ich wollte niemanden mehr sehen.

Es klopfte und klopfte.

Wieso hörte es nicht auf? Der Laden war doch zu! Was sollte das? Langsam stand ich auf.

Draußen stand ein Mann. In einer braunen Lederjacke. Ein großer Mann. Der mich anlächelte. Einen, den ich nicht riechen konnte, weil eine Tür zwischen uns war.

Ich hockte mich wieder hin.

Was wollte er hier? Sollte Alessandro nicht in München sein und mit Anne gemeinsam Pralinenschachteln entwerfen? Julia schöne Augen machen? Ich zwinkerte kurz, aber er stand immer noch da.

Mit heiserer Stimme rief er meinen Namen.

Ich atmete tief durch, verließ mein Versteck und öffnete die Tür.

»Ich muss arbeiten«, sagte ich.

»Lea! Endlich! Wie geht es dir?«

»Gut«, antwortete ich, »aber jetzt kannst du wieder gehen. Ich bin kein Opfer, das man bemitleiden muss.«

Ich wusste gar nicht, warum ich das sagte. Zwischen seinen buschigen Augenbrauen tauchte wieder die Sorgenfalte auf.

»Es ist alles in Ordnung, wirklich.«

Sein Schweigen verriet, dass er mir nicht glaubte. Dabei konnte er in dem dunklen Laden meine rot verweinten Augen doch gar nicht sehen.

Zögernd stieg er die kleine Stufe hoch.

»Was willst du?«, fragte ich.

Er sagte nichts und sah mir in die Augen. Langsam, Zentimeter für Zentimeter, kamen wir uns näher. Ich erschauerte, als er so nahe vor mir stand. Meine Knie wurden weich und das Ziehen in der Brust immer stärker. Als ich glaubte, es nicht mehr aushalten zu können, legte er die Arme um mich und zog mich an seinen warmen Körper, und ich fühlte mich so geborgen wie schon lange nicht mehr.

Ich schloss die Augen und spürte die kalte Jacke an meiner Wange. Sie roch nach Orange und Basilikum, nach Rauch.

Ich konnte ihn riechen.

Dann machte ich die Tür zu und drehte den Schlüssel im Schloss. Ich sah ihm in seine undurchdringlichen Augen. Ohne nachzudenken, legte ich die Hände auf seine Schultern, stellte mich auf die Zehenspitzen und küsste ihn.

Zärtlich erwiderte er den Kuss. Er forderte nichts, sondern gab nur.

»Es tut mir alles so leid«, flüsterte er mir ins Ohr, und ich gab ihm einen Kuss auf seine stoppeligen Wangen, küsste seine weichen Lippen. Ich öffnete seine Jacke, streifte sie von seinen Schultern, spürte seine Wärme, wollte mehr. Drängte mich an ihn. Er zog mich in seine Arme, und seine Hände waren auf einmal überall. Mein

Körper brannte, er hob mich hoch, trug mich zum Sofa und zog mir den Pulli aus. Mit jedem Kuss merkte ich, wie der harte Stein in meiner Brust weicher wurde, und ich schloss die Augen und vergaß alles, was geschehen war. Lebte.

Danach legte ich den Kopf an seine Brust, spürte sein Herz schlagen und fühlte mich ihm so unendlich nahe. Sein Duft umhüllte mich wie seine starken Arme.

»Ich habe mir solche Sorgen um dich gemacht. Den Streit habe ich teilweise mit angehört und bin dir hinterhergerannt, hab dich aber im Getümmel am Marienplatz verloren. Ich war so froh, als Tommaso mich anrief und sagte, dass du heil angekommen bist.«

War es doch er gewesen, den ich tief unterm Marienplatz, in den verwirrenden Röhren der U-Bahn, gerochen hatte? Konnte das möglich sein?

»Ich bin dann zu Sébastien und hab ihm erklärt, was ich für dich empfinde, und gefragt, was los ist. Er hat mir nur gesagt, ich soll sofort zu dir fahren und auf dich aufpassen.«

Er strich mir eine Strähne aus dem Gesicht und küsste meine Wange.

»Es geht um ... meinen Vater«, sagte ich, und stockend erzählte ich ihm alles. Alessandro hielt meine Hand, und ich spürte, wie es ihn durchzuckte, als der Schuss erklang. Wie er mich fest umklammerte, als das kleine Mädchen, das ich gewesen war, seinen Vater sterben sah. Nachdem ich geendet hatte, schwieg er und hielt mich immer noch fest.

»Ich weiß gar nicht, wie ich ihr je wieder in die Augen sehen soll. Am liebsten würde ich sofort kündigen«, sagte er aufgebracht. »Ob Sébastien sich von ihr trennt? Dann wird sie die Firma bestimmt verlassen.«

»Dann bräuchtest du nicht zu gehen.«

»Ach, ich bin unwichtig. Ich versuche mir nur vorzustellen, was gerade in München geschieht.«

Er seufzte.

»Ich war auch unwichtig«, sagte ich. »Als ich klein war, hatte ich immer Angst, dass sie nicht zurückkommt, weil ich es nicht wert wäre. Die Angst – die war immer da. Und jetzt hat sie genau das gesagt. Ich sei es nicht wert gewesen.«

Er drückte mich an sich.

»Glaub das ja nicht. Du bist es wert, dass man zu dir zurückkommt. Du bist alles auf der Welt wert.«

Und ich hob den Kopf und küsste ihn auf die weichen Lippen. Streichelte die stoppelige Wange, berührte den Haaransatz, seinen Hals. Ich vergrub das Gesicht in dem weichen Pullover, der Duft von Orangen und Basilikum kitzelte meine Nase.

Endlich. Ich hatte ihn wieder.

35

»Das Sofa ist grauenhaft«, sagte Alessandro.

Hatte ich geschlafen? Kaum. Ich wollte auch nicht schlafen. Und ich wollte nicht, dass Alessandro aufstand. Auch wenn ich mich an ihm nicht sattsehen konnte. An seinem Lächeln, das mir das Gefühl gab, als wäre ich der einzige Mensch auf der Welt. An seinen Augen, dir mir tief in die Seele blickten und Wünsche erahnten, von denen ich gar nichts gewusst hatte.

»Komm, lass uns frühstücken gehen. Das wird ein anstrengender Tag heute.«

Wie konnte er nur so vernünftig sein nach dieser Nacht?

»Oder willst du, dass Herlind dich hier sieht? Oder weiß sie mittlerweile, dass du nicht bei deiner Tante wohnst?«

Ich seufzte. Nein, das wusste sie nicht. Sie wusste so vieles nicht, und trotzdem war sie gestern sofort gekommen, um mich zu unterstützen.

Die Sonne ging bereits rosarot über der Neubaukirche auf, als wir zum Uni-Café gingen. Ich hatte einen Riesenhunger, aber nach einem Rührei mit Schinken und Tomaten und einer gebutterten Laugenbrezel ging es mir gleich viel besser. Alessandro machte Scherze, und ich lachte, es fühlte sich wie ein glücklicher Morgen an.

Doch dann vibrierte Alessandros Handy. Ein Anruf von Anne. Er sagte ein paarmal »Ja« und fragte dann erstaunt: »Trotzdem?« und »Finden Sie das richtig?« und »Ich fahre sofort los.«

»Sie will die Präsentation des neuen Designs vorziehen. Auf morgen. Du weißt schon, *Grün*. Dabei sind wir noch gar nicht fertig.« Er winkte der Bedienung.

»Ich muss dahin, tut mir leid.«

Wir zahlten und zogen unsere Jacken an. Er nahm mich in seine Arme.

»Ich komme wieder!«, flüsterte er in mein Ohr.

»Versprochen?«

»Versprochen!«, antwortete er und küsste mich lange und innig. Dann war er fort.

In der Chocolaterie warteten all meine vermissten Gerüche auf mich. Das Büro war erfüllt vom zarten Duft der Orange. Grün mischte sich Basilikum dazu, erdig der Koriander.

Langsam und tief atmete ich ein und aus. Mit geschlossenen Augen wandte ich mich hierhin und dorthin, nahm in der Küche den Seifengeruch des Putzmittels wahr und einen winzigen Hauch Bergamotte von Herlinds Parfüm. Ich drehte mich im Kreis und breitete die Arme aus.

»Na, was ist denn mit dir passiert?«, fragte plötzlich Herlind. »Du hast ja wieder Farbe im Gesicht!«

»Alessandro … Er hat mich gestern Abend besucht«, sagte ich und strahlte sie an.

»Kein Wunder, dass es dir besser geht!« Sie grinste und zog ihre Schürze an.

Ich drückte ihr einen Becher Kaffee in die Hand. »Komm, wir haben noch ein paar Minuten. Ich muss dir ja noch erzählen, was in München passiert ist …«

»Die Frau hat keine Gefühle!«, sagte Herlind wütend, als ich geendet hatte. Zum Abschied erdrückte sie mich fast mit ihrer Umarmung. Dann räusperte sie sich mehrmals, zog ihre Schürze fest nach unten und ging in die Chocolaterie.

Es war ein gutes Gefühl, es erzählt zu haben. Ich setzte mich an den Schreibtisch und atmete tief durch. Es gab viel zu erledigen.

Als Erstes rief ich bei der Anwältin an und erklärte ihr, dass ich die Chocolaterie doch nicht aufgeben würde. Sie fragte, ob ich bei Sébastien gekündigt oder mich für heute krankgemeldet hätte.

»Ich glaube zwar nicht, dass er Ärger macht. Aber sicher ist sicher. Da Sie zwei Tage gearbeitet haben, gilt eine Kündigungsfrist von vierzehn Tagen. Eigentlich müssten Sie die vierzehn Tage voll durcharbeiten.«

»Auf keinen Fall.«

»Dann ein Auflösungsvertrag. Soll ich ihn für Sie ausarbeiten und Sébastien Malineau vorlegen? Die Absprache mit dem Arbeitgeber wäre eine saubere Lösung.«

Er war bestimmt das kleinere Problem. Aber ich wollte alles juristisch einwandfrei beenden, um jede weitere Begegnung mit Anne zu vermeiden.

»Was würde mich das kosten?«

»Machen Sie sich keine Sorgen. Frau Miller hat mich

beauftragt, mich um Sie zu kümmern, also stelle ich alles ihr in Rechnung.«

Ich wollte kein Geld von Anne annehmen. Aber ich brauchte diesen Vertrag.

»Danke. Dann erledigen Sie das bitte.«

Als Nächstes rüstete ich mich mit meinen besten Pralinenschachteln aus und sprach bei fünf weiteren Banken vor. Alle waren freundlich, alle hörten zu, und alle baten um meine Zahlen. Die Zinsen, die sie mir anboten, waren exorbitant, aber für eine Überbrückung würde mir nichts anderes übrig bleiben. Und natürlich freuten sie sich alle über die Schokoladengenüsse. Aber Geld, Geld, das ich am liebsten gleich bündelweise mit nach Hause genommen hätte oder in Form eines Schecks, das gaben sie mir nicht.

Dafür traf ich auf dem Nachhauseweg Tommaso. Er grinste, als ob er etwas von Alessandro und mir wüsste.

»Wenn du die Chocolaterie nicht schließt«, sagte er, »dürfen wir dann deine Trüffeln für unser Überraschungsdessert verwenden? Natürlich mit einer Werbung für dich auf unserer Karte.«

»Na klar!« Das hatte ich fast vergessen. »Und was sagt dein Vater dazu?«

Tommaso rieb sich am Kinn. »Zuerst war er sauer, ist ja klar. Dann hat meine Mutter ihm den Marsch geblasen, und jetzt meint er, es würde dich sowieso nicht retten.«

»Das warten wir erst mal ab, oder?«, versuchte ich, Optimismus zu verbreiten.

Er streckte mir die Hand entgegen. »Auf gute Geschäfte!«

»Auf gute Geschäfte«, antwortete ich.

Da gab es noch etwas, dem ich nicht länger aus dem Weg gehen sollte. Ich setzte mich aufs Sofa, atmete tief durch und rief meine Oma an.

»Lea, nie hätte ich gedacht, dass du davon etwas mitbekommen hast!« Sie atmete tief aus. »Wir wollten das immer von dir fernhalten.« Wieder eine Pause.

»Ich fand ihn«, sagte sie stockend, »meinen Sohn. In seinem eigenen Blut.«

»Oma, nicht, du musst nicht …«

»Markus ging es schlecht«, unterbrach sie mich. »Anne war abgehauen. Er aß nichts mehr, grübelte zu viel. Deshalb habe ich mich um euch gekümmert. Als ich klingelte, öffnete keiner. Markus war ein Frühaufsteher. Damals schlief er fast gar nicht, saß nur in der Werkstatt, und es konnte passieren, dass er dich vergaß.

An diesem Morgen wusste ich, dass etwas nicht stimmte. Eine Mutter spürt das. Zuerst schaute ich nach dir. Du hast so süß in deinem Bettchen gelegen und geschlafen. Wie ein Engel, ich brachte es nicht fertig, dich zu wecken. Dann suchte ich Markus. Und fand ihn.«

Sie schniefte.

»Dein Großvater rief die Polizei, und ich brachte dich zu uns. Ohne dass du etwas mitgekriegt hattest.«

»Die Polizei?«, fragte ich wie elektrisiert.

»Auch ohne Abschiedsbrief ging sie schnell von einem Suizid aus.«

»Aber ändert das nicht alles, wenn Anne ihn dazu zwang?«

»Rüdiger meint, dass das egal sei. Selbstmord ist nicht strafbar, also kann die Anstiftung dazu auch nicht strafbar sein.«

»Ach, Rüdiger, was weiß der schon …«

»Er war mal Polizist, hast du das vergessen?«

Das Goldkettchen war Polizist gewesen?

»Am Schluss war er Leiter der Mordkommission. Wir haben uns durch Markus' Tod kennengelernt. Dein Großvater war ein gebrochener Mann. Nachdem die Ermittlungen abgeschlossen waren, habe ich Rüdiger jahrelang nicht gesehen. Und dann … eines Tages. Ich stand vor dem Haus in der Schustergasse, wie so oft. Sie bauten es um. Er sprach mich an.«

Wieder seufzte sie.

»Du hattest Blutspuren am Nachthemd. Aber dein Großvater und ich, wir dachten, du könntest doch gar nicht verstehen, was du da gesehen hattest. Deshalb haben wir dich belogen. Wir wollten, dass du deinen Vater als den Mann in Erinnerung behältst, der er gewesen ist.«

Ich stand auf und ging umher. Rückte alles gerade, was mir zwischen die Finger geriet.

»Wir riefen bei Annes Vater an. Er sagte immer, sie sei krank, aber ohne uns Details zu nennen. Und sie würde dich zu sich holen. Dann starb ihre Mutter. Sie war immer kränklich gewesen, sie hatte ein Nervenleiden, ich weiß nicht, was. Und trotz ständiger Beobachtung haben sie das Wichtigste übersehen: dass sie Krebs hatte. Unglaublich. Brustkrebs. Als sie es feststellten, waren überall Metastasen, und sie starb sehr schnell. Am Anfang war noch die Rede davon, dass du zu Anne zurückkommen solltest. Auch das Jugendamt ging davon aus. Aber je länger du bei uns warst ...«

»Das Jugendamt?« Davon hörte ich das erste Mal.

»Na ja, wir wurden kontrolliert, anfangs zumindest. Sie waren immer zufrieden. Kannst du dich nicht erinnern, dass manchmal eine Frau kam, mit üppigen roten Locken? Den Namen habe ich vergessen. Sie schaute, wie es lief. Und es lief gut.«

Komisch. Es gab eine Frau mit roten Locken, allerdings nicht in meiner Erinnerung, sondern in der Chocolaterie. Sie war schon etwas älter, die Haare gefärbt, und sie liebte Marzipan.

»Und Anne?«, fragte Oma, »Hat sie dir eine Begründung geliefert, warum sie dich im Stich gelassen hat?«

»Sie sagt, ihr hättet es ihr verboten. Und dass ihr an allem schuld seid.«

»Und du glaubst ihr?« Oma wurde lauter.

»Ich glaube ihr gar nichts. Nie mehr. Wer zu seinem Mann sagt: ›Dann drück doch ab?‹ Nie mehr.«

Wir sprachen noch über meinen Besuch an Weihnachten. Es war, als ob keiner auflegen wollte. Wie gerne hätte ich mit meiner Oma von Angesicht zu Angesicht geredet, sie umarmt und festgehalten in ihrem Schmerz.

Nachdem wir endlich aufgelegt hatten, blieb ich nachdenklich sitzen. Aber es brachte nicht viel, ich konnte die Vergangenheit nicht ändern. Nur die Zukunft. Ich ging zu Herlind.

»Die Banken spinnen«, sagte ich. »Wenn ich überhaupt einen Kredit bewilligt bekomme, fressen mich die Zinsen auf.« Ich seufzte. »Ich verstehe nicht, wieso der Laden nicht besser läuft.«

»Also an mir liegt es nicht!«, wehrte Herlind ab.

»Vielleicht aber doch«, sagte ich vorsichtig.

»Soll ich den Kunden das teure Zeug etwa aufschwätzen?«, fragte sie aufgebracht.

»Du findest uns zu teuer? Bei all der Arbeit, die wir haben? Hier geht es um Handarbeit, um – Kunst!«

»Kunst?« Als sie lachte, zuckte ich zusammen.

Da wurde die Tür klingelnd geöffnet, und Frau Obermüller erschien mit einem Besen in der Hand. Die hatte mir gerade noch gefehlt.

»Was machen Sie denn hier?«, fragte sie erstaunt.

»Wir hatten wegen einer Familienangelegenheit geschlossen, das ist alles.«

Sie schnaubte und verdrehte ihre Augen. »Wenn Sie Ihre Miete nicht sofort bezahlen, gibt es Ärger!«

»Ich war schon bei der Bank. Aber die Abwicklung eines neuen Kredites braucht eben seine Zeit. Wenn Sie mir bis Januar Aufschub gewähren könnten. Das Weihnachtsgeschäft, denken Sie daran!«

Sie streckte mir den Besen entgegen. »Ich verlass mich auf gar nichts mehr. Ich werde Sie rausklagen.« Hocherhobenen Hauptes stolzierte sie hinaus. Ich eilte ins Büro. Die Banken brauchten die Unterlagen. Wo blieb eigentlich das Probenpaket des neuen Schokoladenlieferanten? Dann fiel mir ein, dass die Mokkaschnitten von gestern überzogen und die Orangentaler verziert werden mussten. Und das Schaufenster hatte ich immer noch nicht neu dekoriert!

Eine SMS von Alessandro riss mich aus meinen Gedanken. Er schrieb, er sei gut angekommen und jetzt auf dem Weg zu Anne. Hoffentlich konnte er sich beherrschen und stritt sich nicht mit ihr. Seine Bewunderung für sie hatte sich in nichts aufgelöst. Aber er musste dieses Projekt noch beenden, das war klar, um sich danach bei einer anderen Firma zu bewerben.

Werbung. Um die musste ich mich auch noch kümmern. Hatte Stella nicht von einem Kindergartenpapa geschwärmt? Nicht nur gut aussehend und Single, sondern auch bei einer Druckerei beschäftigt? Vielleicht konnte sie für mich Sonderkonditionen für ein paar Werbeflyer aushandeln.

Schnell rief ich sie an. Im Hintergrund war Kindermusik zu hören.

»Ich brauche deine Hilfe«, sagte ich.

»Na, dann schieß mal los!«, sagte sie gut gelaunt.

Schießen – auch wenn mir das Bild, das sofort in meinem Kopf entstand, nicht gefiel, so war ich doch froh, dass sie mir nicht mehr böse war.

»Du hast mal von einem Mann erzählt …«, und ich berichtete ihr von meiner Idee mit den Flyern.

»Ich frag nach«, sagte sie und legte auf.

Und während ich überlegte, welche Weihnachtsdekoration ich dieses Jahr wählen sollte, rief sie schon zurück.

»Er hilft gerne. Hast du denn schon einen Entwurf?«

»Nein.« Zuerst wollte ich wissen, ob ich es mir leisten konnte.

»Der Preis hängt von der Größe, der Papierqualität,

den Farben und so weiter ab. Genaues kann er dir noch nicht sagen. Melde dich, wenn es so weit ist«, sagte sie und legte auf.

Zur Eröffnung hatten wir Flyer drucken lassen. Die Vorlage konnte man wiederverwenden. Ich notierte es mir, um mich am Abend darum zu kümmern. Jetzt musste die Gewürzschokolade verziert werden. Aber es war keine Bitterschokolade mehr da. Wo blieb das Probenpaket? Wieso dauerte das alles so lange? Wie sollten wir Geld verdienen, wenn die gewünschte Ware nicht produziert wurde? War der Postbote schon da gewesen, und es lag bei Herlind?

Doch im Laden war nichts abgegeben worden. Ich mahnte den Lieferanten, schaute nach, ob die Banken sich gemeldet hatten. Natürlich nicht.

Rüdiger schickte mir eine Mail mit dem Betreff *Fakten zum Suizid von Markus Winter*, die ich mir für den Abend aufhob. Den Auflösungsvertrag der Anwältin las ich jedoch sofort durch und war mit allem einverstanden. Manon erinnerte an den Abgabetermin der *Schwanenpraline*, und ich bekam Kopfschmerzen. Die Tabletten waren in einer Kiste, die ich ganz oben im Regal versteckt hatte. Als ich mich auf die Zehenspitzen stellte und vergeblich versuchte, an das oberste Regal heranzukommen, krachte es, und das Blech mit den frisch verzierten Orangentalern lag auf dem Boden.

»Lea, alles in Ordnung?« Sofort stand Herlind in der Tür.

»Nein«, sagte ich verzweifelt. Sie bückte sich und half mir, die dunklen Pralinen aufzuheben.

»Die können wir nicht mehr verkaufen, oder?«, fragte Herlind. Ich schüttelte den Kopf.

»Na, dann«, und schon war ein Orangentaler in ihrem Mund verschwunden. »Hm, köstlich. Vielleicht solltest du mich mit deinen Pralinen füttern wie die Obermüller. Dann wüsste ich wenigstens, wie das Zeug schmeckt, das ich verkaufe.«

»Aber das weißt du doch!« Ich schob die zerdrückten Pralinen auf einen Haufen.

»Ich weiß nicht, wie alle schmecken. Ich kenne nur die, die du auf den Probierteller legst«, sagte sie schmatzend. »Ich kann sie mir nicht leisten.«

»Aber du musst dir doch nichts kaufen! Du musst dich doch von uns allen am besten auskennen!«

»Vom Verschenken wirst du aber auch nicht reich.«

»Probier alles. Lerne sie kennen, lerne sie beschreiben.«

Ich reichte ihr den Teller mit den Mokkaschnitten.

36

Ich vermisste Alessandro. Er war der einzige Grund, weswegen ich mich auf Freitag freute.

Das Rezeptbuch meines Vaters stand jetzt im Regal neben meinem, ich strich mit dem Finger über den zerschlissenen Rücken. Gelesen hatte ich es immer noch nicht, aber das machte nichts. Es würde der Tag kommen, an dem ich die Kraft dafür fand.

In meinem Buch hatte ich erste Ideen für die Form der Schwanenpraline notiert. Schwäne, die nicht so aussahen wie auf dem Schwanenmedaillon, auf dem Firmenschild oder der Torte. Ich hatte in letzter Zeit viel zu viele Schwäne gesehen.

Warum tat ich mir das an, warum ausgerechnet eine *Schwanen*praline? Am liebsten hätte ich alles hingeworfen. Nicht mehr an damals gedacht, an Markus und Anne, an Manon.

Aber es musste weitergehen.

Eine Skizze der schlafenden Schwäne am Teufelsloch gefiel mir am besten. Wie sie ihren Kopf unter das Gefieder steckten. Es vermittelte unendliche Geborgenheit. Ging es in einem Hotel nicht genau darum? Um Geborgenheit, gut zu schlafen?

Ich kritzelte noch ein wenig herum, bis ich mir eine Hohlform vorstellen konnte. Eine Silikonform nach eigener Vorlage herstellen zu lassen war allerdings ziemlich teuer. Würde auch zu lange dauern. Ein Foto der Skizzen mailte ich Alessandro, der sofort begeistert antwortete.

Abgabeschluss ist in zwei Wochen. Und Manon hat die ganze Zeit gesagt, dass sie für mich keine Ausnahmen bei den Teilnahmebedingungen und der Auswahl des Siegers machen würde, schrieb ich zurück. Und er antwortete, er werde mal nachdenken.

Manon. Ein Satz von ihr kam mir in den Sinn, einer, der mir damals bereits aufgefallen war: »Wie ein Mensch stirbt, hat nichts damit zu tun, ob man ihm seine letzte Ehre erweist!« Jetzt verstand ich, was sie damit gemeint hatte.

Ob sie womöglich recht gehabt hatte? War Anne von Alkohol oder Drogen so zugedröhnt gewesen, dass sie einfach danebengestanden und zugesehen hatte, wie sich ihr angeblich so geliebter Mann umbrachte?

Aber ich wollte keine Begründung, die nach einer Entschuldigung klang. Sie sollte dafür büßen. Und wenn die einzige Strafe darin bestand, dass sie ihre Tochter niemals wiedersehen würde.

Ich schlief erstaunlich tief und fest und wachte voll neuer Energie auf. Neue Ideen blitzten auf, und langsam kam ich zur Ruhe. Die Sonne schien, der Schnee glitzerte, und mir kam es so vor, als ob jeder lächelte, sogar Herlind.

»Ich habe eine Überraschung für dich«, sagte sie, als sie mit geröteten Wangen hereinkam. »Eine meiner Freundinnen ist Gästeführerin. Sie hat mir gestern versprochen, dass sie ab sofort auf ihrer Tour an deiner Chocolaterie vorbeikommen wird.«

»Danke«, sagte ich erstaunt und stellte die Spritztüte mit der Vanillekipferl-Ganache in einen Becher.

»Und noch etwas, mein Mann kennt jemanden vom Lokalblättchen. Ich habe ihn gefragt, ob sie nicht irgendwas für dich machen könnten, und jetzt wollen sie die Chocolaterie in ihre Samstagsrubrik mit den Empfehlungen für Restaurants und Geschäfte aufnehmen.«

»Herlind, du bist klasse!« Ich drückte ihr einen Kuss auf die faltige Wange.

Sie nestelte an ihrer Schürze herum.

»Ach, weißt du, wenn du uns früher von deinen finanziellen Problemen erzählt hättest, dann hätte ich schon eher was unternommen.«

Überrascht sah ich sie an.

»Ich wollte doch nur, dass ihr euch keine Sorgen macht.«

»Tja. Manche lernen eben erst spät, dass man im Team immer stärker ist als alleine.« Sie lächelte mich an und streichelte mir wie einem kleinen Kind über die Wange. Das hatte ich wohl verdient.

Und Herlind war ein guter Teamplayer. Als ich in den Laden schaute, um sie für eine kurze Pause abzulösen, hörte ich, wie sie den langwierigen Herstellungsprozess unserer Trüffeln erläuterte. »Alles Handarbeit«, betonte sie. Und der Kunde kaufte sie.

»Herlind, ich bin stolz auf dich«, sagte ich, als schon wieder die Türglocke läutete.

Der Postbote kam mit einem Expresspaket. Ich hoffte,

dass es das Probenpaket der Schokolade war, aber dann erkannte ich das Firmenlogo von *Le Maître*.

Unter mehreren Lagen Packpapier lagen der Karton mit den High Heels und das Kleid, das Anne mir am ersten Tag gekauft hatte. Ich seufzte und hielt mir das Kleid vor den Körper. Dann suchte ich einen Kleiderbügel, hing es im Büro ans Regal und klappte meinen Laptop auf. So ein Versace-Kleid ließ sich bei eBay bestimmt gut verkaufen. Damit ich Herlind ihr Gehalt bezahlen konnte.

Zuerst musste ich mich registrieren. Bei eBay kannte ich mich nicht aus. Natürlich dauerte es. Und meine Handy-Fotos von dem Kleid waren grauenhaft.

»Wow!«, war alles, was Herlind zu dem Kleid sagte. Sie wollte, dass ich es anziehe, aber den Gefallen tat ich ihr nicht.

»Und du willst es wirklich verkaufen?«

»Das ist dein Novembergehalt.«

»Wir brauchen doch neue Schokolade«, sagte sie kopfschüttelnd. »Mein Gehalt kannst du mir später zahlen. Die Kreuzfahrt ist storniert. War zum Glück so weit im Voraus, dass ich mein angezahltes Geld komplett wiederbekommen habe. Mach dir keine Sorgen, ich verhungere schon nicht.«

Ich fiel ihr um den Hals.

»Du bist die Beste! Und für die Silberhochzeit mache ich dir eine ganz tolle Torte, versprochen!«

Und dann wartete ich darauf, dass sich bei eBay wegen des Kleides etwas tat. Genauso wie ich auf eine Antwort von den Banken wartete.

Auf der Suche nach dem Ansprechpartner für den Weihnachtsmarkt klickte ich mich durch die Webseite der Stadt und fand eine Notiz, dass dieses Jahr kein Stand mehr frei sei. Der berühmte Künstler-Weihnachtsmarkt in Sommerhausen war ebenfalls seit Langem ausgebucht. Für nächstes Jahr könnten sie mich gerne auf die Liste setzen.

Nächstes Jahr. Wer konnte daran denken. Aber natürlich wollte ich auf die Liste.

Mit Alessandro simste und telefonierte ich ständig. Er richtete mir Grüße von Nesrin aus, erzählte, dass Sébastien Kaffeeflecken auf dem Hemd gehabt habe und niemand wisse, was mit Anne los sei. Die Präsentation war ausgefallen.

Als Frau Obermüller wieder zum Naschen in die Chocolaterie kam, hatte ich eine überraschende Nachricht für sie.

»Durch die berufliche Veränderung von Frau Petersen werde ich ab Dezember wieder Miete zahlen können. Ich hoffe, Sie haben die Räumungsklage noch nicht eingereicht.« Stellas Gehalt entsprach in etwa der Ladenmiete für die Chocolaterie. Ich würde unendlich viel arbeiten müssen, um sie zu ersetzen, aber nur so war das alles zu schaffen.

Frau Obermüller blieb der Mund offen stehen.

»Und die Mietrückstände?«

»Dafür wird sich auch noch eine Lösung finden, da bin ich mir sicher.«

37

In Serpentinen fuhr der Bus den Dallenberg hoch zum Waldfriedhof. Ich konnte mich nicht erinnern, wann ich das letzte Mal hier gewesen war. Alles war grau in grau, der Himmel, der Schnee. Nur das kleine Blumengeschäft am Eingang leuchtete bunt. Auf der Suche nach dem Grab meines Vaters ging ich zwischen den Reihen der dunklen Steine hindurch.

Da. Der große Stein mit der Weltkugel aus Menschen kam mir bekannt vor. Und daneben …

Mein Herz stockte. Ein schwarzer Stein mit einer Schneehaube. Ich erinnerte mich an ihn. Granit, aus dem Stein hätte man einen Tisch für die Schokoladenwerkstatt machen können. Kein Kreuz zierte ihn, keine anderen Symbole. Nur die wenigen dürren Worte: *Markus Winter, 1953 – 1986.*

Fehlte das Kreuz, weil mein Vater Selbstmord begangen hatte? Meine Großeltern waren sehr gläubig. Früher hätte man ihn noch nicht einmal auf dem Friedhof beerdigt.

Auf den Tag genau sechsundzwanzig Jahre lag dieses Drama zurück. Sechsundzwanzig Jahre, in denen ich das Geschehen verdrängt und vergessen hatte. Das Geschrei von Anne, seinen Kopf zwischen den Pralinen. Ich war immer nur dann hier gewesen, wenn meine Oma darauf bestanden hatte. Denn mein Vater war ein Held, der mich auf den Schultern herumgetragen, der gelacht und mit Schokolade gezaubert hatte. Und keiner, der in kalter Erde verrottete.

Aber jetzt, nachdem ich die Wahrheit über seinen Tod kannte, war es an der Zeit gewesen, hierher zurückzukehren. Hier fühlte ich mich ihm näher als irgendwo sonst.

Es herrschte Stille, einzig die hohen Fichten rauschten im Wind. Einige ältere Frauen gingen behutsam über die schlecht geräumten Wege. Die Ruhe des Friedhofes brachte auch Ruhe in meine Gedanken.

Blumen hatte ich keine mitgebracht, sondern eine Trüffel aus der tansanischen Bitterschokolade, die ich so liebte. Bestimmt hätte er beim Probieren leise gebrummt, wie er es immer machte, wenn etwas gelungen war. Wie ein zufriedener Kater. Daran erinnerte ich mich auf einmal wieder.

Die Trüffel legte ich an den Fuß des Steines in den Schnee. Mit der Zeit würde sie in der Sonne schmelzen oder sich durch den Regen auflösen. Vom Friedhofsgärtner untergeharkt, würden die feinen Partikel der Kakaobutter sich mit dem Erdreich vermischen, wo seine Knochen die Schokolade in sich aufnähmen wie einen lange vermissten Freund.

Sein Erbe. Sein Geheimnis, das im Duft der Schokolade verborgen lag.

Ich zog sein Rezeptbuch aus der Tasche. Jetzt war der richtige Moment gekommen. Mit klopfendem Herzen schlug ich es auf. Grundrezepte, die perfekte Temperiermethode, Sahnetrüffeln und Marzipanpralinen.

Dann auf einmal kleine Notizen am Rand.

Beim Rosenmontagszug eine Frau kennengelernt, die ich mit Haut und Haaren verspeisen möchte. Sie zerfließt wie flüssige Schokolade zwischen meinen Fingern.

Anne. Wer sonst.

Ich klappte das Buch zu, fühlte mich wie ein Eindringling. Aber dann siegte die Neugier, und ich las weiter, in der Hoffnung, endlich zu verstehen, was damals zwischen den beiden vorgefallen war.

Sie quält mich. Sie ruft nicht an.

Nie stand ein Datum daneben. Nur Rezepte. Süße Himbeerträume wurden von Liebesschwüren gekrönt, herbe Cognactrüffeln begleitet von Eifersucht, Wut und der Sinnlosigkeit des Lebens.

Sie wird mir ein Kind schenken.

Nun, eine Frau verschenkt ihr Kind nicht, sondern gebiert es unter Schmerzen. Schenken, das klang so – problemlos. Ich musste an Nadines geschwollene Knöchel denken. An Annes Anspruch weiterzuarbeiten. An die graue Realität in einer Zeit, in der Universitäten keine Kindertagesstätten anboten, sondern die Karriere zu Ende war, sobald der Bauch sich wölbte.

Ein Geschenk? Ein Geschenk muss man nicht beachten, sondern kann es ins Regal stellen und verstauben lassen.

In den Liebesschwüren kam ich nicht vor.

Ich ertrage es keine Minute, ohne sie zu sein. Wenn wir erst in Würzburg leben …

Der Rest war unleserlich.

Ich blätterte weiter, las nicht alles, überflog es, erfasste nur Wörter. *Sehnsucht, Qual, Erfüllung, Ekstase, Macht. Hass*. Es ging weniger um Liebe als um Besitz.

Vorsichtig blätterte ich bis zum Schluss. Der Duft von Himbeeren und Bitterschokolade klebte an diesen Seiten wie das Marzipan, das sie zusammenhielt. Und ihr Parfüm, ihr Duft. Die Erinnerung wurde übermächtig, es roch so intensiv, als ob Anne neben mir stehen würde.

»Hallo Markus«, sagte auf einmal eine Stimme. »Entschuldige, dass ich dich noch nie besucht habe.«

Erstaunt drehte ich mich um. Sie war es tatsächlich.

Der Schnee hatte ihre Schritte gedämpft. Trotz ihres dicken Lammfellmantels zitterte sie stark, und ihre Wangen waren so rot wie die Rosen in ihrer Hand.

Am liebsten wäre ich sofort gegangen. Ich wollte nicht mit ihr reden, mir irgendwelche dummen Entschuldigungen anhören. Ich wollte alleine mit meinem Vater sein.

Sie schritt auf das Grab zu, und gerade als ich mich abwenden wollte, rutschte sie im Schnee aus, und ich ergriff reflexartig ihren Arm und wartete, bis sie die Balance wiedergefunden hatte.

»Ich wollte dich vergessen, Markus, aber es ging nicht.« Ihre Stimme klang so sanft. »All die Jahre. Die ganze Zeit ohne dich.« Sie stolperte wieder in ihren High Heels. Sie nahm mich nicht wahr. Als sie mit dem Fuß umknickte, umfasste ich abermals ihren Arm. Ich ärgerte mich, dass Anne es schaffte, meine Aufmerksamkeit zu erregen.

»Wieso musstest du dich auch mit Manon einlassen. Manon, diese Schlampe! Immer macht sie alles kaputt.«

Sie krümmte sich, als ob sie Bauchschmerzen hätte, und richtete sich wieder auf.

»Ich war mit Sébastien so glücklich, bis sie wieder aufgetaucht ist und Lea mit auf die Messe brachte. Du hast richtig gehört, Markus. Sébastien. Langweiler nanntest du ihn immer. Aber ich habe aus ihm etwas gemacht, etwas ganz Großes. Er müsste mir ewig dankbar sein, und dann verlässt er mich, weil L... lea ...« Sie zitterte so stark, dass sie kaum reden konnte. »Weil Lea alles verraten hat.« Sie drehte sich um und sah mir ins Gesicht. Ihr Make-up war verschmiert, ihr Blick flatterte.

»Du hast ...« Sie schwankte. »Wegen dir ... Sébastien ... mich verlassen Markus ... hätte sich ... ich ... geliebt!«

»Du«, sagte ich langsam, um meine Wut zu bändigen, die wie ein Raubtier in meinem Bauch saß und rausgelassen werden wollte, »du lügst, sobald du den Mund aufmachst. Wenn du gewollt hättest, dass er lebt, dann hättest du ihm die Waffe abgenommen. Ganz einfach. Waffe weg, Patronen raus. Aber du hast nichts getan, gar nichts.«

Sie hockte sich hin und krümmte sich wieder.

»Ohne dich würde er noch leben!«, schrie ich.

»Ich ... unschuldig«, sagte sie undeutlich. War sie betrunken? Sie benahm sich so merkwürdig. »Ich vermisse dich ... ich verzeihe dir ...«, flüsterte sie und sank auf sein Grab. »Ich komme.« Ihre Lider zuckten, auf einmal stank es widerwärtig.

Sie sah seltsam aus.

»Geht es dir gut?«, fragte ich. Keine Reaktion.

»Ist alles in Ordnung?« Ich riss sie hoch, ihr Blick war glasig. Sie antwortete immer noch nicht, ihre Augen verdrehten sich, ihr Körper erschlaffte in meinen Armen.

Ich drückte sie an mich, rief »Hilfe! Ich brauche Hilfe!«, aber da war niemand. Unbeholfen suchte ich ihren Puls, wusste nicht, wie es ging. Ich tippte die Notrufnummer in mein Handy ein. Während das Telefon die Notrufnummer in den Nebel schickte, durchwühlte ich ihre Tasche.

Endlich meldete sich eine Frau in der Notrufzentrale. Ich erklärte hastig, dass meine Mutter ohnmächtig geworden sei. Sie fragte nach Krankheiten, ich wusste nichts, nur dass Anne immer noch bewusstlos war, und sie schickte den Notarzt los.

Ich legte Annes Kopf in meinen Schoß. Sie röchelte und übergab sich. Immer wieder hatte sie Krämpfe. Ich drehte sie zur Seite, das war das Einzige, was mir einfiel. Stabile Seitenlage, hieß das nicht so? Ich hatte keinen Führerschein und somit nie einen Erste-Hilfe-Kurs gemacht.

Wie lange dauerte das nur?

Ich schrie mir vor Angst die Seele aus dem Leib, niemand kam, doch da, endlich, ich hörte etwas. Menschen, die riefen, ich antwortete, da: die Sanitäter. Fragen, die ich beantwortete, Bewegungen, die ich kaum registrierte, Untersuchungen, schon lag sie auf einer Trage, wurde in den Wagen geschoben. Ich folgte ihr.

Ich erinnerte mich später, dass der Wagen stärker rumpelte, als ich es mir immer vorgestellt hatte. Und dass er viel leerer war. Daran, was der Sanitäter machte, kann ich mich nicht erinnern.

Was, wenn sie es nicht schaffen würde. Wieso hatte ich nicht gleich erkannt, was mit ihr los gewesen war? Wie sollte ich mit dieser Schuld leben, wenn sie nicht durchkam? Ich ertrug die wenigen Minuten den Berg hoch zur Uniklinik kaum.

Es quietschte, und der Wagen hielt. Pfleger und Ärzte um uns herum. Schnell schoben sie die Trage in ein Untersuchungszimmer, ich rannte nebenher, musste draußen warten.

Eine Schwester fasste mich an die Schulter, forderte mich auf, mich zu setzen, sagte: »Die Ärzte kümmern sich um Ihre Mutter.« Und ich atmete auf, als hätte ich erst jetzt, in diesem Moment, die Verantwortung abgegeben.

Sie fragte nach Allergien und Krankheiten, ich hatte keine Ahnung. Wieder durchsuchte ich ihre Handtasche, fand ihre Krankenversicherungskarte, ihren Ausweis, ihr Telefon. Kein Passwortschutz, sehr gut. Ich musste unbedingt Sébastien anrufen. Wer weiß, wo er war, aber auch wenn sie sich getrennt hatten, er wusste alles über sie, er musste helfen.

Was sollte ich nur sagen. Anne war so – anders gewesen. Das hätte mir auffallen müssen. Ihr unsicherer Gang, ihr Gleichmut. Wie abgeklärt sie gewirkt hatte. Als ob sie mit allem abgeschlossen hätte.

Wie sie mit Markus gesprochen hatte.

Ich starrte auf Annes Telefon. Neben Sébastiens Nummer war ein Foto von ihm. Sein Knautschgesicht lächelte mich verschmitzt an.

»Ja?«, meldete er sich zögerlich, und mir wurde schlagartig klar, dass auf seinem Display *Anne* stand.

»Sébastien, ich bin es, Lea«, erklärte ich.

»Lea?«, fragte er erstaunt.

»Sébastien.« Ich bekam kein Wort heraus. »Anne ist bei mir in Würzburg.«

»Dann hast du es schon gehört.« Er seufzte. »Ich konnte ihre Gefühllosigkeit nicht mehr ertragen. Kein Wort …«

»Sebastien«, unterbrach ich ihn, »ich bin mit ihr im Krankenhaus. Sie ist … keine Ahnung … zusammengebrochen. Ich musste den Notarzt rufen.«

»Wo seid ihr? Ich komme sofort.«

Ich wusste es nicht. Die Schwester übernahm das Gespräch und erklärte den Weg zum Zentrum für Innere Medizin der Uniklinik.

Dann ließ sie mich alleine.

Minuten oder Stunden vergingen, ich starrte auf meine Füße. Menschen kamen und gingen, redeten, Betten wurden vorbeigeschoben, Durchsagen erklangen.

Am Grab hatte ich mir noch gewünscht, Anne nie mehr wiederzusehen. Sie aus meinem Leben zu streichen.

»Du bist schuld«, hatte sie vorhin gerufen, und so fühlte ich mich auf einmal.

Schuldig.

38

Endlich kam ein Arzt. Er redete von einer Überdosis eines Medikamentes, dessen Name mir nichts sagte. Man habe ihr den Magen ausgepumpt, und nun könne man nur hoffen und abwarten.

Ich folgte ihm in das Zimmer meiner Mutter, die klein und verloren in einem riesigen weißen Bett lag, verkabelt mit Schläuchen und Geräten. Ich setzte mich auf einen Stuhl. An ihrem Arm hing ein Tropf. Sie schlief. Es roch nach Desinfektionsmitteln. Ein Gerät piepste.

Ich zitterte am ganzen Leib und brauchte dringend Hilfe. Alessandro ging nicht ans Telefon, und ich wählte Stellas Nummer.

»Hallo Lea«, sagte sie.

»Meine Mutter …«, versuchte ich zu sagen, doch meine Stimme erstarb.

Stella schwieg. Ich räusperte mich und öffnete den Mund, es dauerte einen Augenblick, bis ich meine Stimme wiederfand.

»Es ist … Meine Mutter … Sie ist hier … Ich musste den Notarzt rufen. Ich schaff das nicht alleine.« Kurz erklärte ich, was passiert war.

»Ich komme sofort«, sagte sie. »Wo bist du?«

»Uniklinik, Zentrum für Innere Medizin.«

Anne schlief tief und fest. Noch nie hatte ich sie so lange beobachtet. Im *Blumenladen* hatte ich sie kaum anzusehen gewagt. Und später – man konnte sie nicht beobachten. Sie merkte es immer sofort, wenn man sie anschaute, und blickte einen an, als fühle sie sich ertappt.

Ich schloss die Augen, legte den Kopf auf ihre schmale Hand und lauschte ihrem Atem. Langsam beruhigte ich mich, und ich spürte, dass ich sie liebte, trotz allem.

Ich wollte sie nicht verlieren.

Als mein Telefon klingelte, holte ich es aus meiner Tasche. Es fiel mir aus der Hand, und ich bückte mich und hob es auf. Alessandro.

»Geht es dir gut, was ist denn los? Nadine hat mich zu Sébastien gerufen, der ist völlig durch den Wind und will nach Würzburg fahren, ohne zu sagen, was los ist. Er hat für die nächsten Tage alle Termine abgesagt.«

»Es geht um … Anne. Sie ist hier, in der Uniklinik. Auf der Intensivstation.«

»Mein Gott. Hatte sie einen Unfall? Besser, ich fahre Sébastien, sonst passiert noch was. Ich wollte doch sowieso heute nach Hause.«

Er legte auf. Wenige Minuten später kam eine SMS: *Sind unterwegs*.

Die Tür wurde geöffnet, Stella schaute zaghaft hinein und eilte auf mich zu. Sie umarmte mich, und als sie über meinen Rücken strich, kamen mir die Tränen.

Wir gingen hinaus. Auf dem Gang roch es nach Kaffee, Geräte piepsten, jemand lachte. Mein Blick schweifte in einen begrünten Innenhof. Studenten standen dort in

Gruppen zusammen und rauchten. Scheinbare Normalität.

Stockend erzählte ich vom Tod meines Vaters, dem Streit mit Anne in München und was heute auf dem Waldfriedhof geschehen war.

Stella drückte meine Hand so fest, dass die Knöchel weiß hervortraten.

»Was für eine Scheiße«, flüsterte sie.

»Sébastien ist schon auf dem Weg hierher. Wem soll ich denn sonst noch Bescheid sagen? Ihrer Sekretärin?«

»Ich glaube nicht, dass es deiner Mutter recht ist, wenn jeder weiß, was sie vorhatte. Das ist ihre Privatsache.«

»Wenn sie es geplant hatte. Das wissen wir doch gar nicht. Vielleicht musste sie Medikamente nehmen und hat aus Versehen zu viel erwischt«, warf ich ein.

»Glaubst du das wirklich, Lea?«

Ich schüttelte den Kopf. Nicht nachdem Anne »Ich komme« zu Markus gesagt hatte. In diesem Moment war klar gewesen, was für eine Absicht dahintersteckte.

»Hat sie das schon mal probiert?«, fragte Stella.

»Keine Ahnung«, sagte ich. »Und genau deswegen brauchen wir Sébastien! Wegen der Versicherung und der Krankengeschichte.«

Aber sobald ich es aussprach, zweifelte ich.

Eine Sekunde, die alles veränderte. In der man abdrückte. In der man den Schritt nach vorne wagte. War es mir nicht genauso ergangen? Ich hatte niemandem von der Anziehungskraft der U-Bahn-Schienen erzählt.

War es wirklich richtig gewesen, Sébastien anzurufen?

Er liebte Anne, dessen war ich mir sicher. Aber er hatte sie verlassen.

Ich sprang auf. Setzte mich wieder. Wusste nicht, was ich tun sollte.

»Du bist ganz blass! Ich hole dir mal einen Kaffee, okay?«, sagte Stella.

Ich schlich mich wieder zu meiner Mutter und zog den Stuhl ans Bett. Bevor ich mich setzen konnte, hörte ich ein Stöhnen.

»Markus«, krächzte sie.

»Mama!« Endlich! Mit geschlossenen Augen drehte sie den Kopf in meine Richtung. Sie lebte! Ich atmete aus, als hätte ich die ganze Zeit die Luft angehalten.

Es war noch einmal gut gegangen. Eine tiefe Ruhe breitete sich in mir aus.

»Du bist im Krankenhaus«, erklärte ich und ergriff ihre Hand.

»Wie? Wieso? Was?« Sie sah mich an, die Pupillen waren klein, die Augen rot.

Zärtlich strich ich ihr eine Haarsträhne aus dem Gesicht. »Du warst bewusstlos.« Die Schwester hatte mir empfohlen, am Anfang nicht mehr zu sagen. Meine Mutter müsse sich langsam ins Leben zurücktasten.

»Ich – will – nicht«, flüsterte sie.

»Schlaf noch ein bisschen«, sagte ich, »ich bin da, wenn du mich brauchst.«

Sie murmelte etwas, ich konnte es nicht verstehen.

»Es ist alles in Ordnung, Mama.« Beruhigend drückte ich ihre Hand.

»Geh«, sagte sie und räusperte sich. »Lass mich alleine.«

Ich blieb sitzen, starrte sie an, während ich immer noch ihre Hand hielt. Bestimmt stand sie noch unter dem Einfluss der Tabletten, das konnte sie nicht ernst gemeint haben.

»Hau ab!«, schrie sie mich an und zog ihre Hand weg.

Wie vor den Kopf geschlagen stand ich auf und verließ das Zimmer.

Draußen lehnte ich mich gegen die Wand und konnte die Tränen nicht mehr zurückhalten. Als Stella wiederkam, hatte ich mich Gott sei Dank einigermaßen wieder unter Kontrolle.

Sie entschuldigte sich, dass sie in der Cafeteria so lange an der Kasse hatte warten müssen. Der Kaffee sei bestimmt schon kalt. Aber er war genau richtig, warm und süß.

»Sie ist wach«, stammelte ich, »aber sie hat mich rausgeworfen.«

»Du hast ihr das Leben gerettet, und sie will dich nicht sehen?« Stella zog entsetzt die Augenbrauen hoch. »Wart's ab, in fünf Minuten hat sich das geändert. Vielleicht will sie sich erst schminken.« Sie verzog die Mundwinkel zu einem missglückten Lächeln.

Ich starrte die Tür an. Die Lampe des Schwestern-Notrufs leuchtete auf, niemand kam. Ich betrachtete die Lampe und dachte, Anne würde mich rufen. Ihre Tochter, die sie gerettet hatte.

Mit klopfendem Herzen schaute ich ins Zimmer. Als sie mich erkannte, wandte sie sich ab. Eine Schwester schlurfte hinter mir herein und fragte sie, was sie bräuchte, während sie die Infusion kontrollierte.

»Bitte sorgen Sie dafür, dass meine Tochter geht. Ich will sie nicht sehen.«

Die Schwester musterte mich und sagte: »Sie müssen den Wunsch Ihrer Mutter respektieren. Warten Sie doch bitte draußen, der Arzt kommt gleich.«

Kurz darauf musste Stella gehen. Wir umarmten uns, und sie wünschte mir noch alles Gute. Dann war sie weg.

Ein Arzt öffnete die Tür zu Annes Zimmer und brauchte über eine halbe Stunde, bis er wieder herauskam und sich mir vorstellte. Er war Psychiater, ein älterer Mann mit Vollbart. Seine Stimme war hoch und dünn, als er mich nach meinem Befinden fragte.

Wie sollte es mir schon gehen, wenn meine Mutter, die für den Tod meines Vaters verantwortlich war, sich an dessen Todestag auf seinem Grab das Leben hatte nehmen wollen und nicht bereit war, mit mir zu reden.

»Gut«, sagte ich. »Kann ich sie jetzt sprechen?«

»Ihre Mutter braucht Ruhe. Aber wenn Sie Hilfe benötigen …«

»Nein«, wehrte ich ab, »mit mir ist alles in Ordnung.«

Plötzlich stürmte Alessandro aus dem Aufzug, gefolgt von Sébastien, dessen Falten noch tiefer als sonst wirkten.

»Wo ist sie? Was ist passiert?«, fragte er.

»Sind Sie der Lebensgefährte der Patientin?«, fragte der Psychiater. »Kommen Sie, ich bringe Sie zu ihr.«

»Und ich?«, fragte ich. »Kann ich nicht mitkommen? Ich bin ihre Tochter!«

Der Psychiater kratzte sich am Kinn.

39

Schluchzend warf ich mich in Alessandros Arme. Er hielt mich lange fest, reichte mir schweigend Taschentücher. Endlich, nach einer halben Ewigkeit, kam der Psychiater zurück.

»Ihre Mutter hat ausdrücklich gesagt, dass ich mit Ihnen nicht über ihren Gesundheitszustand sprechen soll.«

»Ja, aber, wie geht es ihr? Wird sie es schaffen?«, fragte ich mit ungewohnt schriller Stimme.

Wieder kratzte er sich am Kinn.

»Können Sie uns nicht wenigstens das sagen?«

Er legte mir die Hand auf die Schulter, es sollte wohl beruhigend gemeint sein, aber ich schüttelte sie ab.

»Lea, wenn sie bereits Forderungen stellt«, sagte Alessandro, »dann wird sie es wohl überleben.«

Als der Psychiater leicht nickte, begriff ich: Sie war gerettet.

»Sébastien wird dir bestimmt sagen, was passiert ist«, sagte Alessandro und verabschiedete sich vom Arzt. Ich setzte mich, starrte zu Boden. Hatte Sébastien nicht von schweren Zeiten gesprochen und davon, dass ich auf Anne Rücksicht nehmen sollte? Hatte sie das schon einmal gemacht? Was hatte es mit dem Nervenzusammenbruch nach Markus' Tod auf sich? Und mit ihrer Mutter?

In meinem Kopf drehte sich alles, ich bekam keine Luft mehr, und ich musste raus hier. Sofort. Ich stand auf und wies mit dem Kopf zum Ausgang. Alessandro verstand, hob meine Jacke auf und hängte sie mir über die Schultern.

Fast war es, als ob wir rannten. Quer durch Grombühl bis zur Matterstockstraße, in der ich aufgewachsen war. Das Zittern legte sich nicht, ich fror, und ich brachte es nicht fertig, Alessandro das Haus zu zeigen, in der die Wohnung meiner Großeltern im dritten Stock gelegen hatte. Ich wollte einfach nur weg.

Kurz vor der Brücke über die Eisenbahngleise gelang es Alessandro, mich in eine Bäckerei zu lotsen. Er bestellte heißen Kakao und Müslibrötchen und nötigte mich, zu essen und zu trinken. Dann ging er nach draußen und telefonierte.

Von der Wärme kribbelten auf einmal meine Finger und Zehen. Das Zittern blieb. Wir gingen weiter über den Berliner Ring, durch die Kroatengasse und die Semmelstraße. Der Himmel war noch immer grau, der Schnee der letzten Tage verwandelte sich langsam in Matsch.

Als wir den kleinen Platz erreichten, stand Herlind in der Tür der Chocolaterie und winkte uns zu.

»Du Ärmste!«, sagte sie und drückte mich fest an sich.

»Lasst uns erst mal reingehen«, sagte Alessandro, und wir folgten ihm ins Büro. »Du willst dich bestimmt umziehen. Wo hast du deine Pullover versteckt?«

Herlind sah mich mit großen Augen an.

»Ich wohne hier«, sagte ich und zog den stinkenden

Pullover aus, auf dem Anne sich übergeben hatte, und schickte Alessandro ins Lager zu den Kartons.

»Hier? In der Chocolaterie? Spinnst du?«

Ich zuckte nur mit den Schultern und stand frierend im BH vor ihr.

»Wieso hast du denn nichts gesagt? Du hättest doch bei uns wohnen können. Der Florian schläft doch sowieso nur noch bei seiner Freundin. Heute Nacht kommst du zu uns!«

»Nein, das ist …«, sagte ich.

»… nicht nötig«, ergänzte Alessandro, »jedenfalls nicht sofort. Ich werde dieses Wochenende bei Lea bleiben, ich habe schon ein Hotelzimmer für uns organisiert.«

»Oh!«, sagte Herlind und guckte etwas erstaunt. »Aber danach wohnst du dann bei uns. Keine Widerworte!«

»Okay, okay!« Gegen die beiden kam ich nicht an. »Erst Hotel, dann zu Herlind. Ihr seid einfach wunderbar, ihr zwei!«

Alessandro hatte für uns ein Zimmer in dem Hotel neben dem großen Kino am Main gebucht. Aber noch wollte ich dort nicht hin. Ich wollte hierbleiben, wo die Gerüche mich trösteten. Wir redeten kaum, kuschelten uns aufs Sofa, tranken die heiße Schokolade, die ich nach seinem Duft entwickelt hatte. Er konnte seinen Blick nicht von dem Kleid abwenden, das immer noch an der Seitenwand des Regals hing. Irgendwann schlief ich ein mit dem Kopf an seiner Schulter.

Später aßen wir bei Fredo in der Küche Cannelloni

und tranken etwas Wein. Von Sébastien hörten wir nichts. Ich überlegte, ihn anzurufen, aber Alessandro meinte, wir sollten ihm Zeit lassen.

Arm in Arm liefen wir am späten Abend zum Hotel. Unser Zimmer war klein und bestand hauptsächlich aus einem Bett. Aussicht hatten wir auch keine, aber wer brauchte die auch schon. Alessandro hatte aus dem *Fiurelli* eine Flasche Ravello mitgebracht und zwei Kerzen, die er auf den kleinen Eckschreibtisch stellte.

Dann holte er sein Tablet aus seiner Tasche und zeigte mir Entwürfe für Flyer und Werbeanzeigen.

»Ich habe mir da gestern ein bisschen was ausgedacht«, sagte er und klickte mehrere Varianten zimtfarbener Ornamente, bitterschokoladenbrauner Schrift und eines vanillefarbigen Hintergrunds an. Dazu Türkis als Kontrapunkt wie die Steine in meinen Lieblingsohrringen. Er hatte meine Chocolaterie perfekt getroffen.

»Das sind natürlich nur Entwürfe. Ich brauche noch ein Foto von dir und deinen schönsten Pralinen. Und dann ab in die Druckerei.«

»Stellas neuer Freund will für mich günstige Konditionen raushandeln.«

Er küsste mich voller Begeisterung auf die Wange.

»Wunderbar!«

Da klingelte sein Handy, und Alessandro telefonierte, während ich weiter die Entwürfe betrachtete.

»Keine Sorge, Nadine«, sagte er, »es war nur ein Schwächeanfall. Sie hat bestimmt nicht genug gegessen.«

Eine gute Idee. Schwach war sie auf jeden Fall gewesen. Und gefallen war sie auch.

»Keine Ahnung, wann sie wiederkommt. Wende dich am besten an Sébastien.«

Er legte das Telefon weg, zuckte entschuldigend mit den Schultern und gab mir mein Weinglas.

»Erinnerst du dich, wann wir den Wein das erste Mal getrunken haben?«, fragte er.

Kirschen und Vanille. Wie könnte ich ihn vergessen.

»Das war der Tag, an dem ich mit Manon die *Spirit of Chocolate* besucht habe. Was für Kunstwerke!« Ich seufzte.

»Und ich dachte, ich wäre das Highlight des Tages gewesen!« Er reckte seine muskulöse Brust vor wie ein Gockel, sodass ich lachen musste. Er stupste mich, ich schubste ihn, nahm das Kissen zu Hilfe, und am Schluss wären beinahe die Rotweingläser auf den neuen Hotelteppich geflogen. Wir lachten, tranken und sahen uns lange in die Augen.

»Das war der Abend, an dem ich Anne gefunden habe. Und jetzt will sie mich schon wieder nicht sehen. Was habe ich ihr nur getan?«

Alessandro legte den Arm um meine Schultern.

»Denk nicht mehr dran«, flüsterte er und küsste meine Haare. Aber ich bekam den Gedanken nicht aus dem Kopf und musste darüber reden.

»Selbst am Grab hat meine Mutter noch auf Manon geschimpft und ihr die Verantwortung für den Tod meines Vaters in die Schuhe schieben wollen.« Ich seufzte. »Und ich soll schuld daran sein, dass Sébastien sie verlassen hat. Ob sie deshalb nicht mehr mit mir redet?«

»Kann schon sein. Sie ist es nicht gewöhnt, dass

jemand *Nein* sagt. Da kann sie schnell sehr ungemütlich werden.«

»Und wieso findest du sie dann so toll?«

»Weil sie geniale Ideen hat und diese absolut perfekt umsetzt. Mir war schon klar, dass ich irgendwann auch ihre Wut abkriegen könnte. Aber es war mir egal, ich habe Trainer erlebt, die viel schlimmer waren. Es ging ja nur um einen Job.«

Und nicht um die eigene Mutter. Nach einem langen Kuss lehnte ich mich zurück und blickte in die Kerze. Als mein Handy läutete und das Display Oma anzeigte, drückte ich sie weg. Ich wollte ihr nicht schon wieder eine Schreckensnachricht am Telefon überbringen, nicht dass sie noch einen Herzinfarkt bekam.

»Rüdiger hat mir auch eine Mail geschickt. Mit dem damaligen Polizeibericht«, erinnerte ich mich. Noch immer hatte ich sie nicht gelesen. Alessandro gab mir sein Tablet, und ich öffnete mein Mailprogramm. Ich zögerte, bevor ich auf *Öffnen* klickte.

Es standen Details drin, die ich gar nicht wissen wollte. Einschusswinkel, der Name der Waffe, Schmauch- und Fußspuren, der Beweis, dass Anne wirklich anwesend gewesen war. Ich galt als mutmaßliche Zeugin, es wurde aber auch erwähnt, dass ich geschwiegen hatte. Tagelang nichts sagte.

Ich las den Bericht nicht zu Ende und gab Alessandro den Computer zurück. Wir schwiegen, ich legte den Kopf an Alessandros Schulter und starrte vor mich hin.

»Willst du immer noch bei dem Wettbewerb mitmachen?«, fragte er schließlich. Ich seufzte und rollte mich auf die Seite.

»Ich weiß nicht. Sobald ich nur an einen Schwan denke, sehe ich meinen sterbenden Vater vor mir. Schau mal.«

Zu Hause hatte ich Markus' Rezeptbuch eingesteckt. Ich gab es ihm gemeinsam mit dem Foto meiner Eltern, das immer auf dem Nachttisch gestanden hatte und das ich heute Morgen auf dem Weg zum Friedhof aus der Garage geholt hatte. Er schaute sich alles interessiert an, die Rezepte, die gezeichneten Schwäne, die Notizen, las hier und da, überblätterte vieles.

»Ob er auch noch ein Rezeptbuch für Manon geführt hat?«, fragte er. »Von ihr ist hier nie die Rede.«

»Es sind auch keine Skizzen für die Schaustücke enthalten, mit denen er an den Wettbewerben teilgenommen hat. Alles, was er mit Manon gemacht hat, fehlt.«

»Vielleicht hat sie das Buch mitgenommen, als sie auf der Beerdigung war.«

»Es hat sich angehört, als ob meine Großeltern Manon gemocht haben. Was ich nicht verstehe, schließlich war sie Papas Geliebte.«

»Vielleicht hofften sie, die ruhige und ausgeglichene Manon würde seine nächste Frau werden.«

»Meine Großeltern sind so katholisch, die haben noch nicht mal ein Kreuz auf Papas Grab gestellt. Wegen der Todsünde. Die wären ganz bestimmt gegen eine Scheidung gewesen.«

Er gab mir das Buch zurück. Das Rezept für Vaters *Schwanenmedaillon* wollte ich mir nicht noch einmal durchlesen. Nie mehr.

»Die geheimnisvolle Manon Klinkenberg.« Alessandro beugte sich vor und strich mir eine Locke aus meinem Gesicht.

»Kennst du sie eigentlich?«, fragte ich.

»Nein. Sébastien nennt sie bewundernd die Grande Dame der Chocolatiers, und Anne ist nach so langer Zeit immer noch wütend auf sie. Eine interessante Frau.«

Er streichelte mir über die Wange, den Hals, küsste zart meine Halsgrube. »Aber bei Weitem nicht so interessant wie die Frau, die hier neben mir im Bett liegt.«

Und ich schloss die Augen, als er meinen Hals mit seinen Lippen berührte, den Brustansatz, meinen Bauch, ein wohliger Schauder überlief mich, und ich vergaß für einen Moment, was geschehen war, vergaß alles um mich herum und spürte nur ihn.

40

»O Lea, du musst kommen, sofort!«, rief Herlind mit sich überschlagender Stimme. Voller Sorge ließ ich die Gewürzschokolade fallen, die ich gerade verpacken wollte, und rannte in den Laden. Dort stand unübersehbar Sébastien und steckte sich eine Probetrüffel in den Mund. Seine Tränensäcke waren noch dicker als sonst, die Haare standen ab, und sein Jackett war leicht zerknittert.

Was freute ich mich, ihn zu sehen!

Die Kunden tuschelten, ich verstand »Fernsehen« und »*Le Maître*«. Herlinds Gesicht überzog eine leichte Röte.

»Guten Morgen«, begrüßte ich ihn.

»Ah, Lea!«, nuschelte er, »Köstlich, diese Lebkuchentrüffel! Ich musste mir doch deine kleine Chocolaterie unbedingt ansehen. Sie ist wirklich niedlich.«

Hinter mir hörte ich ein Räuspern.

»Oh, darf ich dir meine Mitarbeiterin vorstellen. Frau Kesselring – Herr Malineau.«

Ausgerechnet in diesem Moment betrat Frau Obermüller den Laden. Ich beachtete sie nicht. Jetzt durfte Herlind ihren großen Moment genießen.

»Gu … guten Morgen, Herr Malineau«, stotterte sie und reichte ihm die Hand. Er aber umfasste ihre Schultern und küsste sie auf französische Art auf beide Wangen. Die Röte auf ihrem Gesicht vertiefte sich.

»Grüß Gott, Frau Winter.« Frau Obermüller drängelte sich bereits nach vorne.

»Und hier, Sébastien, meine Vermieterin Frau Obermüller.« Auch sie begrüßte er mit den Wangenküsschen, und auch sie wurde rot.

»Frau Winter, wenn ich das geahnt hätte …!«, sagte sie.

Was dann? Hätte sie mir die Miete erlassen? Aber ich brauchte auf die Frage nicht weiter einzugehen, denn Sébastien lobte gerade meine Fähigkeiten als Chocolatière, schwärmte vom köstlichen Schmelz der Trüffel und meinem Mut, der Provinz die Liebe zur handgefertigten Praline beizubringen.

Das hätte er besser gelassen. Die Würzburger sind stolz auf ihre Stadt und können es absolut nicht leiden, zur Provinz abgestempelt zu werden. Aber ihm verziehen sie wohl alles. Als eine Kundin verschämt nach einem Autogramm fragte, zückte er sogleich seine allgegenwärtigen Fotos. Weitere Kunden traten ein. So voll hatte ich meine kleine Chocolaterie noch nie erlebt. Ein Mann fotografierte Sébastien und stellte sich als »Elmar Schmidt, Journalist« vor.

Die Zeitung! Wahnsinn. Wie hatte Herlind es angestellt, dass der Journalist so schnell kam? Manche Wirte mussten Wochen warten, bis eine kleine Notiz im Lokalblatt erschien, und mich hatten sie bis jetzt völlig übersehen.

Herr Schmidt fotografierte Sébastien gemeinsam mit seinen Fans, und auf Sébastiens Wunsch machte er sogar ein Bild mit Herlind. Er fragte sie, ob die Post schon da gewesen sei. Sie verneinte. Ob er das Kleid meinte?

Dann hielt er sein Handy von sich weg und machte ein Selfie von mir und ihm und murmelte etwas von Twitter.

Gemeinsam mit Herrn Schmidt gingen wir in die Werkstatt. Das Büro war zu klein, außerdem hing dort noch das Versace-Kleid am Regal. Ich öffnete eine Schachtel erlesenster Trüffeln, während Sébastien von den exquisiten Zutaten, der Handarbeit und den Geschmackskompositionen schwärmte und der Journalist alles aufzeichnete. Jedes Mal, wenn er eine Praline naschte, gab er einen wohligen Laut von sich. Zu schade, dass Alessandro kurz zu seiner Mutter gegangen war.

»Und woher kennen Sie Lea Winter? Gibt es einen besonderen Grund, weswegen Sie heute in Würzburg sind?«, fragte Herr Schmidt, und für einen Moment befürchtete ich, er hätte von Anne gehört.

»Frau Winter und ich kennen uns seit ihrer Kindheit. Ihr Vater war ein langjähriger Freund und Kollege von mir«, prahlte und log Sébastien gleichermaßen. »Er war Weltmeister der Chocolatiers, und seine Tochter ist auf dem besten Wege, seine Nachfolge anzutreten. Welchen besseren Grund könnte es geben, um sie zu besuchen?«

Dann drückte er dem Mann eine Pralinenschachtel in die Hand, brachte ihn zur Tür und verabschiedete sich von ihm.

»Was für ein impertinenter Kerl!«, regte er sich auf, als wir wieder nach hinten gingen.

»Ich glaube auch nicht, dass der von der Lokalzeitung war«, überlegte ich und setzte mich auf das Sofa. »Der Kerl mit der Kolumne sieht anders aus.«

»Anne und ich haben immer Angst vor Paparazzi,

gerade jetzt. Sie will auf keinen Fall, dass die Presse von ihrem Krankenhausaufenthalt Wind bekommt. Das führt nur zu dummen Spekulationen.«

»Und wo kam der denn so schnell her?«, sagte ich. Na wunderbar. Auf diese Art von Berichterstattung konnten wir gerne verzichten.

»Da wollen wir doch gleich mal nachsehen«, zischte Sébastien und rief Facebook auf. »Ah, hier. *Würzburgs beste Seite* nennt sich die Online-Zeitschrift. *Belgischer Schokoladenmeister besucht Würzburger Chocolaterie*. Das Foto sieht gut aus. Der hat nur aufgeschrieben, was ich gesagt habe. Mehr nicht.«

»Glück gehabt.«

»Ja, wollen wir hoffen, dass es dabei bleibt.« Er seufzte. »Wie geht es dir, Lea?«, fragte er.

»Ach, mir geht es gut, aber wie geht es meiner Mutter?«

Er sank in sich zusammen. »Sie ist stabil. Aber … sie … sie will dich nicht sehen, und ich habe sie auch nicht umstimmen können.«

Das hatte ich befürchtet. Die ganze Zeit über war diese Angst klein und hart in mir gewesen.

»Jedenfalls – es geht ihr gut genug, dass sie die Klinik auf eigenen Wunsch verlassen kann und wir nach Hause fahren.«

»Gibt es denn noch ein … wir? Sie hat gesagt, du hättest sie verlassen.«

»Ich konnte es nicht ertragen, wie sie mit Markus umgegangen ist. Aber wenn ich jetzt sehe, wie sehr sie selber darunter leidet, dann verzeihe ich ihr.«

»Sie leidet doch höchstens an ihrer eingebildeten Opferrolle!«, rief ich und konnte nicht mehr sitzen bleiben. »Ich sei schuld an eurer Trennung, und Manon an Markus' Tod. Von wegen. Wie kannst du ihr verzeihen? Sie hat gelacht, als er abdrückte, gelacht!«

»Lea, wir wissen beide nicht, was damals passiert ist. Zu gegebener Zeit wird sie dir schon alles erklären, aber im Moment ist es einfach zu viel für sie.«

Er behandelte mich wie ein kleines Kind.

»Es macht sie fertig, dass du überhaupt was mitbekommen hast.«

»Damals oder heute?«, fragte ich.

»Na, gestern.«

»Es ist ja auch sehr unwahrscheinlich, dass ich am Todestag meines Vaters auf den Friedhof gehe.«

»Sie dachte, sie wäre dort alleine.«

»In aller Öffentlichkeit? Wo sie so auf ihren guten Ruf bedacht ist? Besoffen, so hat sie gewirkt. Am frühen Morgen besoffen. Sie kann nur froh sein, dass ich da war und kein Fotograf. Aber anstatt dass sie sich bedankt …«

»Sie braucht Hilfe, Lea, das siehst du doch selber. Wir sind da schon einmal gemeinsam durch, wir schaffen das.«

Mir fiel es sofort auf, dieses »schon einmal«. Aber ich sagte nichts.

»Wir beide sehen uns bei der Preisverleihung der *Schwanenpraline*, n'est-ce pas?«

Er verzog den Mund zu einem schiefen Lächeln.

»So weit komme ich sowieso nicht«, versuchte ich zu scherzen, aber mein Hals schnürte sich zu.

»Ich werde dich vermissen.« Ich umarmte ihn und drückte ihm einen Kuss auf die zerknautschte Wange.

41

Vor der Chocolaterie musste Sébastien weitere Autogramme geben. Erst als Alessandro ins *Fiurelli* ging, löste Sébastien sich von seinen Fans und folgte ihm.

Annes BMW parkte davor. Ob sie im Restaurant wartete? Oder im Auto? Oder war sie noch in der Klinik? Dann würde es ihnen allerdings nicht gelingen, ungesehen zu entkommen.

Ach, es konnte mir doch egal sein.

Die Kunden strömten immer noch in den Laden, als würde Sébastien sich unterm Tisch oder hinter der Theke verstecken. Nicht jeder kaufte etwas, viele zückten einfach nur ihre Kamera, trotzdem würde der Umsatz heute ganz ordentlich ausfallen. Die Regale leerten sich, und es ärgerte mich, dass ich bis Montag auf die Schokoladenlieferung warten musste. Jetzt, ohne Stella, war der Sonntag der beste Tag fürs Trüffeln- und Pralinenmachen, und der würde morgen ungenutzt verstreichen.

Sehr schnell kam Alessandro zurück. Er sagte nicht viel und half beim Verkauf. Als der Ansturm vorbei war, schickten wir Herlind in die Mittagspause, danach aßen wir bei Fredo eine Minestrone. Alessandro erzählte, dass Anne hier auf Sébastien gewartet hätte, ihr Gesicht hinter großen Brillengläsern versteckt und ohne ein Wort zu sagen. Sébastien hätte ihm angeboten, noch länger Urlaub zu machen, gegen Bezahlung natürlich, wenn er den Eindruck hätte, ich würde ihn brauchen. Der Streit zwischen Anne und mir ginge ihm sichtlich an die Nieren.

»Wegen mir musst du hier nicht auf der faulen Haut liegen«, sagte ich und küsste ihn auf die Wange. »Herlind freut sich, wenn ich zu ihr ziehe. Ich muss arbeiten, ich habe keine Zeit, Anne hinterherzujammern.«

»Meine eifrige Chocolatière«, sagte Alessandro und erwiderte meinen Kuss.

Zurück im Laden wies Herlind auf die Regale. »Hier muss dringend für Nachschub gesorgt werden.«

»Und womit?« Ich seufzte.

»Na, warte erst mal ab, bis du das Kleid verkauft hast. Endet heute nicht die Auktion?«

»Du meinst das in deinem Büro?«, fragte Alessandro und ging neugierig nach hinten. Ich folgte ihm. Die Auktion hatte ich völlig vergessen.

»Versace«, sagte er ehrfürchtig.

»Anne wollte nicht, dass ich mit meinen normalen Klamotten mit ihr essen gehe.« Ich verdrehte die Augen. »Jetzt versteigere ich es bei eBay.«

»Ich würde ja zu gerne sehen, wie du darin aussiehst.« Er hielt es an meinen Körper. »Zieh es doch mal an.«

»Ist das dein Ernst? So einen Fummel?«

Er schloss die Tür ab und zog mir meinen Pulli aus. Ich tat ihm den Gefallen und streifte das schwarze Cocktailkleid mit dem tiefen Ausschnitt über. Meine Locken steckte ich zu einem Dutt hoch und drehte mich kokett hin und her.

»Wow!«, sagte er und zog mich auf seinen Schoß, »das willst du wirklich verkaufen?« Er küsste zart meinen Nacken und meine Schultern.

»Klar«, sagte ich, während mir wohlige Schauer über den Rücken liefen. »Ich komme mir darin wie verkleidet vor.«

Er küsste mich leidenschaftlich und versank langsam in meinem Dekolleté. Ich atmete tief ein.

»Du bist so wunderschön«, flüsterte er. »Wie konnte ich dich nur all die Jahre übersehen.«

Ich schwelgte in seinem Duft, seinen Berührungen, seinen Zärtlichkeiten.

Auf einmal klopfte es. Es war Herlind, sie musste nach Hause, die Realität hatte uns wieder. Doch Alessandro blieb. Es machte Spaß, mit ihm Schokolade zu verkaufen, und die Zeit verging wie im Flug.

Gerade packte ich für einen älteren Herrn mit Fahrradhelm die letzten weißen Mandeltrüffeln in eine kleine Zellophantüte, als die hellen Scheinwerfer eines Lastwagens ins Schaufenster strahlten. Was hatte der denn hier zu suchen? Samstagnachmittags um fünf?

»Zieht dein Nachmieter ein?«, fragte Alessandro.

»Ist er doch schon letzte Woche.«

Jetzt blendete der Fahrer auf und ab.

»Bestimmt hat der sich verfahren«, sagte Alessandro. »Ich geh mal raus.«

Ich nickte und füllte noch einige Vanillekipferl-Trüffeln in die Tüte, bevor ich kassierte. Als Nächstes bediente ich die ältere Dame mit den rot gefärbten Locken. Ob sie die Frau vom Jugendamt war? Sie hatte mir von Anfang an die Treue gehalten und war mir immer bekannt vorgekommen. Ich wollte sie gerade nach ihren Wünschen fragen, da riss Alessandro die Ladentür auf.

»Lea, das ist alles für dich.«

Was war für mich? Wie meinte er das? Ich entschuldigte mich, ging nach draußen und blieb erstaunt stehen. Auf dem Laster stand der Schriftzug meines belgischen Schokoladenlieferanten.

»Express-Lieferung für Winter«, sagte der Fahrer und hielt mir einen Lieferschein vor die Nase. Aber das konnte nicht sein. Die Belgier hatten meine Bestellung storniert.

Ich las mir alles genau durch. Die Ware entsprach dem, was ich normalerweise bestellte. Und ganz unten stand: *Bereits bezahlt*.

»Wer?«, fragte ich.

»Äh?«, fragte der Fahrer.

»Wer bezahlt hat?«

»Keine Ahnung. Wo soll die Ware hin?«

Alessandro zeigte ihm das Lager und half, alles auszuladen. Und ich rief Sébastien an.

»Das kann ich nicht annehmen«, sagte ich.

»Was denn, Lea?«, fragte er, und ich hörte, wie er sich das Lachen verkniff.

»Das ist zu viel!«

»Ach, was sind wir Menschen, wenn wir einem netten und geliebten Menschen noch nicht einmal ein wenig Schokolade schenken dürften, n'est-ce pas?«

Ich packte mit aus und freute mich auf den Sonntag. Darauf, Vorräte aufzufüllen und Weihnachtsmänner, Pralinen und Trüffeln zu machen. Die Schwanenpraline zu entwerfen.

Die Versteigerung des Kleides blieb hinter meinen Erwartungen zurück und brachte nur die Hälfte des Einkaufspreises, aber es war genug. Zusammen mit der Schokoladenlieferung war sie ein Silberstreif am Horizont.

Den ganzen Sonntag verbrachten Alessandro und ich in der Schokoladenküche. Das Geburtstagsfrühstück mit meinen Freundinnen verschob ich auf nächste Woche, und bald war die Küche erfüllt mit dem Geruch der verschiedensten Schokoladensorten: der Würze der Trinitario aus Venezuela, dem intensiven Haselnussaroma eines Grand Cru von der Elfenbeinküste oder dem blumigen Duft feiner Criollo-Schokolade aus Costa Rica.

Ständig hatte Alessandro den Finger in der Ganache und leckte ihn ab.

»Wie unprofessionell«, sagte ich und boxte ihn in die Seite. »Bestenfalls mischt sich Seife in den Geschmack. Ich habe es lieber pur!« Ich stippte einen sauberen Löffel in die flüssige Schokolade.

»Bestenfalls?«, fragte Alessandro und lachte, »Was soll das denn heißen?« Er tippte mir mit dem Schokoladenfinger auf die Nase.

Das sollte er mir büßen! Doch bevor ich irgendetwas unternehmen konnte, kitzelte er mich mit seinen Schokoladenfingern, bis ich vor Lachen keine Luft mehr bekam.

Die Schokolade war überall. Er beugte sich vor und berührte meinen Oberarm mit der Zunge.

Ich schloss die Augen und spürte, wie er zärtlich jeden einzelnen Tropfen der Ganache ableckte. Jetzt war er bei meinem Schlüsselbein angelangt, wanderte das Dekolleté hinab, und mir entwich ein Stöhnen, wie ich es noch nie gehört hatte.

Ich öffnete die Augen, suchte seinen Blick. Mein Körper sehnte sich nach ihm, und er hob mich auf den Tisch, band die Schürze auf, zog das Top über meinen Kopf und küsste mich dort, wo keine Schokolade mehr war.

42

»Alessandro, sieh nur, wie schön!«, rief ich aus, als wir in den Park fuhren. Das Stammhaus aller Schwanenhotels sah mit seinen Türmen und Erkerfenstern wie ein kleines Schloss aus. An einer Seite rankte sich der Efeu fast bis an die Fenster, auf der anderen standen zwei majestätische Tannen. Auf dem teilweise zugefrorenen See schwammen Schwäne. Und neben der großen Freitreppe stand eine weiße Kutsche.

»O Gott, wie kitschig!«, stöhnte Stella.

»Was erwartest du, das ist ein Romantikhotel!«, sagte Herlind. »Die Kutsche ist bestimmt für Hochzeiten.«

»Du sollst vor dem Lieferanteneingang parken«, erklärte ich und wedelte mit der Einladung zum heutigen Finale der *Schwanenpraline*. An diesem kalten Sonntag im Januar war es endlich so weit. Die Fahrt ins Rheinland war anstrengend gewesen, aber Herlind hatte sich als erfahrene Autofahrerin entpuppt. Zuerst war ich skeptisch gewesen, als sie anbot, uns alle zu chauffieren. Gewiss, wir passten trotz des umfangreichen Gepäcks in den Van. Wir, das waren Alessandro, Stella, Herlind, ich und – meine Oma, die es sich nicht hatte nehmen lassen, mich zu besuchen.

Im großen Bogen drehte Herlind und fuhr hinters Haus. Ich sprang aus dem Wagen, riss den Kofferraum auf und nahm den Korb heraus. Ich konnte es gar nicht abwarten, dass es endlich losging. Auch wenn sich der anfänglich unbedeutende Wettbewerb zu einer großen Sache entwickelt hatte: In der Einladung stand nämlich nicht nur der Anfahrtsweg, sondern auch der Ablauf der Liveshow.

Die Geschäftsführung der Schwanenhotels hatte sich wegen der großen Beteiligung am Wettbewerb zu einem werbewirksamen Finale entschlossen. Natürlich mit öffentlicher Pralinenherstellung. Ich war ziemlich nervös, hoffte aber, dass mich die Arbeit in der gläsernen Werkstatt mit Nesrin ein wenig darauf vorbereitet hatte.

Alessandro nahm mir den Korb wieder aus der Hand und stellte ihn ins Auto zurück. »Lass uns erst mal reingehen und die Lage sondieren. Die Sachen können wir später noch holen.«

Er hielt mich an der Hand fest und umarmte mich. Orange und Basilikum umhüllten ihn wie immer, und ich war so froh, dass er mitgekommen war.

»Herzlich willkommen im Schwanenhotel«, begrüßte uns eine Mitarbeiterin. Sie notierte unsere Namen auf einem Klemmbrett und führte uns in einen Saal mit Kronleuchtern, weißem Stuck und einer kleinen Bühne. Davor standen drei Kabinen, in denen jeweils ein Tisch, eine Kochplatte und ein kleiner Kühlschrank auf ihren Einsatz warteten.

Wir waren die Ersten. Herr Wieland, der Chef der Schwanenhotelkette, trug tatsächlich eine rosa Krawatte mit weißen Schwänen! Gemeinsam mit der Jury begrüßte er uns herzlich.

Manon sah aus wie bei der *Spirit of Chocolate*.

Jedenfalls fast. »Hübsches Tuch«, sagte ich und wies grinsend auf ihr rosafarbenes Einstecktuch mit den kleinen Schwänen. Aber sie lächelte nicht so nett wie damals. Sie lächelte gar nicht. Auch nicht, als ich ihr Alessandro vorstellte.

»Ich wünsche Ihnen viel Glück, eine ruhige Hand und immer die richtigen Zutaten«, sagte sie und notierte etwas.

»Eine Liveshow, musstet ihr mir das antun?«, versuchte ich zu scherzen, aber sie verzog keine Miene.

»Die geheimnisvolle Manon«, flüsterte Alessandro mir zu. Wir folgten der jungen Frau mit dem Klemmbrett. Nachdem sie uns die mittlere Kabine zugewiesen hatte, brachten wir die mitgebrachten Zutaten, Schüsseln und Küchengeräte herein. Dann schickte ich alle weg, auch Alessandro. Er protestierte, wollte mich nicht alleine lassen, aber ich brauchte Ruhe. Um mich zu konzentrieren und alles so vorzubereiten, wie ich es zu Hause geprobt hatte.

Der Saal füllte sich. Neugierige Besucher betrachteten meine Arbeitsgeräte, grüßten mich, fragten mich nach meinem Namen, meiner Chocolaterie und meinem Werdegang. Ich musste sogar für Fotos posieren!

Die Bilder mit Sébastien für die Online-Zeitschrift waren von so vielen Promi-Portalen, Food-Bloggern und *Le-Maître*-Fans geteilt worden, dass am Schluss sogar die *Süddeutsche Zeitung* darüber berichtet hatte. Und während die anderen immer nur die gleichen Sätze voneinander abgeschrieben hatten und meine Schokolade lobten, hatte die *SZ* recherchiert und aufgedeckt, dass ich die

Tochter von Sébastiens Lebensgefährtin war. Und das führte dann dazu, dass RTL mit einem Fernsehteam vor der Tür gestanden hatte.

Der ganze Hype schlug sich sogar in den Verkaufszahlen nieder. Aber irgendwann würde er auch wieder abklingen, und deshalb war es wichtig, Wettbewerbe wie diesen hier zu gewinnen, mir einen Namen in der Branche und die besten Pralinen von allen zu machen.

Auf einmal nahm ich einen Duft wahr, der nicht hierhergehörte. Überrascht atmete ich noch einmal tief ein. Konnte das sein?

Tatsächlich. Zart und zerbrechlich lächelte Anne den Leiter der Hotelkette an. Sie flirtete mit ihm, wie sie es mit jedem Mann machte, und wirkte in dem dunkelblauen Rollkragenpullover und der engen Jeans noch schmaler als sonst.

Drei Wochen hatte sie pausiert und dann weitergearbeitet, als wäre nichts geschehen. Irgendwer hatte bei *Le Maître* das Gerücht gestreut, sie hätte einen Burn-out gehabt und wäre in Therapie gewesen. Alessandro hatte seinen Teil am Relaunch ohne Anne fertiggestellt und suchte sich eine neue Stelle.

Neben ihr tauchten Sébastien und Herr Kürn auf. Welcher von beiden würde mein Gegner sein? Aber es war egal, gegen die beiden konnte ich gar nicht gewinnen. Wenn ich an die Künste von Herrn Kürn bei der *Spirit of Chocolate* dachte …

Herr Wieland begrüßte das Team von *Le Maître* enthusiastisch, Kameras blitzten. Und der Geruch von Annes Parfüm wurde immer stärker. Wie sollte ich mich da konzentrieren? Wie sollte ich es aushalten, dass sie mich ignorierte und nicht mit mir redete?

Ich fingerte gerade mein Handy aus der Hosentasche, als meine Oma mit einer Kaffeetasse in der Hand auf mich zukam.

»Ist das Anne?«, fragte sie. Auf ihren Wangen bildeten sich rote Flecken, sie atmete schwer. Vom Kaffee war einiges auf die Untertasse geschwappt.

»Keine Angst«, sagte ich und nahm ihr die Tasse ab. »Sie wird sowieso nicht mit uns sprechen.«

Mit ausladenden Gesten schritt Herr Wieland mit Anne, Sébastien und Herrn Kürn zu den Kabinen. Gegen wen würde ich wohl antreten?

»Frau Miller, hier ist die Kabine für Herrn Kürn«, sagte Herr Wieland. Damit stand mein erster Gegner fest. Er war mittlerweile Deutscher Meister. Würde er wieder so eine extravagante Praline kreieren wie sein Schaustück in Nürnberg? Oder würde sein Entwurf so durchschnittlich ausfallen wie bei dem Hochzeitstortenschwan?

Anne stellte ihre Handtasche auf meinen Tisch.

»Guten Morgen, Lea«, begrüßte sie mich mit einem strahlenden Lächeln.

Kaum zu glauben, aber sie meinte mich.

»Hallo«, antwortete ich erstaunt.

»Endlich sehe ich dich wieder! Wie geht es dir?« Sie streckte die Arme aus, um mich zu umarmen, aber ich machte einen Schritt zurück. Wie sehr ich mich im November danach gesehnt hatte, dass sie mit mir sprach, ich sie berühren, umarmen durfte. Aber jetzt fühlte es sich falsch an.

»Hallo Anne«, sagte meine Oma neben mir und verschränkte die Arme vor der Brust.

Anne musterte sie mit hochgezogenen Augenbrauen.

»Greta?«, fragte sie. »Freut mich, dich nach so vielen Jahren wiederzusehen. Ich dachte, du lebst in Spanien?«

»Ich muss doch Lea beistehen!«

»Und das kannst du ja so gut. All die Jahre habt ihr euch vorbildlich um sie gekümmert und aus ihr eine ganz tolle Frau gemacht. Ein simples Dankeschön reicht da nicht. Ich stehe für immer in deiner Schuld, liebe Greta.«

Meine Oma machte den Mund auf, sagte aber zum Glück kein einziges Wort. Streit konnten wir jetzt gar nicht gebrauchen.

»Wir müssen uns nach dem Wettbewerb unbedingt unterhalten, Greta. Und dir, liebe Lea, wünsche ich alles Gute.« Sie streckte mir die Hand entgegen, und ich nickte ihr nur zu. Oma kniff die Lippen zusammen.

Anne zog wieder ihre Augenbrauen hoch und ergriff ihre Tasche.

»Hannes, der zweite Kasten fehlt noch!«, rief sie und stolzierte davon.

Wie ungewöhnlich, dass Anne sich darum kümmerte. Normalerweise war das doch Sébastiens Angelegenheit. Der prüfte gerade, ob die Kochplatte warm wurde. Als er bemerkte, dass Anne sich von mir verabschiedet hatte, eilte er zu mir.

»Lea!« Er begrüßte mich mit zwei Wangenküsschen.

»Schade, dass dein Vater dich heute nicht sehen kann. Er wäre bestimmt stolz auf dich gewesen. Dein erster Wettbewerb! Ich wünsche dir alles Gute!«

Ich freute mich wirklich riesig, ihn zu sehen.

»Und Sie sind die Großmutter von Lea?«, fragte er freundlich und gab meiner Oma die Hand. »Endlich lernen wir uns kennen.«

Zögernd drückte Oma seine Hand. »Grüß Gott, Herr Malineau.« Sie sah ihn mit großen Augen an.

»Wo bleibt nur der letzte Kandidat?« Herr Wieland blickte ständig auf die Uhr und nestelte an seiner Schwanenkrawatte herum. Sébastien zuckte mit den Schultern. Eine Mitarbeiterin flüsterte Herrn Wieland etwas ins Ohr.

»Na, dann allseits viel Glück und Erfolg!«, rief er und eilte davon.

Herr Kürn erschien mit einer weiteren Steige voller Zutaten. Es roch nach Himbeeren und Marzipan, und mir schwante nichts Gutes.

Oma redete mit hochrotem Gesicht ein paar Meter entfernt auf Herlind ein, beide Frauen blickten mitleidig zu mir herüber. Als Oma zu Anne gehen wollte, hielt Herlind sie ab.

Ein Schwall kalter Luft wehte herein, als Alessandro auftauchte. Im Vorbeilaufen nickte er seinen Kollegen zu. Dann umfasste er mich an der Taille und gab mir einen langen Kuss.

»Wenn ich geahnt hätte, dass sie hierherkommt, wäre ich nicht weggegangen.«

»Macht nichts«, sagte ich, »wen kümmert' s.«

»Recht hast du«, sagte er. »Lass dich nur nicht unterkriegen!«

Drei Uhr. Alles war vorbereitet, aber die rechte Kabine war immer noch leer. Herr Wieland tippte hektisch auf seinem Telefon herum. Ich ging im Geiste immer wieder das Rezept durch, das Alessandro und ich gemeinsam entwickelt hatten. Plötzlich eilte ein kleiner rothaariger Mann herein. Er lächelte schüchtern, während er sich mehrmals für die Verspätung entschuldigte.

»Stau auf der A4«, sagte er. Herr Wieland nickte, als ob das häufiger vorkäme. Dann stellte er ihn als Patrick Schreiber aus Leipzig vor.

Der Beginn des Wettbewerbes wurde um eine halbe Stunde verschoben. Herlind bot mir einen Baldriantee an, und wir setzten uns alle gemeinsam an einen der mit Schwänen dekorierten Tische. An den anderen Tischen erkannte ich einige der älteren Chocolatiers, die auch in Nürnberg gewesen waren. Einer nickte mir zu, ein anderer hob einen imaginären Hut.

Dann läutete es. Ich sprang auf und warf meine Teetasse um, egal.

Der Chocolatier aus Leipzig wandte sich zu mir und gab mir die Hand. »Alles Gute«, sagte er. Dasselbe wünschte ich ihm. Er sah nett aus mit seinen roten Haaren und schien noch ziemlich jung.

»Ich bin Patrick«, sagte er.

»Lea«, erwiderte ich.

Herr Kürn beobachtete uns und wünschte uns auch viel Glück. Das Du bot er uns allerdings nicht an, obwohl er nicht viel älter war.

Herr Wieland erläuterte sehr ausführlich die Ausschreibung für die *Schwanenpraline*. Wie sich die kleine

Idee zu einem bundesweiten Wettbewerb mit großer internationaler Beachtung entwickelt hatte und wie stolz er war, dass sich einhundertsiebenundvierzig Chocolatiers mit ihren Pralinen beteiligt hatten. Dann stellte er uns Kandidaten vor. Und dann begann endlich der Wettstreit.

Als Erstes pinselte ich die Schwanenhohlformen, die Alessandro mir geschenkt hatte, mit ein wenig goldener Lebensmittelfarbe aus und strich geschmolzene weiße Schokolade darüber. Beides vermischte ich mit dem Pinsel, damit die schlafenden Schwäne gold-marmoriert schimmern würden. Die Farbe war Alessandros Idee gewesen. Obwohl er das Gold im Firmendesign von *Le Maître* gerade abschaffte, war er überzeugt, dass es zu einem Romantikhotel bestens passte.

Danach kochte ich eine Ganache aus weißer Schokolade, Karamellstückchen und Nelkenpulver, ließ sie kurz abkühlen und stellte die weißen Hohlformen bereit.

Auch wenn ich es nicht sehen konnte, so wusste ich doch, dass Herr Kürn gerade eine Himbeerfüllung zubereitete. Meine Befürchtung, er würde das Schwanenmedaillon meines Vaters herstellen, schien sich zu bestätigen. Aber warum? Hatte er keine eigenen Ideen?

Ich löste Nougat in warmer Sahne auf und gab langsam dunkle Schokolade dazu. Aus Patricks Richtung roch es nach einer dunklen Ganache und Kaffee.

Jetzt war es Zeit, die weiße Füllung in die Hohlformen zu spritzen. Eine besonders starke Wolke Himbeere, begleitet von Annes Parfüm, schwebte zu mir herüber. Unwillkürlich drehte ich mich um. Aber dort stand nur Herr

Kürn, der gerade das Himbeermarzipan zu Kügelchen rollte. Sofort hatte ich wieder das Bild meines Vaters vor Augen. Seinen gebrochenen Blick. Mir wurde schlecht, und ich musste alles aus der Hand legen. Ich schloss die Augen und beugte mich vor.

»Nur die Ruhe, Lea!«, rief Alessandro.

Einatmen, ausatmen. Ich konzentrierte mich darauf, dass Patrick Cappuccino-Ganache in weiße Trüffeln füllte. Darauf, dass Alessandro mich anlächelte.

Allmählich ging es mir besser. Als Manon meine Zutaten prüfte, flüsterte sie mir zu: »Ich konnte leider nicht verhindern, dass Herr Kürn eingeladen wurde. Ich wollte nicht, dass es so aussähe, als würde ich dich protegieren.«

Das wollte ich auch nicht. Ich wollte gewinnen, aber nicht weil ich irgendjemandes Tochter oder Freundin war. Es war schon ein großer Erfolg, dass ich es bis in die Endausscheidung geschafft hatte.

Nachdem die Ganache etwas abgekühlt war, füllte ich die Schwäne damit. Wieder kühlen. Ich räumte die Kabine auf und ging mir die Hände waschen. Patrick formte aus Marzipan kleine Schwäne. Dann klebte er Mandelhälften an eine weiße Trüffel, platzierte den Hals am Trüffelbauch und klebte ihn mit Schokolade fest. Bis er hielt, musste er den Hals mit der Hand festhalten. Am Anfang hatte ich die gleiche Idee gehabt. Die Frage war nur, ob die Schwäne den Transport aushielten. Als er die Praline auf den dafür vorgesehenen Teller platzierte, klatschte das Publikum Beifall.

Herr Kürn spritzte jetzt mit heller Schokolade den Schwan meines Vaters auf die Medaillons.

Ich blickte zu Alessandro, zu Stella, Herlind und meiner Oma. Alle lächelten, spornten mich an. Wie sehr sie mich doch alle unterstützten. Stella half unentgeltlich in der Produktion, wenn Mattis sonntags bei seinem Vater war. Herlind ließ mich immer noch mietfrei bei sich wohnen. Meine Oma hatte vor Wochen bereits einen unbequemen Billigflieger gebucht, um heute hier sein zu können.

Von Alessandros genialer Silikonpalette einmal ganz abgesehen. In letzter Minute hatte er mit einem Freund ein Modell für meinen schlafenden Schwan entwickelt und mittels 3-D-Drucker eine Palette mit zwanzig Hohlformen aus Silikon herstellen lassen. Vorsichtig drehte ich sie jetzt um. Die Pralinen mussten fest sein. Ich klopfte sie aus der Form und platzierte sie auf dem vorgeschriebenen Teller. Daneben die vorbereitete Deko aus Orangenblüten und goldener Zuckerschrift, mit der ich die Wellen des Sees auf den Teller zeichnete. Fertig.

Wieder klatschten alle, auch Patrick und Herr Kürn.

Mit gewichtiger Miene ging die Jury zu den Teilnehmern und ließ sich weitere Pralinen als Probe geben.

Dann zog sie sich zur Urteilsfindung zurück.

43

»Was ist das denn für eine komische Idee von *Le Maître*, mit dem Rezept deines Vaters teilzunehmen?«, fragte mich Stella, sobald ich bei ihnen eingetroffen war.

Oma und Herlind tuschelten, schauten immer wieder zu Anne, die mit siegessicherem Lächeln neben Herrn Kürn stand und für die Fotografen posierte.

Mir war sie im Moment völlig egal. Ich hatte es geschafft.

»Deine Schwäne sind einfach perfekt!«, sagte Alessandro. Als er mich an sich drückte, spürte ich, wie meine Anspannung langsam nachließ. »Du warst so ruhig und souverän, kein Klecks ging daneben.« Er lächelte mich an, küsste mich auf die Wange.

»Ausgerechnet diese Praline!« Meine Oma konnte sich einfach nicht beruhigen.

Ich zog das Rezeptbuch meines Vaters aus meiner Tasche. »Eigentlich sollte es *mir* Glück bringen. Und nicht Anne und Herrn Kürn!«, sagte ich.

»Oh, du hast es dabei?«, fragte meine Oma, »gib es mir bitte. Ich muss der Jury einen kleinen Besuch abstatten.«

Energisch streckte meine sonst so zurückhaltende Oma die Hand aus. Doch dann ertönte der Gong. Die Jury, sechs Männer und Manon als einzige Frau, erschien mit ernster Miene auf der kleinen Bühne. Herr Wielands Krawatte war verrutscht, als er ans Mikrofon trat.

»Es ist uns sehr schwergefallen, zwischen diesen drei hervorragenden Pralinen auszuwählen«, begann er.

»Ich habe eine Beschwerde vorzubringen!«, platzte meine Oma mitten hinein. »Ich dachte, es dürften nur Neuschöpfungen zum Wettbewerb zugelassen werden. Dieses Medaillon hingegen«, sie deutete auf Annes Pralinen, »basiert auf dem Rezept meines Sohnes Markus Winter, dem Weltmeister der Chocolatiers von 1984. Mein Sohn ist vor über zwanzig Jahren verstorben, seine Witwe hat das Rezept offensichtlich an einen Mitarbeiter weitergegeben. Hier ist der Beweis.« Sie wedelte mit dem Rezeptbuch herum, bis Manon es ihr abnahm.

»Muss das denn sein?«, flüsterte sie meiner Oma zu. »Können wir das Thema nicht einfach ruhen lassen?«

»Ich, äh, wir …« Herr Wieland nestelte wieder an seiner rosa Krawatte.

»Das kann ich erklären«, unterbrach ihn Anne mit klarer Stimme. »Dieses Rezept ist zwar einige Jahre alt, wurde aber nie den Kunden angeboten. Ausgewählt haben wir es, um den Schöpfer zu ehren, meinen verstorbenen Mann Markus Winter. Sein Schwan, mit dem er Weltmeister wurde, hat Herrn Wieland inspiriert, diesen Wettbewerb zu veranstalten, und es wäre eine Ehre, ihm mit diesem posthumen Wettbewerb ein Denkmal zu setzen.«

Wir sahen uns verdutzt an. Ein Denkmal? Für meinen Vater? Auf den Kopfkissen von Hotelgästen?

»Wir müssen erneut beraten«, sagte Herr Wieland.

»Meine Oma macht mir noch alles kaputt«, flüsterte ich Alessandro zu. »Wenn die erst merken, dass ich die Tochter von Markus bin, denken sie doch, wir beschweren uns nur, um meine Siegchancen zu erhöhen. Das will ich nicht!«

»Mach dir keine Sorgen, das läuft schon. Hauptsache, deine Oma beruhigt sich wieder.«

Hoffentlich behielt er recht. Ich beobachtete, wie er meine Oma an den Tisch zurückführte und mit ihr redete. Das Rezeptbuch lag zwischen ihnen. Was hätte mein Vater wohl dazu gesagt? Zu dem Streit, dem Wettbewerb, zu allem?

Es dauerte fast eine Stunde, bis sie wiederkamen.

»Meine Damen und Herren«, begann Herr Wieland und räusperte sich, »sollten Sie jemals die Gelegenheit bekommen, eine Jury besetzen zu müssen, dann passen Sie auf. Es ist eine delikate Angelegenheit. Mit Absicht habe ich eine ungerade Anzahl von ausgewiesenen Fachleuten gewählt. Sieben Chocolatiers. Dann aber enthält sich ein Mitglied, und der Rest kann sich nicht einigen.«

Leises Gelächter des Publikums. Die Jury fiel zögernd ein.

»Daher haben wir beschlossen, dass das Publikum den Ausschlag geben soll. Wer von den Pralinen kosten möchte, soll bitte nach vorne kommen. Die Chocolatiers werden gebeten, ihre Rezepte öffentlich zu erläutern und zu erklären, wie der Transport und die Verpackung geregelt werden sollen.

Und als Ergänzung: Der Einwurf, Herr Kürn von *Le*

Maître würde nach einem alten Rezept arbeiten, wird von uns nicht weiter verfolgt. Wir möchten uns hier nicht zum Schlachtfeld privater Fehden machen. Urteilen Sie und helfen Sie uns, die beste Praline für die Schwanenhotels zu finden!«

Ein Raunen war zu hören. Die vielleicht hundert anwesenden Gäste diskutierten immer lauter, einige drängten sich nach vorne. Waren überhaupt genügend Probepralinen da? Ich zerschnitt die restlichen fünf Schwäne in hauchdünne Scheiben. Vor meiner Theke gab es ein regelrechtes Gerangel. Auch Patricks Pralinen wurden ihm förmlich aus der Hand gerissen. Bei Herr Kürn erschien kaum jemand zum Probieren.

Wenn sich die sechs Jurymitglieder nicht hatten einigen können, hatte jeder von uns zwei Stimmen erhalten. Und wer hatte sich enthalten? Oder war das Ganze nur ein Trick, um die Show spannender zu machen? Ich trommelte mit den Fingern auf die Tischplatte.

»Nur die Ruhe, junge Dame«, ermahnte mich ein älterer Mann, den ich schon in Nürnberg gesehen hatte.

»Ihre Schwäne sind ganz hervorragend! Würden Sie Ihre Pralinen auch in anderen Läden verkaufen? Unter Ihrem Namen, natürlich. Vielleicht könnte ich da etwas vermitteln.«

Ich war sprachlos. Er gab mir seine Karte, *Michael Heidinger* stand darauf. Keine Berufsbezeichnung, keine Firma.

»Vielen Dank«, sagte ich. »Gerne!«

Er nickte und ging.

Erstaunt sah ich mich um. Alessandro probierte gerade

die kleinen Schwäne von Patrick, der zeigte, wie er seine Kreation den Hotelgästen in durchsichtigen Schachteln anbieten wollte. Und in den Packungen waren bereits vorbereitete Schwäne!

Er fragte Herrn Wieland, ob er diese auch noch anbieten dürfe, und bekam es gestattet. Bis auf einen Schwan, den er als Anschauungsobjekt für den Transport behielt.

»Du hast Vorrat dabei?«, fragte ich entgeistert.

»Hast du denn kein Anschauungsmaterial für die geforderte Verpackung?«

Daran hatte ich nicht gedacht. Ich konnte nur Zeichnungen meiner idealen Verpackung vorlegen.

»Aber sieh mal!« Und er wies mit dem Kinn zu Herrn Kürn, der aus einem seiner Plastikkästen palettenweise Markus' Schwanenmedaillon in kleinen Zellophantüten herausholte. Das musste ich mir für den nächsten Wettbewerb merken, offensichtlich war das üblich.

Herr Kürn wurde als Erster gebeten, etwas zur Praline zu sagen.

»Als Frau Miller mir von dem Rezept des Schwanenmedaillons erzählte, war ich sofort begeistert. Erste Proben bestätigten meine Erwartungen, und es ist mir eine Ehre, dieses Rezept hier vorzustellen. Die Teilnahme am Wettbewerb ist eine Gemeinschaftsarbeit von Frau Miller und mir.«

»Markus war ein Visionär!«, rief Herr Heidinger, der Mann, der meine Pralinen verkaufen wollte. »Er würde ganz bestimmt kein verstaubtes Rezept aus dem letzten Jahrtausend anbieten.«

»Das ist doch nur ein Werbegag!«, rief jemand.

»Hat Malineau keine eigenen Ideen?«

»Wo ist der Meister, hat er seinen Laden nicht mehr im Griff?«

»Ignorieren und weitermachen!«, ertönte eine andere Stimme, woraufhin Herr Wieland sagte: »Herr Schreiber, wenn Sie dann bitte fortsetzen würden!«

Patrick erklärte in breitestem Sächsisch seine Zutaten und erläuterte den Transport auf weißer Watte. »Der Hals ist das Problem, das ist klar. Durch die weiche Konsistenz im Inneren und die harte Schale ist bei den von mir gefertigten Schwänen noch nie einer abgebrochen, es sei denn, es hat ihn jemand abgebissen.«

Gelächter.

Ich mochte ihn und sein Rezept. Es war pur und doch effektvoll.

Dann kam ich an die Reihe. Form, Farbe, Geschmack hatte ich schnell erklärt. Um die Praline als Betthupferl anzubieten, empfahl ich eine Schachtel. Der Überraschungseffekt war größer, die Schokolade besser geschützt als in einer Tüte oder lose dargeboten, und die meisten Frauen lieben kleine Schachteln über alles.

Dann sollte ich zu den Vorwürfen gegen meine Mutter Stellung nehmen und antwortete ganz kurz: »Tut mir leid, zu der Praline meines Vaters werde ich Ihnen keine Fragen beantworten.«

44

Zur Abstimmung wurden wir auf die Bühne gebeten. Auf der einen Seite roch Patrick nach einem sehr aufdringlichen Deo, auf der anderen Herr Kürn noch immer nach Himbeeren und Marzipan.

»Die Abstimmung findet in alphabetischer Reihenfolge statt!«, rief Herr Wieland.

Also zuerst Herr Kürn und das Schwanenmedaillon. Beim Wettbewerb in Nürnberg hatte er zufriedener ausgesehen. Einzig Anne hob den Arm. Und Sébastien, spät und kurz.

»Für Hannes Kürn von *Le Maître* in München – zwei Stimmen!«

Meine Oma strahlte, aber ich versuchte, ruhig zu bleiben.

Für die weißen Schwanentrüffeln reckten sich viele Arme, und Herr Wieland verzählte sich mehrere Male. Erst als sie zu zweit zählten und beide das gleiche Ergebnis hatten, verkündete er: »Für Patrick Schreiber von der *Pralinenschachtel* in Leipzig – zweiundfünfzig Stimmen.«

War das die Mehrheit? Wie viele stimmten überhaupt ab? Und wie viele Hände wurden zu meinen Gunsten in die Luft gestreckt? Viele. Erstaunlich viele.

Und für einen Moment schlug mein Herz unbändig vor Freude.

Aber die Stimme Herrn Wielands erklang laut und klar: »Für Lea Winter von der *Chocolaterie Winter* in Würzburg – fünfzig Stimmen!«

»Jaa!«, schrie Patrick und reckte die Arme hoch.

Kurzes Schweigen, bevor die Zuschauer jubelten und applaudierten. Herr Wieland überreichte Patrick einen gewaltigen Strauß rosafarbener Rosen, und Manon umarmte ihn. Nachdem die Jury ihm gratuliert hatte, beglückwünschte ich ihn. Er sah aus, als könnte er immer noch nicht verstehen, was soeben passiert war.

Ich freute mich für ihn. Es war ihm wirklich gelungen, den Schwan so hinzubekommen, dass man ihn transportieren konnte.

Als ich von der Bühne sprang, rief Stella: »Du Ärmste!«, und streckte die Arme aus. »Wie schade!«

»Wieso?«, sagte ich. »Ich bin zweite, Stella, zweite!! Von einhundertundsiebenundvierzig Teilnehmern! Wie toll ist das denn?«

»Du … du bist nicht enttäuscht?«, fragte Herlind und zog die Stirn in Falten.

»Nein. Ich bin einfach froh, dass ich teilnehmen durfte.«

»Aber das Geld? Die Chocolaterie?«

»Es gibt noch andere Wege, ans Ziel zu kommen.« Ich zeigte ihnen die Visitenkarte, die ich vorhin bekommen hatte.

Auf einmal bemerkte ich, dass Herr Kürn wortlos einpackte, und ich ging zu ihm.

»Tut mir leid«, sagte ich.

»Wieso?«, erwiderte er. »Der Bessere gewinnt, so ist das eben.«

»Aber es war nicht Ihr Entwurf. Anne hat Sie benutzt zu was auch immer. Ihre eigene Praline hätte bestimmt gewonnen.«

»Machen Sie sich keine Sorgen. Mir geht es gut.« Er kniff die Lippen zusammen, Schweiß stand auf seiner Stirn.

»Ehrlich«, wehrte er ab, »ich kriege eine kräftige Gehaltserhöhung. Und dieser kleine Wettbewerb hier, der geht mir doch am Arsch vorbei. Die Weltmeisterschaft, die ist im Herbst, und die werde ich gewinnen!«

Ich sah, wie Anne und Sébastien sich von Herrn Wieland verabschiedeten und zu uns herüberkamen.

»Herzlichen Glückwunsch«, sagte Anne. »Ich wusste immer, dass du deinen Vater einmal überflügeln wirst.«

Sébastien klopfte Herrn Kürn auf die Schulter. »Das war sehr professionell.«

Plötzlich rannte Manon auf uns zu. Ohne Jacke und Klemmbrett, aber mit wütendem Gesichtsausdruck.

»Du bist wirklich das Allerletzte, Anne!«, rief sie. »Wie kannst du aus diesem seriösen Wettbewerb so eine Farce machen. Ein Denkmal, einfach lächerlich!«

»Manon, bitte beruhige dich«, sagte Sébastien.

»Du!«, sagte Anne, »Du bist doch an allem schuld! Du hast das Leben dieses begnadeten Chocolatiers auf dem Gewissen«, sagte sie so laut, dass die anderen Gäste sich umdrehten und uns anstarrten.

»Bitte nicht hier«, versuchte ich sie zu beruhigen und schaute mich Hilfe suchend um. Anne und Manon starrten sich wie zwei Preisboxer an.

Eine Hotelangestellte führte uns alle in einen Nebenraum. Kaum dass die Tür geschlossen war, setzten die beiden ihren Streit fort.

»Du hast danebengestanden und hättest ihn abhalten können«, schrie Manon.

»Aber wegen dir hat er überhaupt erst abgedrückt! Du hast ihn verführt! Und als ich ihn wegen dir verlassen habe, hat er sich umgebracht. Du trägst allein die Schuld.«

»Lea, du hast doch das Rezeptbuch dabei«, sagte Manon auf einmal ruhig und ließ Anne nicht aus den Augen.

Ich nickte. Meine Oma hielt es wie ein Beweisstück in die Höhe, bevor sie es mir zurückgab, und Manon forderte mich auf, den Eintrag eines bestimmten Tages herauszusuchen.

Ich kannte ihn nicht, noch immer hatte ich mich nicht dazu durchringen können, alle Einträge zu lesen.

»Das Rezept ist für *Manon Café Noir*. Das ist eine sehr berühmte Praline, aus dunkler Schokolade und mit Kaffee aromatisiert«, erklärte ich. Und daneben …« Ich musste mich räuspern. Es fiel mir schwer weiterzulesen. Manon nickte mir auffordernd zu.

Manon, du Unvergleichliche. Heute durfte ich deine Freundin kennenlernen. Ich wünsche mir, dass eure Liebe so vollkommen sein wird wie die von Anne und mir, so vollendet wie alle Manon-Pralinen der Welt.

Das war mir neu.

»Hast du verstanden, was da steht, Anne?«, fragte Manon und wippte dabei auf den Zehenspitzen. »Markus und ich waren Freunde. Mehr nicht. Ich liebe Frauen, das war schon immer so und wird auch immer so bleiben.«

Anne schwankte leicht, und Sébastien schob ihr schnell einen Stuhl hin. Sie ließ sich darauf fallen, starrte zu Boden und schwieg.

»Markus«, sagte Manon, »Markus zog sich Monate vor seinem Tod immer mehr zurück. Sogar ich kam nicht mehr an ihn ran. Er wollte nur noch alleine sein und schloss sich in der Werkstatt ein. Mag sein, dass du geglaubt hast, er würde dich dort mit mir betrügen. Aber er saß dort nur zwischen seiner Schokolade und seinen Töpfen und war noch nicht mal verzweifelt. Er fühlte sich leer. Heute denke ich, dass er depressiv war.«

Jetzt setzte sie sich auch, als ob sie klarstellen wollte, dass sie alles Wichtige gesagt hatte.

»Und darum musste mein Sohn sterben, Anne?«, fragte meine Oma. »Weil du nicht begriffen hast, dass seine Freundin nicht ihn, sondern andere Frauen liebte? Wie blind bist du eigentlich?«

»Hast du es gewusst?«, fragte Anne.

»Ich hab's mir gedacht.«

»Und warum hast du es mir nicht gesagt?«

»Über so was hat man damals nicht so offen wie heute geredet. Und von euren Eheproblemen wusste ich nichts. Nur dass du eine schlechte Mutter warst. Nie hast du dich um Lea gekümmert, nie!«

»Ihr konntet mich doch nie leiden«, sagte Anne leise, »vom ersten Tag an. Eduard hat mir hinterhergeschnüffelt. Zu Markus hat er gesagt, ich würde Drogen nehmen, wenn ich an einem Abend mal Spaß gehabt hatte.«

»Welche Mutter geht auch nachts in die Disco, anstatt sich um ihr Kind zu kümmern! Oder schläft den ganzen Tag? Wir haben uns Sorgen gemacht.«

»Ich hatte alles im Griff, aber ihr musstet mich immer kontrollieren. Habt mir einfach nie was zugetraut. Wenn ich nicht gegangen wäre, hätte ich nie fertig studiert.«

Jetzt sprach sie wieder davon, dass sie gegangen war – und nicht dass Markus sie rausgeworfen hatte. Aber es war nicht mehr wichtig.

»Wie konntest du danebenstehen, als Markus sich die Pistole an den Kopf setzte?«, fragte Oma und knetete ihre Hände. »Das will mir einfach nicht in den Kopf.«

»Oma, nein, fang nicht wieder damit an!«, mischte ich mich ein.«

»Er war so ein kraftvoller junger Mann voller Pläne!«, fuhr sie fort. »Das ist alles ihre Schuld. Wenn sie nicht sogar selber abgedrückt hat.«

»Jetzt übertreib mal nicht so«, sagte ich.

Sie sah mich an, als ob ich sie erdolchen wollte.

»Manon hat doch gerade erklärt, dass er depressiv war.«

»Ich war seine Mutter, und ich sage dir, eine Mutter spürt, ob ihr Sohn sich umbringen will oder nicht. Nein, sie war es! Sie ganz alleine.«

Sie deutete auf Anne, die den Anhänger ihrer Kette umfasste und ihr das Schwanenmedaillon hinhielt.

»Er sagte, wir wären Schwäne, die für immer zusammenbleiben. Ich habe nicht geglaubt, dass er abdrückt. Niemals.«

»Du hast Lea im Stich gelassen«, sagte meine Oma.

»Ich habe Lea nie vergessen. Nie. Dafür liebe ich sie viel zu sehr.« Sie fuhr sich durch die Haare.

»Wisst ihr eigentlich, wie es ist, wenn das Blut des geliebten Ehemannes einem ins Gesicht spritzt? Und man nichts mehr tun kann, um es zu verhindern? Wie sollte ich meiner Tochter jemals wieder in die Augen sehen? Meiner Tochter, die ihm damals schon so verdammt ähnlich war. Ich konnte das nicht. Ich musste weg. Und ich ging so weit weg, dass es irgendwann keinen Weg mehr zurück gab.«

Ihre Stimme war leiser geworden. Und in diesem Moment verstand ich endlich. Sie fühlte sich sehr wohl schuldig, deswegen konnte sie nie mehr zurück, sie konnte es nur nicht zugeben.

»Lea«, sagte Anne, »wie sehr du mich in dieser Zeit gebraucht hast, habe ich erst jetzt begriffen. Aber ich kann es nicht ungeschehen machen.« Sie stockte und kramte in ihrer Handtasche. »Niemand kann die Vergangenheit ändern, aber ich kann Wiedergutmachung leisten.« Sie zog einen Briefumschlag hervor.

»Meine Anwältin hat ausgerechnet, wie viel Unterhalt ich dir hätte zahlen müssen.«

Unterhalt? Ich schaute mich fragend um. Aber Alessandro, Herlind, Stella und meine Oma schienen genauso ratlos zu sein wie ich.

Sie hielt mir den Umschlag hin.

»Du bist heute nur Zweite geworden. Das Preisgeld wäre nur ein kleiner Bruchteil dessen gewesen, was ich dir schulde. Und doch hattest du deine ganzen Hoffnungen darauf gesetzt. Hier ist die Chance deines Lebens.«

Ich musste mich setzen. Alessandro stellte sich hinter mich und legte die Hand auf meine Schulter.

Sie gab mir Geld. So wie das Kleid oder das Auto, das sie mir hatte schenken wollen. Wollte sie sich freikaufen? Wenn das Preisgeld nur ein kleiner Teil dieser Summe darstellte, wollte ich am liebsten gar nicht wissen, um wie viel Geld es sich handelte. Ich würde auch ohne ihren Scheck klarkommen.

Aber so war Anne eben. Es war ihre Art, sich zu entschuldigen. Ich konnte mich mit dem Geld bei meinen Freunden für ihre Treue und Hilfe bedanken. Herlinds Kreuzfahrt, Mattis' Piratenschiff. Und eine richtige Wohnung suchen, in der zwei Menschen Platz finden würden. Vielleicht wäre ich meine Schulden los und könnte unbeschwert in die Zukunft blicken.

»Lea, du lässt dich doch nicht kaufen!«, rief meine Oma entsetzt.

»Hättest du damals das Geld abgelehnt? Als die Waschmaschine kaputtging und kein Geld für eine neue da war? Die teuren Skifreizeiten und die Abifahrt in die Toskana anstanden?«

Meine Oma verschränkte ihre Arme vor der Brust.

»Wenn du das Geld annimmst, dann heißt das, dass du ihr verzeihst. Dabei trägt sie die alleinige Schuld.«

Ich spürte, wie Alessandro meine Schulter fest drückte. Sébastien hielt Annes Hand, und Stella und Herlind beobachteten mich gespannt.

Schuld. Kam es darauf wirklich an?

»Ich verzeihe ihr«, sagte ich schließlich. »Es geht letztendlich nicht um Schuld. Es geht um den Schmerz, den wir nicht verarbeitet haben und der unser Leben geprägt hat, jeden auf eine andere Weise. Oma, du bist mit dem Polizisten zusammen, der den Tod von Markus untersuchte. Anne liebt wieder einen Chocolatier. Und ich bin Chocolatière geworden. So schließt sich der Kreis.«

»Und du hast dich in einen Mann verliebt, der das gleiche Aftershave wie Markus benutzt«, sagte Anne.

Erstaunt sah ich zu Alessandro. War mir deshalb sein Geruch so bekannt vorgekommen? Stammte daher diese Sehnsucht, die er in mir ausgelöst hatte?

»Mein Vater war so unglücklich«, sagte ich, »dass er nur diesen Ausweg sah. Wir müssen das akzeptieren. Wir müssen den Schmerz akzeptieren.«

Ich ging auf Anne zu. Sie hielt immer noch den Umschlag in der Hand. Ich nahm ihn und legte ihn auf den Tisch. Dann umarmte ich sie. Wie zerbrechlich sie doch war.

45

Das Rezeptbuch roch noch immer nach dem Tag, als ich die Wahrheit erfahren hatte, aber es machte mir nichts mehr aus. Manon streckte die Hand danach aus, und ich gab es ihr. Ehrfürchtig fuhr sie über den Einband, drückte es an sich, während ihr Tränen über das Gesicht flossen. Ich strich ihr beruhigend über den Rücken, atmete den Duft von Maiglöckchen ein.

»Warum hast du damals in München eigentlich nicht gesagt, dass du lesbisch bist?«

Sie sah mir in die Augen. »Das geht niemanden etwas an. Lea, ich bin in einer Männerbranche unterwegs. Da ist es besser, nicht zu viel von sich preiszugeben, wenn man Erfolg haben will. Aber jetzt war ich die Streitereien leid.«

Zaghaft lächelte sie mich an und verabschiedete sich.

Stille war in meine Gedanken eingekehrt. Alles war klar. Das Drama von Anne und Markus und Manon war beendet. Meine Mutter war eine ganz spezielle Frau. Mit Ecken und Macken und einem undurchdringlichen Herzen. Aber sie liebte mich.

Auf ihre Weise.

Ich würde sie wiedersehen, so wie eine entfernte Verwandte oder die Freundin eines Freundes. Ja, ich war mir sicher, dass der Kontakt mit Sébastien enger werden würde als zu ihr. Aber ich wusste jetzt wenigstens, was damals passiert war.

»Mensch, Lea, jetzt bist du die Geldsorgen los«, holte Stella mich in die Gegenwart zurück.

»Ich werde der Obermüller ein rosa Bändchen drum binden«, sagte ich und grinste sie an. »Und ich kann endlich ausziehen, Herlind.«

»Ach, von mir aus kannst du bleiben. Du lässt wenigstens nicht immer deine dreckigen Socken überall liegen wie mein Sohn.«

Sie zogen ihre Jacken an und gingen wieder in den Saal. Wir mussten noch alles zusammenpacken. Aber einen Augenblick wollte ich noch sitzen bleiben.

Alessandro legte den Arm um mich.

»Du liebst also nicht mich, sondern nur meinen Geruch?«, flüsterte er in mein Ohr.

»Niemals«, ich sog die Luft ein, »du riechst doch nur ganz schnöde nach Seife.« Ich lächelte ihn an.

Als er sich zu mir beugte und mich küsste, wurde ich umhüllt von seinem Duft, dem Duft, in den ich mich verliebt hatte, ohne ihn zu kennen.

Seinem Duft, der mich gerettet hatte.

Tausendundeinen Dank an meine liebsten Zutaten der Novemberschokolade

Die wichtigste Zutat ist: Stille.

Ich danke daher meiner Familie für die Geduld, die sie mit mir hatte. Dafür, dass Stille herrschte, wenn ich sie brauchte, dass der Subwoofer ausgeschaltet wurde oder ich mir die geräuschunterdrückenden Kopfhörer ausleihen durfte. Dafür, dass ihr mir in so vielen Gesprächen neue Anregungen und Ideen geliefert habt. Nie werde ich das Pralinenseminar vergessen! Und ihr bestimmt nicht die vielen unterschiedlichen Schokoladensorten, die es auf einmal zum Probieren gab.

Das Pralinenseminar brachte mir die nächste Zutat: den Respekt vor dem Können der Chocolatiers. Es fand bei *Art of Chocolate* in Münster-Schwarzach statt. Philipp Aczel, Chocolatier von *Art of Chocolate*, half mir auch bei meinen Versuchen, die Arbeit eines Chocolatiers authentisch darzustellen. Ich hoffe, dass mir das besser als meine selbst gemachten Pralinen gelungen ist.

Und dann gibt es noch die vielen kleinen Zutaten, die Zimtblüten und Zuckerherzen. Liebe Juliane, liebe Beate, vielen Dank für einen wunderbar inspirierenden Spaziergang durch München im November. Doris, dir danke ich für deine Begeisterung, die mir half, meine Zweifel zu überwinden, die jeden kreativen Prozess begleiten. Durch dich habe ich ein paar ganz besondere Ratschläge erhalten, die den Roman nachhaltig veränderten. Reingard, Charlie, Sabrina und zweimal Yvonne danke ich fürs Testlesen, Melanie für ihre Hilfe in psychologischen Fragen. Besonderer Dank gilt Olga, die mir einen entscheidenden Tipp gegeben hat.

Ohne die Agentur, ohne ihre Begeisterung, ihr Können und ihren Einsatz wäre das alles nicht möglich gewesen. Sie verhalf meiner Novemberschokolade zu der Verzierung, die den Käufer animiert zuzugreifen. Uwe Neumahr und Luisa Straub von der Agence Hoffman vielen, vielen Dank für alles.

Ein Verlag liefert mehr als die Verpackung, so schön sie auch sein mag. Das Lektorat ist der Schuss Whisky, der der Schokolade Geist verleiht, den Geschmack intensiviert. Den allergrößten Dank schulde ich meiner Lektorin Michelle Stöger für eine inspirierende und konstruktive Arbeit am Text sowie der Redakteurin Friederike Arnold für das allerletzte Abschmecken und Nachwürzen der Novemberschokolade.

Und ich danke der Natur, dass sie Kakaobohnen wachsen lässt.